은해상단 막내아들 20

초판 1쇄 발행 2025년 1월 22일

지은이 ㅣ 향란
발행인 ㅣ 최원영
편집장 ㅣ 이호준
편집디자인 ㅣ 박민솔
영업 ㅣ 김민원 조은걸

펴낸곳 ㅣ ㈜ 디앤씨미디어
등록 ㅣ 2002년 4월 25일 제20-260호
주소 ㅣ 서울시 구로구 디지털로32길 30 코오롱디지털타워빌란트 1301-1308호
전화 ㅣ 02-333-2513(대표)
팩시밀리 ㅣ 02-333-2514
E-mail ㅣ papy_dnc@dncmedia.co.kr
블로그 ㅣ blog.naver.com/gnpdl7

ISBN 979-11-364-5910-7 04810
ISBN 979-11-364-4602-2 (SET)

※ 저자와 협의하여 인지는 붙이지 않습니다.
※ 이 책은 ㈜ 디앤씨미디어(파피루스)가 저작권자와의 계약에 따라 발행한 것으로 본사와 저자의 허락 없이는 어떠한 형태나 수단으로도 내용을 이용할 수 없습니다.

20

향란 신무협 장편소설

은해상단 막내아들

99장. 예상치 못한 ·················· 7

100장. 제법 아프군 ················ 63

101장. 소림사로 ·················· 105

102장. 성체 ······················· 149

103장. 보상의 때 ················· 235

104장. 이게 진짜 이유였군 ········ 279

99장. 예상치 못한

예상치 못한

 일각 가량이 지났음에도 도저히 개판은 진정될 기미가 보이지 않았다.
 나는 조용히 한숨을 내쉬었다.
 하긴 그렇게 쉽게 진정될 거였으면 이전 삶에서 그 참사가 나지 않았겠지.
 이전 삶에서 생각보다 피해가 컸던 이유 중 하나가 바로 이거다.
 회합을 위해 모인 이들의 자존심 싸움으로 인해 수뇌부들이 부상을 입었기 때문이다.
 이들이 회합 자리에서 헛짓거리만 안 했어도 몇 명, 아니 몇십 명은 더 살려 나올 수 있었을 거다.
 그렇게 조용히 그들끼리 박 터지게 싸우는 모습을 구경하고 있을 때, 누군가 나를 불렀다.

"선협미랑 대협! 왜 그냥 보고만 있는 겁니까? 어서 우리를 도와 저 불한당들을 쳐야지요!"

그 말에 나는 어깨를 으쓱했다.

"그게 무슨 이득이 있습니까?"

"뭐요?"

"이렇게 가만히 지켜보고 있다가 모두 기운이 빠져 움직일 힘이 없을 때 제가 움직여서 머리를 베어 버리는 것이 더 이득 아닙니까?"

그 말에 순간 모두의 움직임이 딱 멈추었다. 그리고 서로 눈치를 보더니, 슬금슬금 물러났다.

"어? 왜 벌써 끝내십니까? 더 싸우셔야죠. 원래 싸움이라는 건 끝장을 봐야 끝나는 거 아닙니까?"

내 말에 모두 헛기침을 했다.

"우리가 너무 채신머리가 없었군."

"여기서 기력을 낭비해서야 쓰나?"

"험험, 회합을 이어 나가지."

그렇게 다시 논의가 시작되었다.

하지만 누가 먼저 진입해야 하는지에 대한 논의는 결론을 내지 못했다.

각자의 입장이 첨예하게 대립했기 때문이다.

나는 힐끔 경산자 장로를 보았다. 그의 눈빛은 더욱더 초조해지고 있었다.

그 누구든지 중요한 판단을 앞둔 상태에서의 초조함은 경계해야 한다.

초조함으로 인해서 하지 않아도 될 실수를 하게 되니 말이다.

이전 삶에서 무림맹이 큰 사상자를 냈던 이유 중 하나가 경산자 장로의 '실수' 때문일지도 모른다.

그리고 그 초조함은 분명, 성과에 대한 초조함이겠지.

분명 지금 공동파의 장문인께서는 무척 고령이었지.

언제 등선하실지 모를 나이.

그리고 차기 장문인 자리를 두고 공동파의 장로들 사이에 파벌 싸움이 극에 달해 있었다.

내 기억에 경산자 장로는 간신히 살아남았지만, 차라리 여기서 사망하는 게 나았을 수도 있다.

이후의 삶을 보면 말이지.

아무튼, 여기서 시간을 질질 끌 수는 없다.

후딱 황제의 명을 이행하고 돌아가야 한다. 지금 쌓인 일들이 얼마나 많은데.

아무리 서향 소저가 나 대신 일을 처리하고 있다고는 해도 그녀에게만 맡겨서는 안 되지.

나는 손을 들며 물었다.

"검총 안의 공간은 좁습니까?"

"그리 좁지는 않네. 다섯 명 정도는 나란히 들어갈 정도네."

경산자 장로의 말에 내가 타협안을 제시했다.

"그럼 이렇게 하죠. 세 개의 세력이 한 번에 들어가는 겁니다."

"한 번에?"

"예. 각자 한 줄씩 맡아서 세 줄로 하여 들어가는 거죠. 그러면 각 세력이 선두에 있기도 하고 중간에 있기도 하며 후발대이기도 하니 불만 없지 않습니까?"

"그럼 전리품은?"

흑도의 인물의 물음에 나는 피식 웃었다.

"그건 운에 맡겨야죠."

"운?"

"네. 좌측에 선 이들은 좌측의 전리품을 챙기고, 우측에 선 이들은 우측의 전리품을 챙기면 됩니다. 중앙도 마찬가지고요."

내 말에 천마신교의 인물이 중얼거렸다.

"그러니 운에 맡긴다고 하는군. 그럼 누가 어느 곳에 설 것인지는 어떻게 정하지?"

"전통적인 방법이 있지 않습니까?"

"역시 비무인가?"

아! 진짜! 싸움에 미친놈들 같으니라고!

나는 튀어나오려는 푸념을 겨우 억눌렀다.

솔직히 제비뽑기라는 방법이 있긴 했지만, 어떻게 하든 공정성 시비가 일어날 터.

방금 짜증이 나긴 했지만, 이런 상황에서는 비무가 가장 확실한 방법일 수도 있지.

순간 좋은 방법이 생각났다.

"혹시 풀싸움이라고 아십니까?"

"오랜만에 들어 보는군. 소싯적에 애들하고 같이 하던 놀이였지."

풀싸움은 아이들의 놀이다.

기다란 풀을 서로 엮어, 그것을 잡아당겨서 먼저 끊어지는 쪽이 지는 놀이다.

그걸 우락부락한 흑도인에게 들으니 적응이 좀 안 되네. 하긴 지금은 천하의 무도한 흑도인이라고 해도 순수했던 어린 시절이 있었겠지.

아무튼, 모두 그 놀이에 대해 아는지 고개를 끄덕였다.

"그 풀싸움으로 위치를 정하죠."

"나쁘지 않은 생각이군. 나는 동의하네."

"나도 마찬가지네."

풀싸움은 각 세력의 장이 나서기로 했다.

즉, 자존심을 건 단판승부다.

각자 풀을 하나씩 끊어 왔고, 세 개의 풀을 잘 엮은 후 각자 자신의 풀을 잡았다.

"시작!"

내 외침과 함께 풀싸움이 시작되었다.

우웅!

무림 고수들의 풀싸움은 아이들의 풀싸움과는 달랐다.

각자의 내공으로 풀을 보호했기 때문이다.

하지만 무작정 내공을 주입할 수도 없다.

약하디약한 풀이다.

내공을 견디지 못하고 끊어져 버리면 안 되니까.

즉, 내공을 아주 세밀하게 잘 조정해야 이길 수 있는 승부인 것이다.

보통 경지가 높아질수록 기를 다루는 능력이 더욱 세밀해지니, 이 승부는 그 자체로 경지의 우열을 가릴 수 있는 방법이다.

유혈 사태 없이 이 얼마나 좋은 방법인가!

"으으……."

"크으윽!"

"하아압!"

각 세력의 장은 서로의 숨결이 닿을 정도의 간격을 두고 땀을 비 오듯 쏟고 있었다.

덩치 큰 사내 셋이, 가느다란 풀을 잡고 집중하는 모습에 화사를 불러 이 장면을 그림으로 남기고 싶다는 생각이 들었다.

주변에서는 이 모습을 조마조마한 모습으로 지켜보고 있었다.

소리를 내면 집중력이 흩어질까 봐 소리조차 내지 못하고 숨죽여 지켜보고 있는 가운데, 시간이 얼마나 흘렀을까?

툭.

마침내 최초의 탈락자가 나왔다. 흑도의 대표였다.

그리고 얼마 후.

투둑.

또 한 명의 풀이 끊어지며 최종 승자가 결정되었다.

최종승자는 경산자 장로.

외공보다 내공에 더 공을 들이는 공동파의 수련이 헛되지 않았다는 것이지.

"우아아아!"

"이겼다!"

"우오오옥!"

저렇게도 신날까?

정파 쪽 사람들은 나이가 많든 적든 상관없이 모두 환호성을 지르고 있었다.

그에 반면 가장 먼저 패배한 흑도의 장은 모두에게 죄인이 되어 고개를 푹 숙인 채였다.

"그럼 좌측, 우측, 가운데 중 어느 곳으로 하시겠습니까?"

"당연히 가운데지!"

그렇게 천마신교가 좌측, 무림맹 측이 가운데, 흑도가 우측에 서기로 하였다.

"진입 날짜는 이틀 뒤로 합시다!"

"약속을 어기고 먼저 들어가면, 가만두지 않을 것이오!"

"그쪽이나 비겁한 짓 하지 마시오!"

나는 그 모습을 보며 속으로 헛웃음을 지었다.

지금 이 다툼이 무슨 의미가 있을까 싶었기 때문이다.

어차피 못 들어가는데.

그렇게 회합을 마치고, 우리 진영으로 돌아가는 길.

나는 앞을 보며 곰곰이 생각에 잠겼다.
금의위가 무림맹 측에 붙어 있을 줄은 예상하지 못했는데.
따로 독자적인 세력을 구축하고 움직일 거라 생각했다.
진영 대협 덕분에 황궁무공도 익혔고, 이런저런 사건에 얽히며 금의위들과 함께 활동도 해 봤다.
덕분에 금의위라는 것을 숨기려고 해도 그 정체를 어느 정도 유추할 수 있다.
아마 황제도 이런 내 능력을 고려해서 금의위의 감시를 명한 거겠지.
혹시라도 파견된 금의위가 무림맹과 붙어먹지 않는지를 감시하라는 것이 틀림없다.
황제는 무림맹을 싫어하지.
넘보지 말아야 할 영역까지 넘보며 신경을 거슬리게 하니까.
혹시 이번 기회에 황궁에 있는 무림맹의 조력자를 찾아내실 생각인가?
음…… 그럴 가능성도 충분하지.
그때, 한 대협과 눈이 마주쳤다.

저녁 시간이다.
오늘 저녁 식사도 국수였지만, 나는 맛있게 먹었다.
국수가 발전된 지역답게 국수의 종류도 다양해서 흥미로웠거든.

저 멀리에는 해준 공자가 식사를 하고 있다.

나에게 호되게 혼난 뒤로 식사 투정하는 습관을 고쳤는지 군말 없이 얌전히 국수를 먹고 있었다.

하긴 온 몸에 오십 근이나 되는 쇳덩어리를 차고 생활하면 배가 무척이나 고플 거다.

닥치고 주는 거 얌전히 먹으라는 의도도 있었는데, 다행히 잘 먹는군.

다만 문제가 있다면 팔목이 무거워서 젓가락을 든 손과 국수 그릇을 든 손이 덜덜 떨린다는 것 정도?

그거야 뭐 본인 사정이지.

그때 내게 두 사람이 다가왔다.

두 사람 다 금의위로 보이는 이들.

금의위 출신이라면 나에 대해 모를 리가 없지.

아마 내가 왜 여기에 왔는지 알아보고자 온 것일 터.

"함께 먹어도 되겠는가?"

"아, 물론입니다."

내 허락에 그들은 내 옆의 바위에 걸터앉았다.

"오늘에야 인사를 하는군. 반갑네. 나는 귀주권가의 권직이라고 하네."

"나는 권을이라고 하네."

무가의 신분을 사용하는 것을 보니, 금의위라는 정체는 숨기고 있는 모양이다.

"귀주권가라면 창으로 유명한 가문 아닙니까?"

"오! 본가에 대해 알고 있군."

"제가 지금은 영선민가를 이끌고 있지만, 본업은 은해상단의 소단주입니다. 귀주성은 귀한 약재가 많이 나는 곳이니만큼 그곳 역시 방문하곤 합니다. 그리고 귀주성을 오가는 상단의 이들 치고 귀주권가를 모를 수가 없지요."

나는 말을 이었다.

"귀주의 불한당들로부터 저희를 지켜 주는 든든한 분들이니까요."

"하하하! 그렇지."

"자네의 말대로네."

물론 당연히 무림세가답게 상단으로부터 보호비를 받아간다.

하지만 굳이 그걸 말해서 분위기를 깰 필요는 없으니까.

"그런데 지금 상단의 일로 바쁘지 않나? 은해상단이라면 분명 작풍기에 관한 일로 여름이 가장 바쁠 때인데 말이지."

그 말에 나는 한숨을 내쉬었다.

"대협의 말대로 매우 바쁜 시기입니다. 하지만 외가의 어려움을 모른 척할 수 없어 이렇게 오게 되었습니다."

"아, 그러고 보니 영선민가가 외가라고 했던가?"

"네."

나는 고개를 끄덕였다.

"어머님의 서찰을 가지고 외가에 들렀는데, 마침 무림

맹에서 지원 요청이 왔습니다. 그런데 둘째 외숙부께서 폐관수련에 들어간 상황이라, 딱히 지원군을 이끌 만한 사람이 없었습니다."

"그래서 자네가 온 것이군."

"맞습니다. 제가 상단 사람이지만, 나름 선협미랑이라는 명호도 있으니 적어도 이곳에서 무시는 당하지 않으리라 여기신 모양입니다."

"자네도 참 고생이군."

"아무튼, 최대한 빨리 이번 일을 마치고 돌아갈 생각입니다."

"음, 그래서 아까 회합 때 그리한 것이군."

그들은 순순히 내 설명에 수긍했다.

"제가 주제넘게 나섰다면, 송구합니다."

"아니네. 잘했네."

나는 다 먹은 국수 그릇을 옆으로 치우고는 그들에게 포권했다.

"아무튼, 제가 빨리 이번 일을 마치고 상단으로 복귀할 수 있도록 도와주십시오."

"걱정하지 말게나."

슬쩍 그들을 보니, 나에 대한 의심이 완전히 풀린 듯했다.

외가의 무사들을 이끌고 오길 잘했군.

"그런데 이틀 뒤에 대협들도 검총에 들어가십니까?"

"당연한 것을 묻는군."

예상치 못한 〈19〉

그렇단 말이지.
미안하지만, 혈곤성승의 검총에는 들어가지 못하실 겁니다.

.
.
.

그날 밤.
나는 조용히 침상에서 일어났다.
그러자 내가 미리 언질을 해 둔 서우 무사와 진유 무사도 조용히 자리에서 일어났다.
역시 입구 바로 앞의 침상을 선택하길 잘했다.
몰래 드나들기 편하려고 이곳을 선택한 것이니까.
그런데 광풍단 무사들은 자신들을 보호하기 위해 내가 그리한 거라고 제멋대로 오해하고 있다.
하지만 굳이 그 오해를 풀어 주진 않았다.
왠지 오해를 풀려고 하면 할수록 더 오해할 것 같아서 말이지.
무림맹 진영 안의 막사이기 때문에 따로 불침번은 없었다.
단지, 당번으로 뽑힌 곳에서 적당히 순찰할 뿐.
우리 일행 정도라면 조용히 빠져나갈 수 있다.
- 갑시다.
내 전음에 그들은 살짝 고개를 끄덕여 보였다.
우리의 움직임은 신속했다.

그렇게 달린 우리가 도착한 곳은 혈곤성승의 검총.

오늘 우리는 이 검총에 들어갈 생각이고, 이 검총을 폭파시켜 버릴 거다.

어차피 이 안에는 잔혹한 기관진식을 제외하고는 아무것도 없다.

헛수고라는 거지.

이 안에 들어간 이들이 얼마나 끔찍하게 죽는지 뻔히 아는데 그걸 보고만 있는 건 솔직히 할 짓이 못 된다.

누군가는 그리 말할 거다.

그 안으로 흑도와 천마신교 사람들을 먼저 밀어 넣으면 되지 않느냐고.

그래, 가능하지.

하지만 나는 그 목숨의 무게를 짊어질 자신이 없다.

그들이 흑도와 천마신교 소속이기는 해도 모두가 패역무도하고 피에 물든 자들은 아니니까.

나는 이전 삶에서도, 그리고 이번 삶에서도 악인으로 살고 있지만 진짜 악인이 아닌 이들을 수도 없이 보았었다.

반면에 선인으로 살고 있지만, 실제로는 선인이 아니었던 이들도 많았지.

그러니까, 지금은 이게 최선이다.

물론 지금의 내 행동으로 인해 미래가 바뀔지도 모르지만 그래서 뭐?

내가 내 운명을 바꾸기 위해 발버둥 치기 시작했을 때

부터 이미 운명의 파도는 치기 시작했다.
 지금 내가 하는 일은 그 파도 중 하나에 불과하다.
 그리고 이미 수많은 파도를 일으켜 왔고, 해결해 왔잖아?
 누가 아는가?
 이게 내 복수에 도움이 될지.
 문제가 생긴다면, 이번에도 내가 해결하면 된다.

 혈곤성승의 검총 앞은 열두 명이나 되는 이들이 철저히 지키고 있었다.
 하지만 내가 들어갈 입구는 그곳이 아니다.
 이전 삶에서 우연히 알게 되었다.
 혈곤성승의 검총의 출입구가 하나가 아니라는 것을.
 그렇게 우리는 비좁은 두 번째 출입구를 통해 안으로 들어갔다.
 그런데······.
 - 꾸이!
 금령이의 반응이 이상하다.
 갑작스러운 반응에 나는 걷던 것을 멈추고 물었다.
 "왜? 무슨 일인데?"
 내 말에 금령이 내 소매 안에서 나왔고, 주변을 두리번거리며 엉덩이를 씰룩거렸다.
 무척이나 흥이 난 모습.
 내가 알기로 금령이 이렇게 신이 나는 경우는······.

에이 말도 안 돼.

지난 삶에서 이곳을 그렇게 철저하게 뒤졌음에도 아무것도 없었다고 했단 말이야.

하지만 이런 부분에서 누구보다 정확한 녀석이 금령이다.

그렇다면 찾아볼 가치는 있지.

시간이 없는 건 아니니까.

"혹시, 보물이라도 있는 거야?"

내 물음에 금령은 고개를 끄덕였고, 자신을 따라오라는 듯이 꼬리를 살랑거렸다.

금령은 뽈뽈거리며 길을 안내했다.

혹시라도 기관진식이 발동되지 않을까 걱정하지 않아도 괜찮다.

내가 알기로 이곳 근처의 기관진식은 저 위에 있는 야명주 단 하나뿐이니까.

물론 야명주 자체는 진짜고, 야명주가 기관진식을 작동하게 하는 장치는 아니다.

저 야명주를 감싸고 있는 장식이 그 장치지.

내가 들어온 두 번째 출입구는 무사들이 지키고 있던 입구의 출구라고 볼 수 있다.

자, 상상해 보자.

한 치 앞도 보이지 않는 어둠.

일확천금, 혹은 기연을 노리고 이 안에 들어온 이들을 기다리는 건 잔혹한 함정들뿐.

그 함정으로 인해 동료를 잃고, 가족을 잃으며 간신히 이곳 출구까지 왔다.

이곳은 다른 곳과 달리 그들의 목숨을 위협하는 함정이 없다는 것을 확인한다.

그제야 안도의 한숨을 내쉬며 쉬기 위해 바닥에 누웠지만 얻은 거 하나 없이 빈털터리로 돌아갈 생각을 하면 암담하다.

특히, 천마신교의 경우 임무를 완수하지 못하면 죽음으로 속죄해야 한다고 했던가?

그때, 어둠 속에서 밝게 빛나는 야명주가 보인다.

그 야명주라도 가져가야겠다는 생각이 들지 않겠는가?

혈곤성승의 의도와 달리, 당시 그 야명주를 두고 다시금 전투가 벌어졌다지.

아무튼, 누군가 그 야명주를 감싼 장식에 손을 대었고, 그렇게 기관진식이 발동했다.

그 기관진식은 바로 함정이 나타나지 않고, 잠시 후에 그대로 폭발하는 것이었다.

무척 참혹했다지.

이때의 피해가 그 전까지의 피해보다 훨씬 컸다고 했으니까.

아마 야명주에 손대지 않고 조용히 출구로 나갔다면 살았을 텐데.

어쨌든 나는 저 야명주를 이용해 이 검충을 폭발시킬 생각이다.

그리고 지금도 저 야명주 덕을 톡톡히 보고 있다.
주변이 환하게 잘 보였으니까.
그만큼 무척이나 크고 등급이 높은 야명주다.
곧 금령이 걸음을 멈추었고, 앞발로 어느 한 부분을 가리켰다.
"여기라고?"
금령은 고개를 끄덕였다.
한쪽 벽과 바닥이 맞닿은 부분.
나는 품에서 비수를 꺼내어 그곳을 톡톡 건드려 보았다.
후드득.
그러자 흙벽이 떨어지더니 그 안에 새로운 돌벽이 나타났다.
이거…… 안에 뭐가 있긴 한 거 같은데?
그렇게 주변의 흙벽을 조금씩 무너뜨리다 보니 무언가 공간이 보였다.
사방 한 척 정도의 공간이다.
톡.
비수를 그 안에 집어넣어 보자 무언가 딱딱한 것에 부딪혔다.
"뭐가 있습니다."
"제가 꺼내겠습니다."
서우 무사가 몸을 숙여, 그 물건을 꺼냈다.
나온 것은 까만 색의 철 상자.

이를 본 서우 무사와 진유 무사도 긴장하는 것이 느껴졌다.
"주군, 혹시 모르니 제가 열어 보겠습니다."
"괜찮아요. 제가 열어 볼게요."
조심스럽게 상자를 열어보자, 그 안에는 보자기에 싸인 무언가와 누런색의 금괴가 열 개나 들어있었다.
진짜 뭔가가 이곳에 있던 거였어?
나는 우선 보자기를 집어 조심스럽게 살펴보았다. 내 직감에 이쪽이 더 중요한 것으로 보였으니까.
보자기를 펼치자, 서책 하나가 나왔다.

[제자 혜진 소림전상]

제자 혜진이 소림에 드린다는 의미.
그러고 보니 혈곤성승의 법명이 혜진이라고 했던가?
그렇다면 이건 혈곤성승이 소림사에 남기는 건가?
서책은 좋은 재질로 만들었는지, 아직 그렇게 낡지 않았다.
그리고 그 서책 위에는 서신이 하나 동봉되어 있었다.
겉봉에는 [이걸 발견한 연자에게]라고 적혀 있었다. 그렇다면 이걸 발견한 자에게 남기는 서신이겠지?
나는 조심스럽게 그 서신을 펼쳐 보았다.

[연자여, 그대가 이것을 발견했다면 내 간절한 기원이

닿았다는 의미겠지.
 이건 내 속죄의 마음을 담은 서책이네.
 부디 소림사에 전해 주게나.
 동봉한 금은 그 대가일세. 부족할지는 모르겠지만, 부디 이 노승의 청을 들어주면 고맙겠네.]

 이게, 속죄의 마음을 담은 서책이라고?
 나는 그 서책을 펼쳐 보려다가 말았다.
 지금 이 서책을 펼치면, 하염없이 이곳에 있을 것 같다는 생각이 들었으니까.
 그런데 왜 이전 삶에서는 이것에 대해 아무 이야기가 없었지?
 발견되지 않은 것인지, 아니면 누가 찾았는데 꿀꺽한 것인지…….
 이제 와서 그걸 알 수는 없지만, 확실한 건 이걸 반드시 소림사에 전달해야 한다는 것이다.
 이 금괴를 얻기 위해서는 대사님의 부탁을 들어줘야 하니까.
 소림사에 갈 이유가 생겼군.
 나는 그것을 비고에 챙겨 넣고는 자리에서 일어났다. 그리고 서우 무사와 진유 무사에게 말했다.
 "그럼, 이만 이곳에서 나가죠."
 금령은 나를 보며 눈을 초롱초롱 빛내고 있었다. 좋은 것을 찾았으니 개평 좀 떼어 달라는 의미다.

예상치 못한 〈27〉

"지금은 안 되고, 이따가 줄게."
"꾸이!"
금령은 순순히 내 소매 안으로 들어갔고, 우리는 출구로 향했다.
그리고 어느 정도 거리가 되었을 때 근처의 돌멩이 하나를 집어 야명주를 감싼 장식을 향해 던졌다.
퍽!
그 장식이 부서지며 동시에 야명주가 쏙 빠져 아래로 떨어져 내렸다.
우우웅-!
나는 야명주를 향해 기를 집중했고, 야명주는 바닥에 떨어지기 전에 허공에 멈췄다.
허공섭물이다.
초절정에 들면서부터 본격적으로 사용할 수 있었지만, 이렇게 사용하는 건 처음이다.
"후읍!"
야명주가 내 기운의 인도에 따라 나를 향해 움직였고, 나는 가볍게 그것을 받아들었다.
탁!
이걸 놓고 갈 수는 없지.
내가 본 야명주 중에 크기도 가장 크니, 꽤나 값이 나갈 거다.
"자, 그럼 얼른 나갑시다!"
"예!"

그렇게 우리는 그곳에서 전속력으로 경공을 사용하여 달렸다.

그리고 막사 근처에 거의 도착했을 때.

콰과과과광!

검총에서 천지가 개벽할 정도의 굉음이 울려 퍼졌다.

그리고 모락모락 피어오르는 흙먼지들.

그 굉음을 듣고도 자고 있을 무림인은 아무도 없다. 모두가 깼고 다급하게 막사 밖으로 나왔다.

"허……."

"아……."

모두가 말을 잃고 그곳을 바라보았고, 뭔가 허탈한 듯 털썩 주저앉는 이들도 있었다.

"아, 안 돼. 내 공적이……."

망연자실한 채 중얼거리는 경산자 장로.

역시 내 짐작대로인가?

아마도 이번 일을 성공적으로 마친다면, 무림맹에서 경산자 장로에게 힘을 실어 주겠다고 약속이라도 했나 보군.

그렇게 절망적인 얼굴 하지 마십시오.

이전 삶에서의 장로님은 무척 비참했습니다.

무림맹은 모든 책임을 경산자 장로에게 돌렸고, 경산자 장로는 스스로 단전을 파괴해야 했다.

그러나 이번 일은 갑자기 일어난 일이며 원인 불명의 사고다.

그런 만큼 이전 삶과 같은 일은 일어나지 않겠지.
어느 정도 진정되었을 때 모두 검총으로 향했다.
우리와 비슷하게 두 세력도 도착했다.
"네놈들이지! 네놈들이 이곳에 수작을 부린 거 아니야? 다른 이들이 이 안에 있는 거 찾아내지 못하게 하려고?"
흑도 무사의 외침에 무림맹, 아니 정파 쪽 무사가 외쳤다.
"이 자식이! 지금 불난 집에 부채질 하냐? 기름 뿌려? 우리가 미쳤다고 이따위 짓을 하냐?"
음, 이따위 짓을 한 건 나인데? 그럼 나도 미친 건가?
나도 모르게 헛기침을 했다.
"혹시 감모에 걸리셨습니까요?"
팔갑에 말에 나는 피식 웃었다.
"감모는 무슨, 먼지가 많아서 목이 칼칼하네."
점점 다툼이 격해지려는 것을 보며 나는 한 걸음 앞으로 나섰다.
"자자, 진정하십시오. 에휴…… 이리된 것을 어쩌겠습니까? 사실 오래된 건축물인 만큼 붕괴의 위험은 있던 것입니다."
"그건 그렇긴 하지."
"음……"
나는 설명을 이어 나갔다.
"그리고 어찌 보면 이건 천지신명의 도움일지도 모릅니다. 만약 우리가 이 안에 들어가 있을 때 이 검총이 무너져 내렸다면…… 으! 저는 생각만 해도 끔찍하군요."

내 말에 다른 이들도 그 상상을 해 본 듯, 하나같이 사색이 되거나 몸을 떨었다.

"그리 생각하니, 오히려 다행인가?"

"와…… 그럼 우리 죽을 뻔했다는 건가?"

"아이고! 어무니!"

나는 말을 이었다.

"하지만, 이렇게 왔는데 빈손으로 가는 건 좀 부끄럽지 않습니까?"

"그렇지."

"그러니까 일전에 나눈 대로 경계를 그어서, 발굴해 보는 건 어떻겠습니까? 혹시 압니까? 뭐 남은 거라도 있을지."

내가 이런 제안을 한 가장 큰 이유는 저들의 미련 때문이다.

미련이라는 감정은 생각보다 질기고 오래 간다.

여기서 미련을 해소하지 못하면 그건 나중에 문제가 생길 수도 있지.

둘째로, 이 안에 뭐가 있었는지 직접 알게 하고 싶었기 때문이다.

이 검총의 진의가 뭔지 알아야 자신들이 이 안에 들어가려고 했던 일이 얼마나 멍청한 짓이었는지 알아차릴 터.

또한, 그 사실이 세상에 밝혀져야 내 말을 듣고 소림사를 설득한 정명 승려의 면이 서게 되잖아.

 마지막으로, 아직 이곳에 파견된 금의위가 정말 무림맹과 관련이 있는지 제대로 파악하지 못했다는 것.

 황제의 명에 따라 일하는 것이니만큼 확실하게 해야 한다.

 어설프게 일했다가 황제에게 꼬투리를 잡히면 그것만큼 곤란한 것도 없다.

 조곤조곤 추궁하는 황제의 모습을 상상하는 것만으로도 식은땀이 나네.

 내 말에 이곳에 모인 이들은 고개를 끄덕여 동의하였다.

 아침을 먹고 오자, 어느새 검총의 잔해 위에는 붉은색으로 선이 길게 그어져 있었다.

 아…….

 세력별로 구역을 나눈 거구나.

 내가 제안하긴 했지만, 이렇게 하는 편이 쓸데없는 분쟁을 줄이는 데 도움이 되긴 하겠네.

 그렇게 우리는 발굴 작업을 시작했다.

 이곳에 온 무림인들의 수준이 높은 만큼, 발굴 작업은 순조롭게 진행되었다.

 순식간에 잔해들이 뒤쪽에 쌓이면서 산을 이루었다.

 이 이야기가 전해지고 전해지면, 무림 삼대 세력의 고수들이 땅을 꺼지게 하고 산을 만들었다는 전설 같은 이야기가 될 것 같다는 생각이 드는 건 왜일까?

그때였다.

"으아악!"

슈슈슉!

누군가의 비명과 함께 허공으로 발사되는 화살들!

너무나도 갑작스럽게, 그것도 가까운 곳에서 쏘아진 화살이다.

"이 새끼들이 지금 급습을 한 거야?"

"아, 아닙니다!"

"아니긴 뭘 아니야?"

기관진식이 있을 거라 예상되는 곳 근처에서 미리 대기하던 나는 곧바로 끼어들었다.

"그 화살, 어디서 발사된 겁니까? 제가 멀리서 지켜봤는데 분명 땅에서부터 발사된 것으로 보였습니다."

"땅에서?"

"네. 그리고 급습을 위해서였다면 사람을 노리지 저렇게 공중으로 화살을 쏘았겠습니까?"

"그, 그러고 보니……."

"그럼 뭐지?"

"왜 땅에서 화살이……."

갑작스러운 사태에 각 세력들은 즉시 발굴 작업을 멈추고 조사를 시작했다.

그리고 밝혀진 충격적인 사실에 그들은 경악을 감추지 못했다.

예상치 못한 〈33〉

"분명 혈곤성승의 검총인데 어찌 이런 함정이⋯⋯."

"그것도 발아래에서 위쪽으로 쏘아지는 화살이오. 만약 저 안에서 화살이 쏘아졌다면⋯⋯."

"흐음⋯⋯."

나는 그 모습을 보며 속으로 씁쓸하게 웃었다.

뭘 벌써 그리 충격을 받으십니까?

아직입니다. 이것보다 훨씬 잔혹한 함정들이 남아 있습니다.

다시 발굴이 시작되었고, 함정들이 하나둘 드러났다.

갑자기 바닥이 꺼져서, 아래의 쇠꼬챙이에 찔리게 하는 함정.

앞에서 칼날이 박힌 커다란 통나무가 날아와 상해를 입히는 함정.

옆에서 화살이 날아오는 함정.

위에서 화살이 날아오는 함정.

독 연기가 퍼지게 하는 함정.

갑자기 불길이 일어나 태워 버리는 함정 등등.

그것들을 발견할 때마다 각 진영의 반응은 좀 달랐다.

무림맹과 정파에서는 "이런 잔혹함이라니! 정녕 혈곤성승 대사의 검총이 맞는 겁니까?"라며 탄식했다.

천마신교에서는 "우리 천마신교도를 탄압했을 때부터 이 땡중의 잔혹함은 이미 알고 있었다니까!"라고 비아냥거렸다.

흑도의 무리들은 "아, ×발! 또냐?"라며 투덜거렸고.

그럼에도 그들의 공통점이 하나 있었다.
검총이 무너지는 바람에 들어가지 않아 다행이라며, 가슴을 쓸어내렸다는 것이다.

그렇게 이틀, 사흘, 나흘, 닷새…… 시간이 지났고, 발굴 작업은 거의 끝을 보이고 있었다.
하지만 보물이나 비급 같은 것은 전혀 나타나지 않았다.
여기 있던 건 내가 이미 찾았으니까.
그때였다.
"헉! 여, 여기 보십시오! 여기에 뭐가 있습니다!"
"뭔가 찾았습니다!"
무사들의 그 외침에 사람들은 우르르 몰려들었다.
"무엇을 찾은 것이냐?"
경산자 장로는 다급히 아래로 내려가다가 움찔하며 멈춰 섰다.
그곳에는 한 노승이 가부좌를 튼 채 입적해 있는 비쩍 마른 유해가 있었기 때문이다.
혈곤성승의 유해이다.
그 폭발이 있었음에도 그 위쪽의 구조물은 용케 부서지지 않아 혈곤성승의 유해도 멀쩡한 것이다.
그 옆의 벽에는 [나 혜진은, 이곳에서 지켜볼 것이다]라고 새겨져 있었다.
"혈곤성승 대사의 성체인 듯합니다."

예상치 못한 〈35〉

"어찌할까요?"

그 유해에 대한 논의가 이어지고, 나는 그 유해를 바라보았다.

그리고 속으로 중얼거렸다.

이전 삶과는 좀 많이 달라졌습니다.

그래서, 감상이 어떠십니까?

대사님의 계획을 망쳐 놓은 제가 미우실지도 모르겠네요.

그런데…….

응? 어라?

대사님께서 방금, 웃으신, 건가?

나는 깜짝 놀라 온몸에 소름이 돋았다.

"왜 그러십니까요?"

옆에 있던 팔갑이 물었고, 나는 팔을 쓰다듬으며 말했다.

"아니, 방금 혈곤성승 대사님이 나를 보고 웃으셔서."

"그게 무슨 말씀입니까요? 이미 돌아가신 지 오백 년이나 되신 분입니다요."

"마, 맞아. 내가 헛것을 봤나 보네."

이어서 명종 무사가 걱정스러운 얼굴로 말했다.

"요즘 과로하신 듯합니다. 북경에 돌아가시면 좀 푹 쉬시는 편이 좋을 듯합니다."

"저도 그러고 싶네요."

나는 쓴웃음을 지으며 답했다.

그나저나 내가 진짜 헛것을 본 건가?

분명 혈곤성승 대사님이 웃으신 것처럼 보였는데? 다시 바라본 유해의 얼굴은 처음 봤을 때와 같았다.

아무 표정 없는, 그냥 평안한 표정.

분명…… 봤는데.

혹시 혈곤성승 대사님이 남기신 물건을 내가 지니고 있으니, 잘 부탁한다는 의미일까?

그게 아니면 이전 삶과 달라진 지금이, 마음에 드신다는 의미일까?

어쩌면 혈곤성승 대사님께서는 본인이 이 검총을 만드셨지만, 이 검총으로 인해 아무도 죽지 않기를 바라셨을지도 모른다는 생각이 들었다.

혈곤성승 대사의 유해는 가운데 있었던 만큼 무림맹과 정파 측에 소유권이 있다.

"이 유해를 어찌할까요?"

그때 누군가 탐욕스럽게 눈을 빛내며 말했다.

"혹시 이 유해에 뭔가 있을 수도 있지 않겠습니까?

즉, 이 유해를 샅샅이 뒤져 보자는 의미다.

욕지기가 치미는군.

슬쩍 경산자 장로를 보니, 그 주장에 동조하려는 듯한 표정이다.

나는 속으로 한숨을 내쉬었다.

왜 나를 보고 웃으셨는지 모르지만, 나에게 웃어 주신 분이다.

그런 분의 유해가 훼손되는 것을 보고 싶지 않았다.

또한, 금괴를 열 개씩이나 남기면서 소림사에 속죄의 마음이 담긴 서책을 남기신 분이 아닌가.

그 마음이 향한 곳은 소림사라는 의미다.

그러니 그 유해는 온전히 소림사에 전해져야 한다.

나는 경산자 장로에게 말했다.

"장로님, 이 유해에 섣불리 손대는 건 좋지 않다고 생각합니다."

"어째서인가?"

"지금까지 발견한 수많은 함정들을 생각해 보십시오. 그 함정이 이곳에 없다고 확신할 수 있습니까?"

"음......"

"게다가 저는 저 구절이 마음에 걸립니다."

나는 그 옆의 벽에 새겨진 구절을 가리켰다.

[나 혜진은, 이곳에서 지켜볼 것이다]라는 구절.

"분명 혈곤성승 대사님의 법명이 혜진이었죠?"

"그리 알고 있네."

"그렇다면 대사님께서는 이곳에서 무언가를 지켜보고 있다는 의미겠죠. 그런데 무엇을 지켜보고 있다는 것일까요?"

"그야, 천마신교 아닌가? 생전에 천마신교에 대한 증오를 불태우셨던 분이니까."

"그렇다면 북서쪽을 바라보고 계셔야 합니다. 하지만 지금 바라보고 계시는 곳은 동쪽이죠."

"동쪽?"

"동쪽이라면…… 숭산!"

소림사가 있는 곳이 바로 숭산이다.

"입적하는 그 순간까지도 소림을 잊지 못하고 계셨다는 의미이기도 합니다."

"……."

"불가의 가르침은 무소유이며, 살계를 어기긴 하셨지만 그 외의 것들에 대해서는 철저하게 불가의 가르침을 따르신 분입니다. 이 검총에 그 어떤 것도 남아 있지 않음은 어찌 보면 당연한 게 아닐까 생각합니다."

"하긴……."

"그건 그렇군."

"그럼 이 검총은…… 무엇을 위한 검총이라는 말인가?"

누군가의 의문에 내가 차분하게 답했다.

"이 안의 수많은 함정을 보면 짐작이 가지 않으십니까? 그리고 애초에 이 검총이 혈곤성승 대사의 검총임을 어찌 알게 된 겁니까?"

"그야, 출입구 앞에 이곳이 혈곤성승 대사의 검총이다. 용기 있는 자는 들어와라. 금은보화와 비급 등 그 무엇이든 원하는 것을 얻게 될 거라고…… 새겨져 있었지."

그곳에 모인 이들은 그제야 이곳의 의미를 알아차린 모양이다. 특히 천마신교의 교도들은 안색이 창백해졌다.

"천마신교를 유인하여, 한 명이라도 더 죽이기 위해?"

"……."

예상치 못한 〈39〉

상상을 초월할 정도의 원한에 모두 몸을 떨었다.

"또한, 정파의 인물이 검총에 들어오지 않을 것이라고 믿으신 듯합니다. 금은보화와 비급 등에 욕심을 내지 않을 거라고 말입니다."

"……."

내 말에 무림맹과 정파의 인물들은 부끄러운지 고개를 푹 숙이거나, 먼 산을 바라보았다.

입구에 저런 구절을 새겨 놓은 건, 탐욕에 눈먼 자들도 악으로 규정하고 죽일 생각이셨던 것이 아닐까.

어쨌든, 다들 두려워하거나 숙연한 분위기가 되었다.

내 의도대로 됐군.

"저는 혈곤성승 대사의 유해만큼은 바라던 그곳, 소림으로 돌아갔으면 합니다."

"하지만 소림사에서는 이미 혈곤성승 대사를 파계했지 않습니까?"

어허! 분위기 좋은데 누가 찬물을 끼얹어?

"그건 맞습니다. 하지만 지금도 많은 이들이 혈곤성승 대사를 존경하고 있습니다. 소림에서도 마찬가지로 그분은 여전히 대사라고 부르고 있고요. 소림에서 이분을 박대할 일은 없을 겁니다."

"……."

"그런 분의 유해를 함부로 훼손했다가 차후 소림사에서 이 일을 알게 된다면…… 소림사에서 어찌 나올지는 저도 모르겠습니다."

내 말에 모두 침묵하는 정파와 무림맹의 인물들.
나는 경산자 장로를 보며 말했다.
"장로님께서 이곳의 책임자이니, 결단을 내려 주십시오."
"음……."
경산자 장로는 고뇌하는 표정으로 신음을 내뱉었다.
이마에서 흐르는 땀이 더워서는 아닐 테지.
"그러고 보니 저번에 화경에 드셨다는 일심 대사님께서 가장 존경하는 분이 혈곤성승 대사님이라고 들었던 것 같습니다."
"……그, 그런가?"
경산자 장로는 압박감을 느낀 듯 움찔했다.
당연히 그러라고 한 말이니까.
소림사는 절대 무시할 수 있는 세력이 아니다.
오죽하면 소림사 방장이 손뼉을 치면 운남의 허공을 날던 모기가 압사한다는 말이 있을까?
경산자 장로는 고민 끝에 결단을 내렸다.
"으음…… 저 성체를 우리가 함부로 할 수는 없지. 저 성체는 소림사에 인계하기로 하지."
됐다!

다시 발굴 작업이 이어지고, 밤이 되었다.
나는 막사 앞 모닥불 앞에 누웠다.
발굴 작업도 이제 막바지이고 혈곤성승 대사님의 유해

도 찾았고.

이제 검총에서 할 일은 다 끝나기는 했는데, 아직 황제의 명을 다 끝내지 못했다.

애초에 이곳에 온 이유가 황제의 명을 받아 온 것이니까.

금의위의 권직 대협과 권을 대협은 좀처럼 움직이지를 않았다.

경계심이 강한 건가?

아니면 결백한 걸까?

황제가 아무 이유 없이 나를 이곳에 보내지는 않으셨을 텐데 말이지.

그나저나 별은 진짜 잘 보이네.

지대가 높고 공기가 건조해서 그런 걸까.

사막에서 별이 잘 보인다는 말도 있고.

실제로 이곳은 사막과 가까운 지역이다.

그래서 매일 수레에 물통을 싣고 오가는 이들이 있을 만큼 물이 부족하다.

아!

나는 상체를 벌떡 일으켰다.

그러고 보니 귀주권가가 물을 수송해 오는 이들의 호위를 맡았었지!

그 말은 즉, 이곳의 상황을 누구보다 빠르게 연지산 밖의 누군가에게 알릴 수도 있다는 의미.

그 밖의 누군가가 황궁의 사람일 수도 있고, 혹은 무림맹의 사람일 수도 있겠지.

그 말은 즉, 누구에게 말을 전하느냐에 따라 두 금의위 대협이 누구에게 충성하고 있는지를 알 수 있다는 의미이다.

어디 보자, 지금 시간이…….

지금쯤이면 연지산 초입으로 막 내려갔을 시간이다.

나는 자리에서 일어나며 팔갑에게 말했다.

"잠시, 일 좀 보고 올게."

"알겠습니다요."

나는 자연스럽게 사람들 사이에서 벗어나, 연지산 아래로 달려 내려갔다.

얼마 달리지 않았는데도 마차를 끄는 일꾼들과 호위하는 이들이 보였다.

그 사이에는 권직 대협도 있었고.

권을 대협은 아직 진영에 남아 있겠지.

그래야 밤중에 일어난 일을 전해 줄 수 있을 테니까.

나는 기척을 숨긴 채 그 뒤를 따랐다.

마차는 한 시냇가 주변에 멈췄다.

황하로 흘러가는 물줄기 중 하나로, 식수로 사용하기에 충분했다.

일꾼들이 물을 길어 마차에 싣고 있는 동안, 무사들은 그 주변을 빈틈없이 경계하고 있었다.

이를 살펴보던 권직 대협은 무사들에게 명령했다.

"경계를 철저히 하도록. 나는 잠시 어딜 좀 다녀오겠다."

"네."

권직 대협은 시냇가를 떠나 나무가 울창한 숲으로 향했다.

나는 최대한 기척을 숨기고 그의 뒤를 따랐다.

그가 그 숲에서 서성이고 있자, 누군가 그에게 접근했다.

누구지?

다른 이들의 눈에 띄지 않을 정도로 은밀하게 접근하다니, 솜씨가 보통이 아닌데.

하지만 흑도의 기운은 느껴지지 않는다.

나는 청각에 기운을 집중했다.

"왔나?"

"네. 대협."

"오늘 혈곤성승의 검총에서 성체가 발견되었다."

"그렇군요. 그것 말고는 없습니까?"

"그리고 조만간 발굴 작업이 끝날 것 같다."

"뭔가 나올 기미는 있습니까?"

"아니, 없다."

"그럼 윗전에는 뭐라고 아뢸까요?"

"더 이상 관심을 두지 않아도 된다고 아뢰도록. 그분이 찾고 있는 전설 속의 기물은 없는 듯하니."

"그리하겠습니다."

그렇게 그자는 사라지고, 권직 대협은 나지막이 중얼거렸다.
"그 기물을 왜 그리 찾는 건지…… 그 기물이 있다고 해서 어좌에 앉을 수 있는 것도 아닐 텐데."
그러고는 울창한 숲에서 나가 시냇가로 돌아갔다.
"……."
한편, 나는 방금 들은 말 때문에 심각한 표정을 지을 수밖에 없었다.
내가 잘못 들은 게 아니지?
방금 어좌라고 한 거 같은데.
어좌라고 하면 황제가 정무 때 앉는 의자를 뜻했다. 즉, 황제의 자리를 의미하는 것.
설마, 황제가 내게 저 금의위 대협들을 감시하라고 한 이유가 무림맹 때문이 아니었나?
그러고 보니 황제는 나에게 그들을 감시하라고 했을 뿐 정확하게 누구에게 동조하고 있는지는 알려 주지 않으셨지.
저들이 그동안 이상한 행동을 하지 않았던 이유가 있었다. 그럴 필요가 없었으니까.
후, 이거 하마터면 허탕 칠 뻔했네.
권직 대협이 충성하는 자가 황제가 아님을, 아니 황제의 자리를 노리는 누군가라는 것을 알게 되자 자연스레 의문이 들었다.

그렇다면 권직 대협이 충성하는 자는 누구지?

그리고 방금 언급했던 '그 기물'이 무엇이지?

나는 이내 고개를 흔들며 상념을 지웠다.

후, 여기서 추측만 해 봤자 의미가 없지.

내가 해야 할 일은 간단하다.

방금 권직 대협으로부터 정보를 받은 사람의 주인이 누군지 알아보는 것.

그 의문의 사내를 조용히 따라가자, 그가 어딘가로 전서구를 날리는 것이 보였다.

- 금령아.
- 꾸이?
- 심부름 좀 하자. 저 전서구가 어디로 향하는지, 그 도착지가 어딘지 좀 알아봐 줄래?
- 꾸이!

내 부탁에 금령은 즉시 그 전서구를 쫓아갔다.

.
.
.

다음 날 오후.

쉬는 시간이 되었다.

나는 자연스레 권직 대협에게 다가갔다.

그는 간밤에 물을 수송하는 이들의 호위를 하느라 피곤했을 텐데도, 발굴 작업에 열심이었다.

이전에는 이에 대해 별생각이 없었지만, 이제는 다르다.

그 이유를 아니까.

이곳에 있을지도 모르는 기물 때문.

어젯밤 금령을 통해 전서구가 도착한 곳을 알아내긴 했지만, 어떤 기물을 찾는지까지는 알아내지 못했다.

그러고 보니 황제가 이곳에 금의위를 보낸 이유가 혹시 이곳에 있을지도 모르는 황실의 기물 때문이라고 하셨지.

그렇다면 황제는 이미 저들이 찾고 있는 기물이 무엇인지 알고 계실지도 모른다.

어쩌면, 저들은 다른 기물을 노리고 있는 것일지도 모르고.

어찌 되었든 알아보려는 노력은 해 봐야지.

그런데 어떻게 말을 걸지?

그렇게 머리를 싸매고 고민하는 중에, 뱀 한 마리가 기어오는 것이 보였다.

좋은 생각이 떠올랐다.

- 금령아! 저 뱀이 저 대협의 발 근처로 가게 해 줘!

- 꾸이!

내 부탁에 금령은 그 뱀을 향해 다가갔다. 그러자 그 뱀은 깜짝 놀라 부리나케 방향을 틀었다.

좋았어!

"거기 조심하십시오!"

나는 권직 대협에게 경고하며 몸을 날렸다.
"무슨……?"
휙!
나는 뱀을 잡아 치우고는 그와 이야기를 나누었다.
"괜찮으십니까?"
"괜찮습니다. 갑자기 뱀이 나타나다니, 별일이군요."
"그러게 말입니다. 이곳의 뱀은 독이 독하다던데, 물리지 않으셔서 다행입니다."
"도와주셔서 감사합니다."
"별말씀을요."
나는 자연스럽게 말을 이었다.
"그나저나 지금까지 아무것도 나오지 않았다는 건 정말 아무것도 없다는 의미가 맞군요. 제가 그리 말하긴 했지만…… 사실 뭐라도 나오지 않을까 기대했습니다."
"기대라…… 대협만 그리 기대한 건 아닐 겁니다."
"그렇겠죠. 사실 저는 무기가 나오지 않을까 기대했습니다. 혈곤성승 대사께서 쓰셨다는 붉은색 봉 같은 거 말입니다."
나는 은근슬쩍 그에게 물었다.
"대협께서도 뭐 기대하신 것이 있으십니까?"
"기대라……."
그는 나에 대한 의심을 완전히 풀었는지, 아니면 자신이 간직한 비밀을 누군가에게 말하고 싶었던 것인지 피식 웃으며 말을 이었다.

"저는 혹시 기물 같은 것이 있지 않을까 기대했습니다."
"기물…… 말입니까?"
"네. 일설에 의하면 혈곤성승 대사께서는 숲에서 민복으로 잠행을 하시던 황제 폐하를 만나 그분의 목숨을 구해 주고 감사의 의미로 기물을 선물 받았다고 합니다."
"그런 전설이 있었습니까?"
"잘 알려진 이야기는 아닙니다. 아무튼, 혈곤성승의 검총이니만큼 이 안에 그 기물이 있지 않을까 기대했는데……."
"그런데 그 기물은 어떤 기물입니까?"
"아, 그건 보자기입니다."
"네?"
"붉은색의 보자기인데, 그 보자기에 본인이 가고자 하는 곳을 적으면 그 장소가 어디든 안전한 길로 인도해 준다고 하죠."
붉은색 보자기?
내가 발견한 서책과 서신을 싸고 있던 보자기가 붉은색 아니었나?
문득 그런 생각이 떠올랐지만, 그걸 권직 대협 앞에서 드러낼 수는 없다.
"그렇군요. 참 신기한 귀물입니다. 과연 황제 폐하께서 하사할 만한 귀물이군요."
"맞습니다."
그렇게 이야기를 하다 보니 휴식 시간이 끝났다.

우리는 다시 각자의 자리로 향했고, 발굴 작업을 이어 나가기 시작했다.

그나저나 내가 발견한 상자 안에 있던, 서책과 서신을 쌌던 붉은 보자기가 진짜 그 기물일까?

금령이가 반응하긴 했지만, 그게 금괴에 대한 반응인지 서책에 대한 반응인지 보자기 기물에 대한 반응인지는 알 수 없다.

어쩌면 그 세 개 전부에 대해서 반응했을 수도 있다.

그 보자기가 기물이 맞는지 시험해 보고 싶지만, 지금 여기서 썼다가는 들킬 수도 있으니 좀 미뤄 두는 수밖에.

시간이 흐르고, 드디어 발굴 작업이 끝났다.

고생은 고생대로 했지만, 모두의 손에 쥐어진 건 그 무엇도 없었다.

있다면 혈곤성승의 검총의 진의 정도일까?

아니면 훗날 금주령이 해제되었을 때 술 한잔과 함께 떠들 수 있는 안줏거리?

그러나 모두의 얼굴에는 미련 따윈 없었다.

발굴 작업을 통해 만약 이 안에 들어갔다면 어떤 꼴을 당했을지 질리도록 알게 되었기 때문이다.

이곳을 무사히 떠날 수 있게 되어 안도할 정도.

가장 먼저 떠난 이들은 천마신교도들이다.

간다는 말도 없었고, 자고 일어나니 이미 떠난 상태였다.

이어서 흑도의 무리까지 떠나자, 무림맹과 정파 무리만이 남게 되었다.

간단하게 만두로 점심을 먹은 후 회의를 진행했다.
앞으로 어찌할지에 대한 회의다.
"우선 우리 측 진영은 내일 철수할 예정이네."
경산자 장로는 모두를 바라보며 말을 이었다.
"이곳에 모인 모두의 아낌없는 지원에 대해서는 반드시 맹주님께 말씀드리겠네."
"혈곤성승 대사의 성체는 어찌하실 생각입니까?"
"우선 무림맹으로 가져가고, 그곳에서 소림사에 인계할 생각이네."
즉, 혈곤성승 대사님의 유해를 무림맹까지는 가지고 가지만 그 이후의 일은 소림사에 넘기겠다는 의미군.
"모두 수고 많았네."

다음 날, 아침.
우리 영선민가 일행은 아침을 먹자마자 경산자 장로를 비롯한 이들에게 작별 인사를 했다.
"자네도 같이 무림맹으로 갈 거라고 생각했는데, 아쉽게 됐군."
"저도 마음으로는 그리하고 싶지만, 영선민가를 이끌고 있는 입장이니 이해해 주십시오."
"어쩔 수 없지. 조심히 돌아가게나."

우리는 그렇게 인사를 나누고는 연지산을 내려갔다.

그렇게 혈곤성승 대사의 검총과 관련된 일은 마무리되었다.

물론, 내 개인적인 일은 아직도 진행 중이지만 말이지.

나는 내려가면서 고민에 빠졌다.

두 금의위 대협에 대한 일을 어떻게 할 것인지.

곧이곧대로 아뢴다면 두 대협의 운명이 어찌 될지는 뻔하다.

그렇다고 이 일을 황제에게 알리지 않는다면?

그건 불가능하다.

황제는 내가 일부러 말하지 않았다는 것쯤은 충분히 알 만한 분이니까.

"정녕 아무것도 밝혀낸 것이 없다고? 내가 네 능력을 아는데? 정말 아무것도 모른다면 내가 네 능력을 너무 높이 샀다는 의미겠지. 그래…… 그렇다면 작풍기에 대한 권리부터 회수할까?"라고 하시면서.

생각만 해도 끔찍하네.

"으……."

내가 몸을 떨자 서우 무사가 물었다.

"몸이 좋지 않으신 겁니까?"

"저는 괜찮습니다. 그런 거 아니니 신경 쓰지 않으셔도 됩니다."

나는 그리 말하며 말을 몰았다.

음, 확실히 황제라면 그럴 거다.

에휴. 뭐 어쩔 수 없지.

그들도 발각되어 죽을 위험을 각오하고 그리한 것이고, 역모죄는 죽음으로 다스려진다는 것 역시 알고 있다.

그러니 그렇게 죽는다고 해도 억울하지는 않겠지.

하지만 곧이곧대로 아뢰자니 뭔가 마음에 걸리는 게 있었다.

이전 삶의 기억에서는 이맘때쯤 황족의 반란 같은 게 일어난 적이 없었다.

애초에 황제가 황족들의 고삐를 바짝 쥐고 계시는데 반란이 일어날 수가 없지.

그런 상황에서 반란을 일으킨다면, 나는 정말 대단하다고 아낌없이 박수를 보내 줄 수 있다.

이번에 금령의 안내를 받아 진유 무사는 전서구가 전해진 곳이 어딘지 알아 왔고, 나에게 보고했다.

그곳은 중경에 있는 창성왕의 거처.

그것도 참 이상했다.

창성왕은 황제의 아들이자, 끝까지 자신의 아버지와 형에게 충성한 인물이었으니까.

그렇다면…… 아!

이런 만 년 묵은 구렁이 같으니라고!

나도 모르게 황제에 대한 욕이 나올 뻔했다.

다행히 그걸 입 밖으로 내는 불경은 저지르지 않았다.

이건 나에 대한 황제의 시험이었다.

내 능력에 대한 것과 더불어서 나를 믿어도 되는지.

그리고 내가 일을 어떤 방식으로 처리하는지도 궁금하신 모양이다.

와…….

이전 삶의 기억이 없었다면 정말 깜빡 속을 뻔했네.

진짜 무섭다. 무서워.

어쩜 그렇게 감쪽같이 나를 속일 수가 있지?

역시 금의위는 명불허전이다.

지금 와서 생각해 보니 석연치 않은 점들이 몇몇 있었다.

권직 대협이 기물에 대해 순순히 말해 준 것도 그렇고, 그에게서 탐욕이 보이지 않았다는 것.

목숨을 걸고 역모를 일으키는 이들은 대부분 원하는 것이 있기에 그리하는 것이다.

모두가 대의를 위해서라는 명분을 내세우기는 하지만, 대부분은 자신의 욕심 때문이니까.

그런데 또 하나 의아한 점이 있었다.

권직 대협이 중얼거렸던 한마디.

"그 기물을 왜 그리 찾는 건지…… 그 기물이 있다고 해서 어좌에 앉을 수 있는 것도 아닐 텐데."

이게 시험이라면 권직 대협은 내가 그곳에 있다는 것을 알고 중얼거린 것이다.

하지만 내가 훨씬 경지가 높으니, 그것을 알 수는 없었을 텐데.

"도련님."

그때 팔갑이 나를 불렀다.

"왜?"

"지금 이런 것을 여쭙기에 좀 민망하긴 하지만, 설마 정인이 생기신 겁니까요?"

"정인이라니? 무슨 소리야?"

"며칠 전부터 도련님께 향긋한 향이 납니다요. 이 향은 분명 여인들이 좋아하는 향입니다요. 도련님께 이런 향이 난다는 건 연지산에서 만난 소저에게 향낭을 받았다는 의미입니다요! 그러니 순순히 자백하십시오!"

나는 어처구니가 없다는 표정으로 말했다.

"헛다리 짚은 거야. 이번에 내가 알콩달콩한 만남을 가질 시간이 있었던 거 같아?"

팔갑은 이내 민망한 듯 고개를 돌리며 대답했다.

"……그렇긴 합니다요."

옆에서 서우 무사가 고개를 갸웃하며 물었다.

"그런데, 주군께 무슨 향이 난다고 그런 말도 안 되는 억측을 펼친 건가?"

"평상시와 같은데 말이지."

다른 무사들도 동조했다.

뭐지? 나는 물론이고 다른 무사들도 느끼지 못한 향을 팔갑은 느꼈다는 건가?

"역시, 어딘가 익숙한 향이라고 생각은 했는데……."

호위무사 중에 유일하게 동조하지 않은 이필 무사가 입을 열었다.

"도착해서 한 이틀 후부터 주군께 그 향이 나기 시작했습니다. 그 향은 특수한 훈련을 받은 사람만이 맡을 수 있는 향입니다."

"설마? 추종향입니까?"

"그렇습니다. 그리고 그곳에 있던 이들 중 그 향을 풍기는 이가 한 명 더 있었습니다. 권직이라는 자더군요."

"……."

"그런데 그 추종향을 어찌 손에 넣었는지가 의문입니다. 그 추종향은 외부로의 반출이 금지된 것인데 말입니다."

이필 무사가 알아차린 것이라면 사천당가의 추종향인가 보군.

외부로의 반출이 금지되었다고 하더라도 상대가 황제다. 황제가 내놓으라고 하면 내놔야지.

"사실, 말씀드릴까 했는데 확실하지 않아서 말씀드리지 못하고 있었습니다. 죄송합니다."

"괜찮습니다."

후, 그래서 알고 있었던 거군.

권직 대협은 그 추종향을 통해 내가 주변에 있다는 것을 알고 그런 말을 중얼거린 것이다.

어쩐지, 좀 크게 말하더라…….

"대체 무슨 목적으로 그리한 것일까요?"

"그냥 제가 마음에 들었나 봅니다. 그나저나 이 향은, 어떻게 지웁니까?"

"한 달 정도면 지워집니다만, 즉시 지우기 위해서는 몇 가지 약재가 필요합니다. 그리 구하기 어려운 것은 아니니, 난주에 가면 구할 수 있을 겁니다."

"부탁 좀 드립니다."

"알겠습니다."

그런데 이게 당가의 추종향이라고?

이번에 사천당가에서도 지원을 오지 않았었나?

그들도 내 몸에 묻어 있던 추종향을 알아차렸을까?

이에 대해 이필 무사에게 조용히 묻자, 그는 고개를 저었다.

"지금의 추종향은 직계만이 맡을 수 있는 향입니다. 이번에 사천당가에서는 직계가 오지 않았으니 아무도 알아차리지 못했을 겁니다."

그렇다면 다행이지만…….

나는 안도의 한숨을 내쉬다가 고개를 갸웃했다.

분명히 이 추종향은 사천당가의 직계, 그것도 특수한 훈련을 받은 사람만이 알아차릴 수 있는 향이라고 하지 않았나?

그런데…… 팔갑은 대체 어떻게 알아차린 거지?

그런 의문을 담아 팔갑을 보았다.

"그, 그냥 제가 잘못 짚었을 뿐인데 그리 보시면 제가 민망합니다요."

예상치 못한 〈57〉

역시나, 그에 대한 자각이 없구나.

그건 그렇고…….

혹시 내가 검총을 폭파시켜 버린 것도 알고 있으려나?

잠시 고민했지만, 그러진 않을 것 같았다.

그 시간에는 물을 뜨러 가는 이들의 호위를 하고 있었을 테니까.

그나저나 이런 식으로 나를 시험했다라……

황제가 아무 이유 없이 갑자기 나를 시험하지는 않았을 터.

누군가에게 중임을 맡기기 전에 이런 식으로 시험을 해 본다는 말을 들었던 것 같은데…….

"……!"

이제야 황제의 목적이 보이는 듯했다.

이번 일을 계기로 해서 나를 더 중하게 쓰려는 생각이군.

그런 생각이 들자 황제에게 한 방 먹여 줄 생각은 저 멀리 날아가 버렸다.

내 뇌리에 경종이 울리고 있었다.

뭘까?

진짜 격하게, 진심으로, 온 마음을 다해, 정말, 아주 많이, 매우, 간절하게 튀고 싶다.

그런데…….

뭔가 잊어버리고 온 것 같은 기분이 드는 건 왜지?

* * *

은서호와 영선민가 일행이 떠나고, 다른 이들 역시 하나둘 떠나기 시작했다.
"저희도 떠날 준비가 다 되었습니다."
권직은 보고하러 온 이에게 잠시 대기할 것을 명했다.
"잠시 기다리거라. 우리는 천천히 가자꾸나."
"알겠습니다."
그가 일행이 있는 곳으로 가고, 권직에게 권을이 다가왔다.
"무슨 생각을 하십니까?"
그의 물음에 권직은 피식 웃으며 대답했다.
"은서호 소단주에 대해 생각하고 있었다."
"아…… 마음에 드셨나 봅니다."
"왜 그리 생각하느냐?"
"웃고 계시지 않습니까?"
그 말에 권직은 손을 올려 입가를 만졌다. 권을의 말대로 자신은 웃고 있었다.
"형님이 웃으시는 건 오랜만에 봅니다."
"재밌는 자더구나."
솔직히 그는 황제가 왜 은서호를 저렇게까지 신뢰하고 가까이 두는지 이해하지 못했다.
'진영 대협을 비롯한 금의위들을 구해준 건 고맙지만 말이지.'

그래서 황제가 은서호를 시험해 보라고 했을 때, 그는 속으로 결심했다.

이번 기회에 확실하게 시험해 보겠다고.

은서호는 각오해야 할 거라고.

자신은 결코 호락호락 넘어가지 않을 테니까.

하지만, 곁에서 지켜본 은서호는…… 황제가 신임할 만한 인재였다.

서륜해가의 철없는 공자가 은서호와 그의 외가를 모욕했을 땐 솔직히 사정없이 팰 줄 알았다.

하지만 은서호는 그러지 않았고, 오십 근짜리 수련용 기구를 차고 수련을 하게 했다.

게다가 해준 공자의 숙부를 어찌 구슬렸는지, 그 숙부가 직접 그 수련을 감독할 정도.

몇 대 맞는 게 낫지, 그건 진짜 죽을 맛일 거다.

그리고 쓸데없는 소모전으로 번질 뻔한 회합도 구역을 공평하게 세 등분으로 나누자는 의견을 제시했고, 이를 관철시켰다.

그뿐인가?

적재적소에, 문제가 생길 법한 곳이면 어김없이 나타나서 문제가 원만하게 해결되도록 했다.

은서호가 아니었다면 벌써 이렇게 떠날 준비를 할 생각은 꿈에도 하지 못했을 거다.

사실 그는 며칠 전 물을 뜨는 이들을 호위한다는 명목으로 연지산을 내려갔을 때 가슴이 철렁했다.

분명 황제에게 하사받은 추종향의 향은 나는데 은서호의 기척이 느껴지지 않았기 때문이다.
 그 말은 즉, 자신보다 고수라는 이야기.
 황제가 자신에게 추종향을 내준 이유가 있었다.
 '이제 그가 황제 폐하께 이번 일의 배후에 대해 정확하게 말한다면, 그와 만날 일이 잦겠군.'
 그리 생각하고 있을 때 한 소년이 그의 옆을 지나가고 있었다.
 음?
 고개를 돌려보니 서륜해가의 해준 공자다.
 그는 숨을 헐떡이며 진영 주변을 돌고 있었다. 아직 팔과 다리에는 쇳덩이를 차고 있었다.
 "자, 세 바퀴 남았다!"
 뒤에서 숙부가 그를 응원했고, 해준 공자는 죽을 것 같다는 표정이었다.
 '참, 열심히 하는군.'
 그나저나 그 기물은 역시 이곳에 남아 있지 않았다.
 그가 은서호에게 말했던 보자기 기물에 대한 이야기는 진실이다.
 그렇기에 이곳에 그 기물이 남아 있을 가능성이 크다고 판단한 것이다.
 지금 봐서는, 검총이 무너져서 들어가지 못하게 된 것이 오히려 다행이었지만 말이다.
 '그 검총이 그렇게 갑작스럽게 무너지다니…….'

문득 은서호는 검총이 무너질 것을 예상하고 있었던 것 같기도 했다.
 그러니 모두가 당황한 가운데 태연한 표정이었을 터.
 '설마 그가 무너트린 건······.'
 하지만 이내 권직은 고개를 저으며 그 생각을 지웠다.
 '대체 무슨 수로 그 검총을 무너트렸겠어. 말도 안 되는 생각을 했군!'
 어느새 한 바퀴를 다 돌았는지, 해준 공자가 다시 그의 옆을 지나쳐 달렸다.
 그때 문득, 떠오른 생각이 있었다.
 '그러고 보니 은서호 소단주는 저 공자에게 이제 그만하라는 말을 하지 않았지.'
 잊고 말하지 않았는지, 일부러 말하지 않았는지.
 그건 은서호 본인만이 아는 것일 터.
 '뭐, 저 수련은 본인에게 도움이 되는 일이니 상관없겠지.'

100장. 제법 아프군

# 제법 아프군

우리는 무사히 외갓집에 도착했다.

외조부모님과 외숙부님이 그런 우리를 반갑게 맞아 주셨다.

"보고 드립니다. 광풍단 총 인원 스무 명, 모두 무사합니다."

나는 빙그레 웃으며 말을 이었다.

"무사히 다녀왔어요."

"그래, 무사해서 다행이다! 정말 다행이야!"

외조부께서는 눈물까지 글썽이시며 나를 안아 주셨다.

확실히 외조부께서는 감정을 잘 표현하는 분이시다.

이렇게까지 나를 걱정하셨을 줄이야.

그 사이, 광풍단원들의 노고에 대해 치하하고 오신 외숙부님께서 어깨를 두들기며 말씀하셨다.

"수고 많았다."

"별말씀을요. 이곳 영선민가는 제 외갓집입니다. 당연히 해야 할 일을 했을 뿐입니다."

"그리 말해 주니, 더 고맙구나."

그때 외조모님께서 내 등을 토닥이며 말씀하셨다.

"자자, 들어가자. 너 주려고 회두자를 만들어 놨단다."

그렇게 안으로 들어가려던 때.

"은서호 공자님."

"……?"

나를 부르는 소리에 뒤를 돌아보니 광풍단이 나를 부르고 있었다.

무슨 일이지?

그리 생각하고 있을 때 그들은 일제히 나를 향해 포권하며 고개를 숙였다.

척!

그리고 광풍단주가 대표로 말했다.

"저희 모두가 무사히 돌아온 건 모두 공자님 덕분입니다. 이 은혜, 평생토록 잊지 않을 것입니다."

뭔가 쑥스럽네.

.

.

.

그날 저녁.

나는 이필 무사가 만들어 준 추종향을 지우는 약물에

목욕을 했다.

"음, 이제 더는 추종향이 나지 않는군요."

이필 무사의 말에 팔갑 역시 고개를 끄덕였다.

"확실히, 향이 사라졌습니다요."

그때 이필 무사가 팔갑에게 물었다.

"그런데 팔갑 소이는 대체 어떻게 그 추종향을 알아차린 겁니까?"

"네?"

팔갑은 고개를 갸웃하며 대답했다.

"그냥…… 향기가 났습니다요."

"일전에도 말했듯이 그 추종향을 맡는 건 특수한 훈련이 필요합니다. 그런데 그 향을 맡을 수 있다니……."

그 의문에 답한 자는 서우 무사였다.

"감각이 극도로 예민한 사람 중에는 그런 훈련 없이도 특수한 향을 감지할 수 있는 경우가 있다고 들었네. 팔갑 소이도 그런 경우가 아닐까 싶군."

그러고 보니 팔갑은 발효된 음식을 정말 싫어했지. 발효와 부패는 사실 한 끗 차이니까.

그런 생각을 하다가 이내 속으로 피식 웃었다.

팔갑이 왜 그게 가능한지 알 것 같았으니까.

그냥 곰이라서 그런 거다.

야생의 본능이 살아 있기 때문이라고 할까?

솔직히 살왕의 재능이라는 것도 좋은 말로 해서 살왕의 재능이지, 넓은 의미로 보면 그것 역시 야생의 본능이다.

제법 아프군 〈67〉

사냥을 위한 본능이랄까?

팔갑에게 있는 살왕의 재능은 나를 보필하기 위한 것으로 방향이 틀어져 있는 거고.

"자, 그럼 이제 슬슬 잠자리에 들 시간입니다."

내 말에 모두 각자의 처소로 향했다.

팔갑도 내 잠자리를 봐 준 후 옆방으로 향했다.

그리고 자리에 눕자, 문밖에서 일정 거리를 두고 서 있는 서우 무사와 명종 무사의 기운이 느껴졌다.

내가 부르지 않는 이상, 들어오지는 않을 터.

그럼 이제, 때가 되었군.

비고 안에서 혈곤성승 대사가 남긴 물건들을 꺼냈다.

보자기가 기물인지 아닌지 확인하는 게 우선이다.

이렇게 내 방에서 몰래 확인하는 건, 이에 대해 아는 게 나쁜이기 때문이다.

설명하기 귀찮기도 하고.

나는 서책과 서신은 상자 안에 넣고, 보자기를 꺼내 다탁 위에 펼쳤다.

선명한 붉은색…… 어?

그제야 이상한 점을 깨달았다.

무려 오백여 년이나 서책과 서신을 감싸고 있던 보자기다.

서책과 서신이 그리 낡을 동안 보자기가 이렇게 깨끗하고 선명하다고?

우리 상단의 주요 상품 중에 하나가 비단이라 잘 아는

데, 오백 년 동안이나 이렇게 멀쩡할 수 있는 비단은 없다.

그럼 진짜로 이게 기물인가?

분명, 보자기 위에 가고자 하는 곳을 적으면 안전한 곳으로 인도해 준다고 했지?

내가 가고자 하는 곳이라?

이를 시험하기 위해서는 내가 잘 아는 장소를 적어야겠지.

나는 붓을 들어 보자기 위에 은해상단 북경지부라고 적었다.

"……!"

이내 깜짝 놀랄 수밖에 없었다.

내가 붓으로 쓴 글자가 사라지더니, 보자기 위에 검은색의 그림이 떠오르기 시작한 것이다.

지도다.

그것도 이 제국 전체의 지도.

그리고 이곳 외갓집에서부터 은해상단의 북경지부까지 금색의 선이 꾸불꾸불하게 쭈욱 이어져 있었다.

헉!

나는 얼른 두 손으로 내 입을 막았다.

그렇게 하지 않으면, 탄성이 새어 나올 것 같았기 때문이다.

진짜다. 진짜 기물이다.

나는 신중하게 그 경로를 살폈다.

북경지부로 갈 거라면 배를 타고 가라는 것인지, 중간

에 강줄기를 따라 금색 선이 그어져 있었다.

"음, 그냥 육로로 가고 싶은데 말이지. 나에게는 주강마가 있으니까."

내가 아쉽다는 듯 작게 중얼거리자 이내 금색의 선이 지워지고 다시 그려지기 시작했다.

배를 타지 않고 육로로만 가는 길.

이거, 엄청난데?

솔직히 이 기물이 나에게 목적지까지 가는 길을 강요했다면 좀 의심했을 것이다.

기물 중에는 사용자를 세뇌하거나 혹은 악에 물들게 하는 기물도 있다고 하니까.

하지만 내 의향에 따라 길이 바뀌는 것을 보니 그런 건 아닌 듯했다.

나는 그 경로를 머릿속에 잘 기억해 두고는 보자기를 다시 잘 정리했다.

좋아, 이번에 이 경로가 안전한 길인지 한번 시험해 볼까?

이게 만약 진짜로 안전한 길을 알려 주는 기물이라면?

고민할 것도 없다.

당연히 내가 먹어야지.

냠냠하고.

.

.

.

날이 밝았다.

그리고 오늘은 북경으로 돌아가기로 한 날이다.

"좀 더 있다가 가지 않고?"

외조모님의 말에 나는 미소 지으며 대답했다.

"저도 당연히 좀 더 있고 싶죠. 하지만 해야 할 일이 많아요."

나는 외조모님을 안으며 그리 말했다. 이에 외조모님은 내 등을 두들기며 말씀하셨다.

"아쉽지만 어쩔 수 없지. 다음에 또 보자꾸나."

"네."

"몸 조심하거라."

외조부님에 이어 외숙부도 나에게 말했다.

"나중에, 만날 기회가 있을 거다. 그때까지 몸 건강히 잘 있거라."

"네."

"그리고 선이를 잘 부탁한다."

그리 말하는 외숙부의 말에는 어머니에 대한 애정이 가득 담겨 있었다.

그나저나 둘째 외숙부는 못 뵙고 가네.

앞으로 사오 년 정도 뒤에 주화입마로 돌아가시기 전에 다시 한번 찾아뵈어야 할 것 같다.

둘째 외숙부의 사망을 막을 수 있다면 막아야지.

우리는 모두의 배웅을 받으며 영선민가를 나섰다.

"어디로 가면 됩니까?"

서우 무사의 말에 나는 손을 들어 방향을 가리켰다.

"이쪽으로 가도록 하죠."
"알겠습니다."
그렇게 우리는 북경을 향해 말을 달리기 시작했다.
내가 지금 달리는 길은 보자기 기물이 알려 준 길.
주강마들은 거침없이 달렸다.
"음, 여기서 왼쪽으로."
"히잉!"
나는 중간중간 일행에게 방향을 지시하고는 고삐를 당겨 말의 방향을 틀었다.
솔직히 우리가 북경에서 난주로 가는 동안 산맥을 타고 넘으며 왔었다.
하지만 우리가 가는 길에는 그저 들판만이 보일 뿐, 험한 산맥은 보이지 않았다.
그렇기에 길을 돌아가는 것처럼 보였지만, 실제로는 더 빨랐다.
산맥의 장애물들을 요리조리 피해 가면서 달리는 것보다는 장애물 없는 들판을 달리는 것이 훨씬 빨랐으니까.
덕분에 우리는 예정보다 하루 일찍 북경 근교에 도착할 수 있었다.
어느새 날이 어두워지고 있었다.
"오늘 밤은 이곳에서 쉬다가 갑시다."
내 말에 팔갑이 고개를 갸웃했다.
"그게 무슨 말씀입니까요? 앞으로 한두 시진만 가면 북경입니다요."

"나도 알아."

"음, 도련님께서 침상에서 편하게 주무시는 것을 포기할 정도면 제법 중요한 일입니까요?"

"맞아. 그러니까 야숙 준비를 부탁해."

"알겠습니다요."

그렇게 팔갑과 호위무사들은 야숙 준비를 했다.

곧 우리는 모닥불 앞에 둘러앉아 식사를 했고, 차를 마셨다.

이제 모두 들을 준비가 되었군.

"저희가 출발하기 전에, 말씀드렸죠? 제가 황제 폐하에게 무슨 명령을 받았는지."

내 물음에 모두 고개를 끄덕였다.

"단도직입적으로 말씀드리자면, 이번 명령은 저에 대한 시험이었습니다."

"시험이라니…… 무슨 의미입니까?"

서우 무사의 물음에 나는 한숨을 내쉬며 말을 이었다.

"말 그대로입니다. 폐하께서는 앞으로 제게 중임을 맡겨도 되는지 살펴보시고자 이런 명을 내리신 거죠."

그제야 무언가 깨달은 듯 이필 무사가 물었다.

"혹시 추종향 역시 그 안에 포함된 사안입니까?"

"아마도요?"

"젠장! 일찍 알려 드릴 것을 그랬습니다."

"자책하지 않으셔도 됩니다. 다만, 다음에는 의심이 생긴다면 뭐든 말해 주세요."

"알겠습니다."

그때 팔갑이 말했다.

"그런데 말입니다요. 더 중하게 쓰인다면 지금보다 더 바빠진다는 건데…… 그게 가능한 일입니까요?"

팔갑의 물음은 당연했다.

지금 나는 여기서 더 바빠질 수 없을 정도로 바쁘게 움직이고 있었으니까.

서향 소저가 도와주니 망정이지…….

모두가 그 말에 동의한다는 듯 나를 바라보았다.

"물론 여기서 더 바빠지기는 힘들 겁니다."

"맞습니다. 주군께서는 지금도 수면 부족이십니다."

"게다가 수면 부족이면 성장발달도 저해됩니다."

마지막 말 누구야?

아, 여응암 무사군.

그런데 저, 이미 성장발달은 끝난 거 같은데요?

나는 말을 이었다.

"저 역시 그렇게 생각합니다. 그래서 말입니다…….."

나는 그들에게 계획을 차근차근 설명했고, 그들은 고개를 끄덕이며 동의했다.

솔직히 이번 시험이 황제가 나를 중히 쓰려는 계획이라는 것을 알아차리자, 한 방 먹이고 싶다는 생각은 싹 달아났다.

하지만, 내 천성은 못 속이나 보다.

역시 그래도 황제에게 한 방 먹이고 싶다는 생각이 뇌

리에서 사라지지 않는 걸 보면 말이지.

* * *

황제는 서신을 읽고 있었다.
그가 은서호를 시험하라는 명을 내린 자들에게서 온 보고다.
전서응으로 보낸 덕분에 은서호의 도착보다 훨씬 빨리 받아 볼 수 있었다.
"음…… 역시 내가 고른 인재야."
황제는 보고서를 읽어 보며 흡족한 미소를 지었다.
혈곤성승의 검총에 관련한 일을 아주 깔끔하게 처리했을 뿐만 아니라, 그가 지시한 일 역시 제법 잘 처리했기 때문이다.
"그럼 이제 시험은 마지막 단계만이 남은 것입니까?"
그 물음에 황제는 고개를 돌려 옆을 보았다. 그의 옆에 앉아 있는 자는 황제의 장자이자 현 황태자.
아버지를 꼭 닮은 눈빛을 보며 사람들은 황제가 청년이었을 때를 보는 것 같다고 할 정도.
"그렇다. 내 앞에서 이번 일의 전모를 분명히 밝힌다면 시험은 통과다. 너에게 믿을 만한 사람을 붙여 줄 수 있게 되는 것이지."
"아주 기대되는군요."
황태자는 상인을 자신에게 붙여 주겠다는 말에도 전혀

불만을 품지 않았다.

그는 알고 있기 때문이다.

고고하고 깨끗한 척하는 자들이 실제로 얼마나 구린 놈들인지 말이다.

"그나저나 믿을 만한 사람이라니…… 참 많이 기대되는군요."

그의 말에는 살짝 비꼬는 기색이 있었다.

바로 엊그제 그의 기미를 담당하던 자가 죽었다. 벌써 다섯 번째.

게다가 그 범인은 그가 친우라고 생각했던 자였기에 그 충격은 더더욱 컸다.

믿음이라는 것이 얼마나 덧없는 것인지 깨달은 것.

그래서인지 그의 눈빛은 더욱 깊어져 있었다. 하지만 아직 젊은 나이였기에 자신도 모르게 그 말에 비꼬는 기색이 담긴 것.

"쯧쯧, 내 너의 그 마음을 모르는 것이 아니다."

"송구합니다. 소자가 추태를 보였습니다."

"다음부터는 주의하거라."

"네."

"뭐, 내 진정을 믿으라고는 하지 않으마. 그래도 이 아비를 믿지 못하겠거든 그냥 이 제국을 위한 것이라고 생각하거라."

"……."

황태자는 그 말에 조금 놀랐다.

은서호에 대해서는 황제에게 귀가 따갑도록 들었고, 개인적으로도 조사해서 어느 정도 알고 있다.

 은해상단의 소단주이자, 놀라운 행보를 이어 가고 있는 자라는 것을.

 하지만 자신의 아버지이자 황제가 대체 왜 그를 그렇게까지 신임하는지는 이해가 되지 않았다.

 자신보다 훨씬 더 믿음이라는 것이 덧없음을 깨달으신 분이 아니던가?

 '대체 무엇이 아바마마에게 믿음을 준 것이더냐?'

 그가 그런 의문을 가질 때 황제가 그를 불렀다.

 "태자야."

 "네. 아바마마."

 "사람을 믿지 못하겠지?"

 "……."

 "하지만 사람을 믿지 못해서는 이 제국을 경영해 나갈 수 없느니라. 나를 배신하는 것도 사람이지만, 나를 지켜 줄 사람 역시 사람이니까."

 "하지만 소자는 아직 누가 저를 배신할지, 누가 저를 지켜 줄지 알 수 없으니 두려울 뿐입니다. 저는 그런 분별력이 없으니까요."

 "한 길 사람 물속도 모르는데 나라고 그걸 어찌 알겠느냐?"

 "네?"

 뜻밖의 대답에 태자는 눈을 깜박였다.

"그래서 내 그 녀석을 너에게 붙여 주려는 것이다. 그 녀석과 어울리다 보면 해답을 알게 될 거다."

그때였다.

"황제 폐하. 진영 대협입니다."

내관의 말에 황제가 말했다.

"들라하라."

곧 문이 열리고, 진영이 들어와 황제 앞에 부복하고 극상의 예를 갖추었다.

"그런데 왜 혼자인가? 오늘 그 녀석이 북경지부에 도착했다고 하지 않았는가?"

"네. 그건 맞사옵니다. 하지만 문제가 생겨서……."

"무슨 문제인가?"

그의 물음에 진영이 곤란한 표정으로 말을 이었다.

"바쁜 일정 가운데 난주에 다녀온 것이 좀 무리였던 모양입니다. 기력이 무척 쇠하여 지금 앓아누운 상태입니다. 그럼에도 저를 따라 입궁하겠다고 무리해서 일어나다가 그만 혼절하고 말았습니다."

"……."

그 보고를 들은 황제는 잠시 할 말을 잃은 표정이었다가, 이내 피식 웃었다.

"역시 눈치가 더럽게 빠른 자식이라니까. 이러니까 내가 안 부려 먹을 수가 없지."

"그게 무슨 말씀이십니까?"

"그 녀석이 내가 자신을 시험했다는 것을 알아차린 모

양이다."
태자는 고개를 갸웃했다.
"네? 진짜 아픈 게 아니라 꾀병이라는 말씀입니까?"
"그 녀석이 얼마나 튼튼한 녀석인데. 그럴 리가 없지."
"아바마마의 명을 제대로 이행하지 못하여 그리한 건 아닐는지요."
"그리 생각할 수도 있겠지. 하지만 그 녀석은 내 명을 제대로 이행하지 못했다고 해서 그럴 녀석은 아니다. 오히려 당당하게 와서 알아낸 것까지만 말할 녀석이지."
황제의 입가에서는 미소가 사라지지 않았다.
"그러니까 녀석은 지금 내게 항의하는 중이라는 뜻이다."
"무엄하게……."
"하지만 겉으로는 철저하게 아픈 것처럼 보이겠지. 그렇지 않나?"
황제의 시선에 진영이 대답했다.
"예. 열이 펄펄 끓고, 얼굴은 창백하기 짝이 없는 것이 꽤나 심각해 보였습니다."
"그런 사람을 강제로 불러와 그 죄를 추궁하면 다른 신하들이나 백성들이 어찌 생각하겠느냐?"
아마도 황제가 더럽게 치졸하고 쩨쩨하다는 평을 듣게 될 터.
그건 즉, 체면 상하는 짓.
치명타는 아니지만, 결코 소인배라는 말은 피할 수 없다.

안색이 변하는 태자를 보며 황제는 피식 웃었다.
"거, 그 새끼 드럽게도 머리가 좋단 말이지."
이에 옆에 있던 태감이 얼른 말했다.
"언행을 신경 써 주소서."
"보는 사람도 없는데 뭐."
"태자 전하와 진영 대협이 있사옵니다."
"이들 앞에서까지 내가 말을 가려야 하나?"
"그건 그렇사옵니다만……."
황제는 잠시 생각하다가 태자에게 고개를 돌렸다.
"네가 직접 다녀오거라."
"네?"
"말도 없이 시험했으니, 녀석이 삐질 만하니까. 그러니 달래 주긴 해야겠지."
"만인지상이신 아바마마십니다. 그런데 어찌해서 저까지 가서 달래 줘야 하는 겁니까?"
이해가 가지 않는다는 듯한 황태자를 보며 황제가 옅은 미소를 지었다.
"정녕 그리 생각하느냐?"
"네."
"아직 부족하구나. 사람이란 생각보다 감정에 좌우되는 경향이 크다. 아무리 내가 윗사람이라고 해도 그 사람의 감정을 풀어 주지 않으면 나중에 비수로 돌아올 수 있다."
황제는 말을 이었다.

"손바닥도 마주쳐야 소리가 난다고 했다. 충신을 만들고 싶다면 나 역시도 상대에게 충실해야겠지. 자고로 주군이 어찌하느냐에 따라 신하는 충신이 될 수도 있고, 간신이나 배신자가 될 수도 있다."

"……"

"내가 너에게 은서호, 그 녀석을 붙여 주려는 이유가 바로 그것이다. 그 녀석이 사람을 다루는 솜씨가 아주 기가 막히거든! 하하하하! 심지어 나까지 다룰 정도로 말이지."

황제는 호탕하게 웃으며 말을 이었다.

"하지만 나라고 그냥 당해 주겠느냐? 그래서 태자인 너를 보내는 것이다. 아마 네가 방문하면 깜짝 놀랄 거다. 녀석의 황망해할 표정을 생각하니 웃음이 나오는구나."

"……아바마마께서도 좀 짓궂으신 면이 있으십니다."

"흐흐흐. 그럴 맛이 있는 녀석이니 그러는 거다."

그러곤 황제는 표정을 진지하게 바꾸었다.

"아무튼, 찾아가서 보고를 듣고 잘 달래 주고 오너라. 웬만한 보상은 그냥 들어주고."

"그리하겠습니다."

* * *

나는 지금 침상에 누워 있었다.

그리고 내 머리 위에는 차가운 물에 적셔진 수건이 올

라가 있었다.

 초절정의 경지인 내가 내상을 입은 것도 아니고 이렇게 앓아누울 리가 없지.

 그렇다.

 나는 지금 꾀병 중이다.

 북경에 들어서기 전 일행에게 내 계획을 설명했다.

 그게 바로 꾀병을 앓는 것.

 이게 어떻게 황제에게 한 방 먹이는 방법이냐고?

 사실 이건 일종의 항의다.

 원래 북경에 오자마자 입궁해야 하지만, 아프다는 핑계를 대고 입궁하지 않았으니까.

 내가 명을 제대로 이행했는지, 그 결과가 어떤지 궁금하시겠지.

 내 건강에 대한 걱정?

 나의 경지를 이미 아시고 계시는 분인데, 내가 꾀병이라는 것을 모르시겠어?

 사실 누군가에게 습격을 당해서 중상을 입은 척하려고 했다.

 하지만 그 계획은 곧바로 기각.

 그렇게 하면 내 호위무사들이 책임을 피해 갈 수 없을뿐더러, 황제라면 내게 부상을 입혔다는 자를 어떻게 해서든 찾아서 도륙 내실 분이니까.

 애꿎은 자가 범인으로 몰리게 할 수도 없잖아.

 그렇기에 결국 내린 결론이 바로 꾀병이다.

오늘 나를 데리러 오셨던 진영 대협은 부득불 황궁에 가겠다고 하다가 혼절해 버린 척하는 나를 보며 기함했었지.

내가 고작 과로로 쓰러질 리가 없다는 것을 이성적으로는 알지만, 때로는 감성이 그 이성을 마비시킬 때도 있는 법이다.

솔직히, 진영 대협도 나를 시험한 일에 동참했을 터이니 진영 대협 역시 골려주고 싶었거든.

나는 침상에 누워서 이번에 손에 넣은 보자기 기물을 떠올리자 입가에 미소가 지어졌다.

신기하게도 목적지에 도착하자 보자기에 그려져 있던 지도가 싹 사라져 있었다.

게다가 오면서 곤란한 상황에 마주한 적이 단 한 번도 없었다는 것을 생각하면 내 생각보다 훨씬 대단한 기물이다.

여정의 도중에 곤란한 일이 생기지 않는다는 건, 예지의 영역이기 때문이다.

그러니까 반드시 내 것으로 만들어야지.

그러다 내 손에 들린 서류를 보며 한숨을 내쉬었다.

침상에 누워 있으면서도 제대로 쉬지 못하고 열심히 일하고 있다.

내 옆에는 서류가 쌓여 있었고.

꾀병은 꾀병이고, 일은 일이니까. 젠장.

그때 문밖에서 서향 소저의 목소리가 들렸다.
"저, 서향이에요. 잠시 들어가도 될까요?"
"들어…… 오십시오."
나는 일부러 다 죽어 가는 목소리로 대답했고, 곧 문이 열리고 서향 소저가 들어왔다.
"병후는 좀 어떠신지요?"
그녀의 물음에 나는 피식 웃었다.
"이쪽이 결재를 끝낸 서류들입니다."
하지만 그녀는 바로 서류를 들고 나가지 않았다.
뭐지? 할 말이 있나?
그녀는 잠시 망설이다가 입을 열었다.
"오늘, 태자 전하께서 오실 거예요."
"쿨럭!"
생각지도 못한 말에 사레가 들렸는지, 기침이 멈추지를 않았다.
"쿨럭! 쿨럭쿨럭!"
"어머나! 괜찮으세요?"
"저, 저는 괜찮습니다. 아니, 그보다 그게 무슨 말입니까? 태자 전하께서 오신다니?"
"말 그대로예요. 태자 전하께서 오시는데 소단주님은 전혀 준비가 되어 있지 않은 듯한 모습을 보았거든요. 그래서 미리 알려 드리려고 왔어요."
그녀가 나를 찾아온 진짜 이유가 바로 이것이었다.
와…….

모르고 있었으면 진짜 식겁할 뻔했네.

서향 소저 덕분에 준비할 시간을 가질 수 있어서 다행이다.

"알려 주셔서 정말 감사드립니다."

서향 소저가 결재가 끝난 서류들을 가지고 방에서 나가고 나는 잠시 생각을 정리했다.

태자 전하라.

이전 삶에서는 내가 죽을 때까지도 황태자셨었지.

자세한 건 모르지만, 진승왕에게 들은 바로는 제법 철두철미하고 영민한 분이시라고 했다.

황후보다는 황제를 더 많이 닮아서 좀 무서운 부분도 있다고.

특히 그 눈빛이 비슷하다던가?

"형님, 아니 태자 전하는 어릴 적부터 독살이나 암살 위협을 계속 받아서 주변 사람을 믿지 못한다는 게 아쉬운 분이지. 그 인간불신만 고친다면 충분히 성군이 되실 분인데."

황제를 닮은 무서운 눈빛에, 인간불신이라…….

문득 측은한 생각이 들었다.

수십 년 동안 독살이나 암살 위협을 받는다면 인간불신이 된 건 어찌 보면 당연할지도.

뭐, 그건 그렇고 왜 태자가 오는지는 뻔하다.

초면인 나를 보기 위해 자의로 병문안을 오지는 않을 터, 분명 황제가 시킨 거다.

황제가 나에게 태자를 보냈다는 건 내가 황제의 시험을 통과했다는 의미겠지.

그리고 황제는 황태자에게 나를 소개해 주려는 것이다.

흔히 아버지들이 자식들에게 "애랑 놀면 좋으니까 친하게 지내거라."하고 친구를 만들어 주는 장면이 떠올랐다.

아니, 태자가 애도 아니고.

하지만 온 사방이 늑대와 구렁이로 가득 차 있는 곳이 황궁이다.

웬만하면 태자에게는 지지 세력이 될 가문의 자제를 붙여 주는 게 보통이다.

하지만 그 만 년 묵은 구렁이 같은 황제는 나를 그 아들에게 붙여 주고 싶어 하는 모양이다.

그래서 이번에 나를 시험한 거고.

별일 없다면 미래 어좌에 앉을 분이다.

지금이야 황제 폐하가 제국을 잘 다스리고 계시지만, 다음 대에도 그러라는 법은 없다.

특히 현 제국은 모든 권력이 황제에게 집중되어 있지 않은가?

그러다 보니 황제에게 문제가 생기면 지금까지 이룩한 태평성대는 순식간에 무너진다.

그러면 가장 먼저 곤란해지는 건 상인들이다.

즉, 이번에 만날 황태자는 내게 있어서 매우 중요한 사람이라는 거지.

은해상단을 천하제일상단으로 만들려면 제국이 평화로워야 하거든.

그나저나 입맛이 좀 쓰네.

인간불신이라…….

높은 자리에 있을수록 인간불신은 생길 수밖에 없다.

이전 삶의 나도 은해상단이 높이 올라갈수록 인간불신이 심해졌거든.

허구한 날 습격을 당해 봐라.

인간불신이 안 생기면 이상한 거다.

하지만 지금은 그런 거 없다. 왜냐고?

여기에는 수많은 이유가 있겠지만, 가장 큰 이유라고 하면 나 자신에게 있다.

내 스스로가 강하니까.

언제 습격을 당해도 죽지 않을 거라는 자신감 말이다.

아, 물론 나를 이렇게 죽음에서 돌아올 수 있게 한 조사님의 안배를 허락하신 신께서도 내가 허무하게 죽지 않도록 해 주시겠지.

.
.
.

그날 오후.

은해상단 북경지부는 난리가 났다.

갑작스러운 황태자의 방문 때문이다.

나나 서향 소저는 이를 알고 있으면서도 주변에 알리지 않았다.

저쪽에서 소식을 전하지 않았는데, 이를 미리 알고 있다는 티를 내면 의심을 받을 테니까.

하여 북경지부가 소란스러워지는 것을 그냥 보고만 있었다.

그리고 나는…….

병색이 완연한 얼굴을 가장했다.

혈도를 몇 개 건드리면 곧 죽을 것 같은 얼굴을 만드는 것은 어렵지 않다.

그렇게 팔갑의 부축을 받아 내 처소 마당으로 나섰을 때 막 태자가 마당으로 들어오고 있었다.

"소상 은서호, 태자 전하를 뵙습니다. 천세 천세! 천천세!"

나는 힘겹게 몸을 움직여 예를 갖추었다.

"그대가 은서호 소단주인가?"

"그러하옵니다."

"아프다고 들었네. 그런데 어찌 이리 나와 있는 것인가?"

"전하께서 친히 오셨는데, 제가 어찌 불경하게 침상에 누워 전하를 맞이하겠습니까?"

"어서 가서 자리에 눕게나."

"저는 괜찮, 쿨럭! 쿨럭! 괜찮습니다."

"전혀 괜찮아 보이지 않네. 명령이네. 어서 가서 눕도록 하게. 누운 상태에서도 대화는 할 수 있으니."

"명을 받들겠나이다."

그렇게 나는 팔갑의 부축을 받아 내 처소의 침실로 향했고, 침상에 누웠다.

그리고 내 뒤를 따라 들어온 태자는 내 침상 주변에 쌓여 있는 서류들을 보며 놀란 표정을 지었다.

"아니! 이 서류들은 다 무엇인가?"

"제가 처리해야 하는 것들이옵니다."

"자네는 병자가 아닌가?"

그런 태자의 표정에는 혼란스러움이 가득했다.

그럴 수밖에 없지.

분명 황제에게는 내가 꾀병을 앓고 있을 거라고 들었을 텐데, 막상 직접 보니 정말 곧 쓰러질 사람처럼 보일 테니까.

이왕 꾀병을 앓으려면 완벽해야지.

나는 웃음이 나오려는 것을 참고 말을 이었다.

"제가 아프다고 해서, 상단의 일거리를 처리하지 않으면 상단이 어찌 되겠습니까?"

"하지만 그러다가 큰일 나네."

"제가 일하지 않으면, 큰일 나는 건 저 하나만이 아닙니다. 그러니, 저는 저들을 위해서라도 일을 쉴 수가 없는 것입니다."

나는 말을 이었다.

"오직 저를 믿고 따라오는 이들입니다. 그들의 믿음을

배신해서는 안 되지요."

"……."

태자는 잠시 뭔가 생각하는 듯하다가 고개를 끄덕였다.

"그렇군……."

그사이, 팔갑이 의자를 가져왔고 태자는 의자에 앉았다.

"자네가 병환으로 인해 황궁에 오지 못한다고 하여 아바마마께서 나를 보내셨네."

"성은이 망극할 따름입니다."

"그래서, 무엇을 알아내었는가?"

나에게 그 일에 대해 물어볼 것은 이미 예상하고 있었다.

그게 주 목적이겠지.

"네. 전하. 제가 알아낸 것은 황제 폐하께서 저를 의심하고 계신다는 것입니다."

"……그게 무슨 말인가?"

"실제 벌어지지도 않은 역모를 꾸미고, 그것을 제게 밝히라고 명하셨습니다. 이게 저를 의심하시기에 시험하는 것이 아니면 무엇이겠습니까?"

"어찌하여 그리 생각했는가?"

나는 내가 발견한 허점들을 말해 주었다.

이를테면, 권직 대협의 욕심 없는 눈빛이라든지 혼잣말치고는 좀 컸던 목소리라든지…….

황제의 의도를 알고 나니, 허점이 생각보다 많이 보였다.

태자는 내 말을 듣고는 반박했다.

"권 대협의 눈에 욕심이 없었다니, 그건 자네의 감일 뿐이지 않은가?"

"물론 제 감일 뿐인 것은 맞습니다. 하지만 전하, 무릇 뛰어난 상인이라면 상대방의 욕망을 읽어낼 수 있어야 합니다."

"……."

"폐하께서 저를 의심하고 시험하셨다는 것을 알게 되자 그 충격이…… 쿨럭, 안 그래도 과로했던 이 몸이 그 충격을 버티지 못한 듯합니다."

내 말에 태자는 한숨을 내쉬었다.

"자네의 말이 맞네. 아바마마께서는 자네를 시험하셨지. 하지만 그게 자네를 의심해서가 아니네. 오히려 자네의 능력을 높이 사고 계셨기 때문이네."

그는 한숨을 내쉬며 살짝 고개를 숙였다.

"미안하네."

"……네?"

그 모습에 나도 모르게 되묻고 말았다.

아니, 이렇게 순순히 사과하실 분이 아닌데?

왜…… 왜지?

나는 당황함을 감추며 말했다.

"아, 아니옵니다! 소상이 뭐라고 태자 전하께 사과를 듣습니까?"

"이건 내 사과이기도 하지만 아바마마께서 전하시는 것이기도 하네."

"……."

더 당황스럽네.

황제에게 사과를 들어 본 사람은 제국 전역을 뒤져 봐도 몇 되지 않을 거다.

대체 날 얼마나 더 부려 먹으시려고…….

"본의 아니게 자네에게 상처를 주게 되었군. 다시는 이런 일이 없을 거라고 내 약속하겠네."

"성은이 망극하옵니다."

"그래서 아바마마께서는 그대가 원하는 것을 보상으로 주시겠다고 하셨네. 일전에 약속하신 보상도 있고, 이번 일에 대한 사과의 의미도 포함일세."

순간 나는 속으로 쾌재를 불렀다.

보상!

그 얼마나 달콤한 말인가?

하지만 보상을 받아 내는 것 역시 일종의 협상이 필요하다. 그 협상을 통해 내가 원래 받을 보상보다 더 큰 보상을 얻을 수 있으니까.

"원래 황제 폐하께서 저에게 주시기로 한 보상이 뭐였는지 알려 주실 수 있으십니까?"

"돈과 비단, 그리고 이 출입허가패이네."

태자는 옷소매에서 옥으로 만든 패를 꺼내 내 무릎 위에 올려놓았다.

평소 나는 임시 출입허가패인 목패를 받아서 입궁해야 했다.

하지만 이건 옥으로 만들어진 상시 출입허가패로, 목패와 달리 반납할 필요가 없었다.

 즉, 내가 원할 때마다 황궁을 드나들 수 있다는 의미다.

 이 출입허가패의 가치는 생각보다 높다.

 단순한 출입패라고 생각할 수 있지만, 그 대상이 황궁이라면 얘기가 다르니까.

 내 이름이 새겨져 있는 것을 보니 미리 만들어 놓은 물건이다.

 이 정도로 준비를 해 두셨다는 건, 황제가 무언가 큰 그림을 그리시지 않았나 하는 생각이 들었다.

 분명 내가 이것을 받아들일 거라고 생각하시겠지.

 하지만 나는 죄스럽다는 표정을 지으며 옥패를 다시 내밀었다.

 "송구하지만 저는 이것을 선택하기는 힘들 것 같습니다."

 "어째서인가?"

 "소상은 이걸 감당할 수 없기 때문입니다. 지금도 간간이 부름을 받고 입궁하는 처지에도 이리 시험하시는데 제가 이걸 받으면…… 저는 심약한 사람이라 더 이상 감당할 수 없습니다."

 눈에 띄게 당혹스러워하는 태자를 보니 내 생각이 맞았음을 알 수 있었다.

 "제가 원하는 보상은, 이런 큰 것이 아닙니다."

 "그럼 무엇을 원하는가?"

나는 잠시 고민하는 척하다가 입을 열었다.

"사실 이번에 생각지 못한 물건 하나를 손에 넣게 되었는데, 이 소유권을 황제 폐하께서 보장해 주셨으면 합니다."

"정말 그것으로 되겠는가?"

"그렇습니다."

"그 물건이 무엇이길래?"

"보자기입니다."

"보자기?"

"예. 이것은 극비입니다만, 어차피 황제 폐하께는 아뢰어야 하는 것이라 말씀드리겠습니다. 사실 저는 그곳에서 혈곤성승 대사의 유지를 발견했습니다."

"뭣이? 그게 사실인가!"

나는 주변을 둘러보고는 작게 말했다.

"전하. 부디 말소리를 낮춰 주십시오."

"아, 미안하네."

물론 태자와 이야기를 나누는 중이기에 주변은 내 호위들과 태자의 호위들이 엄중히 경계하고 있을 것이다.

하지만 말소리가 커서 좋을 것은 없지.

"그 유지를 쌌던 붉은 비단 보자기가 있습니다. 저는 그것을 원합니다."

"고작 그것을 가지겠다고?"

"고작이 아닙니다. 존경받는 대사님의 유지를 싼 보자기입니다. 그 어찌 얼마나 값진 것이겠습니까?"

"허……."

어이가 없다는 태자의 표정.

그 표정 이해합니다. 하지만 나중에 사실을 알고 나면 다른 의미로 어이없어하실지도 모르겠군요.

태자가 말했다.

"그렇다고 해도 이해가 되지 않는군. 그냥 가지면 될 것을 어째서 보상으로 달라고 하는 것인가?"

"혹시 모를 상황을 대비해서입니다. 소림사에서 그 보자기마저 자신들의 것이라고 하면 소상으로서는 내어 줄 수밖에 없지 않습니까?"

"음, 그건 그렇군."

"그러니 황제 폐하의 이름으로 그 보자기의 소유권이 제게 있음을 보장해 주십시오."

나는 말을 이었다.

"이 제국의 만인지상이신 황제 폐하이십니다. 제아무리 소림사라고 하나, 황제 폐하의 명을 어찌 거역하겠습니까?"

태자는 선선히 고개를 끄덕였다.

"알겠네. 아바마마께서는 자네가 원하는 것이라면 웬만하면 들어주라고 하셨네. 충분히 좋은 보상을 달라고 해도 될 텐데 말이지."

"저에게는 그것만으로 충분하옵니다. 그리고 솔직히 제가 무엇을 받는지가 중요하겠습니까? 황제 폐하께서 소상과의 약속을 잊지 않았다는 것을 이리 상기해 주시는 것만으로도 감읍할 따름이옵니다."

"그렇게까지 생각한다면 어쩔 수 없지."

됐다!

나는 이불 속에 감추어진 손을 꽉 쥐며 속으로 쾌재를 불렀다.

이로써 보자기 기물의 소유권은 확실하게 내 것이 되었다.

"그나저나 자네는 참으로 예측할 수 없는 사람이군."

"네?"

"아까 그대는 상인이라고 했으니, 당연히 이 항시출입패를 선택할 줄 알았는데."

송구하오나, 전하.

저는 황궁을 가까이하면 안 되는 사람입니다.

안 그래도 황제 폐하가 저를 황궁의 말뚝으로 박아 놓으시려고 호시탐탐 기회를 노리고 계시는데, 제가 미쳤다고 황궁과 가까이하겠습니까?

나는 미소를 지으며 말했다.

"방금 말씀드렸듯이, 저는 이것을 감당하지 못합니다."

"상인이라는 자가 그리 욕심이 없어서 어찌하나? 황궁의 대신들이 자네의 반만이라도 닮았으면 좋겠군."

허…… 전하.

큰일 날 소리를 하시는군요.

그리고 저에게 욕심이 없다니요?

황제 폐하가 그 말을 들으시면 배를 잡고 데굴데굴 구

르며 웃으실 겁니다.

태자는 옥패를 가만히 살펴보다가 입을 열었다.

"사실, 아바마마께서는 만약 자네가 이 패를 받기를 거부하면 읽어 보라고 나에게 주신 서신이 있네."

그러고는 옷소매에서 작은 봉투 하나를 꺼내더니, 봉한 것을 뜯고 서신을 읽기 시작했다.

"……"

그는 약간 당황한 표정이 되더니, 다시 서신을 집어넣고는 옥패를 집어 들었다.

갑자기 불안한데?

"덤이니, 받게."

"네?"

"상인이라는 자가 덤이 뭔지도 모르는가?"

"아, 알긴 알지만……."

"이건, 자네의 것이네."

즉, 하사품이라는 거다.

하사품이라고 하면 이를 받지 않을 수도 없고…… 나는 어쩔 수 없이 그것을 받았다.

"성은이 망극하옵니다."

오늘 대체 이 말을 몇 번이나 하는 건지 모르겠네.

태자는 자리에서 일어났다.

"이제 볼일은 끝났으니 가 보겠네. 그럼 쾌차하여 조만간 황궁에서 보도록 하세."

"저……."

"아, 예를 취할 필요는 없네. 그리고 이왕이면 빨리 쾌차하게나. 쾌차하는 것이 늦으면 아바마마께서 어의를 보내실지도 모르니."

"……."

그렇게 태자는 내 처소를 나섰고, 나는 그 모습을 바라보다가 내 손에 쥐여 있는 옥패를 보았다.

황제 폐하.

왜 이렇게 질척거리시는 겁니까?

그래도 이미 물릴 수 없는 일이니, 최대한 써먹는 수밖에.

그런데 아까 그 서신에 뭐라고 적혀 있었기에 태자가 그런 반응을 보였던 거지?

* * *

태자는 은해상단 북경지부를 나섰다.

"황궁으로 돌아가자."

"네."

그는 마차에 올라타서야 깊은 한숨을 내쉴 수 있었다.

'정말이지…… 무서운 녀석이군. 하지만 왜 아바마마가 그를 총애하는지 알 것 같구나.'

[그 녀석에게 당했구나. 아무튼, 이미 허락했다면 어쩔 수 없느니라. 그 녀석이 거부한 옥패를 주며 덤이라고 해라. 그러면 그 녀석의 당혹스러워하는 표정을 볼 수 있을

터이니]

 아무튼, 그는 황제의 말대로 했고 옥패를 받으면서도 당혹스러워하는 은서호를 볼 수 있었다.
 그리고 또 한 가지 사실을 깨달았다.
 '아바마마께서는 분명 꾀병이라고 하셨는데…… 진짜 병색이 완연하여 나도 모르게 병자처럼 대했군…….'
 확실히 은서호는 적이 되었을 때 두려운 만큼, 아군일 때는 그보다 든든할 수 없을 것이다.
 '그가 내 사람이 되어 줄 수 있을까?'

 잠시 후 마차가 황궁에 도착했고, 태자는 황제의 집무실로 향했다.
 "잘 다녀왔느냐?"
 "네, 아바마마."
 태자는 은서호를 만나고 온 일에 대해 상세히 황제에게 보고를 올렸다.
 "……이상입니다."
 "그랬군. 그런데 은서호 그 녀석이 보상으로 원했던 것이 보자기라고?"
 "그렇습니다. 혈곤성승 대사의 유지를 감싸고 있던 붉은색 비단 보자기로, 그것의 소유권을 황실에서 보장해 달라고 청했습니다."
 "태자 너는 그 청을 들어주겠다고 했고."

"그렇습니다. 고작 그거 하나 가지겠다는 그 소소한 청을 차마 거절할 수 없었습니다."

그 말에 황제는 자신도 모르게 손으로 이마를 짚었다.

그 모습에 태자가 고개를 갸웃하며 물었다.

"왜 그러십니까? 아바마마."

"후우…… 아니다. 내가 그 녀석을 네게 붙여 주기를 잘한 듯하구나."

"네?"

"그 녀석이 하는 것의 반만이라도 한다면, 너는 결코 네 손에 쥔 것을 뺏기지 않을 것이다."

태자는 고개를 갸웃했다.

대체 지금 황제가 무슨 말을 하는 것인지 도통 이해가 되지 않았기 때문이다.

"무슨 말씀이신지 이해가 되질 않습니다."

"그 녀석이 욕심이 없다고 생각했겠지?"

"예. 맞습니다."

황제는 쓰게 웃으며 설명했다.

"사실, 그 녀석만큼이나 욕심이 많은 녀석도 없다. 원하는 것을 다 얻으면서도 다른 이들이 볼 때 그리 생각하지 않게 하지."

"……?"

"태자야. 네가 허락한 그 붉은색 보자기. 그거 황실의 보물인 현로도(現路圖)이니라."

"네에?"

"오백여 년 전, 당대 황제가 혈곤성승 대사에게 목숨을 구원받고 선물한 황실의 보물이니라."

이에 태자는 깜짝 놀랐다.

은서호가 현로도에 대해 말했을 때에는 그냥 혈곤성승의 유지를 싸고 있던 보자기인 줄 알았다.

그런데 그게 황실의 보물이었다니!

현로도라면 태자도 잘 알고 있었다.

이번에 은서호를 시험하기 위해 세운 계획 중에, 금의위가 그 기물을 찾는다는 내용도 있었기 때문이다.

그러나 그렇게 계획을 세웠을 뿐, 사실 그 기물에 대한 기대감은 없었다.

이미 오래전에 행방이 묘연해진 기물이며, 그런 기록이 있긴 했어도 그 기록의 진위 역시 확실하지 않았으니까.

그렇기에 은서호가 말했던 붉은색 보자기가 현로도라는 것을 전혀 알아차리지 못한 거다.

"소, 송구합니다, 아바마마. 소자가 좀 더 영민했어야 하는데……."

"괜찮다. 네 수업료라고 생각하면 싸게 친 셈이라고 볼 수 있지."

그제야 태자는 황제가 자신을 은서호에게 붙여 주려는 이유를 조금이나마 알 것 같았다.

한편 황제는 속으로 한숨을 내쉬었다.

현로도는 기물 중의 기물로서 황제에게 위급한 상황이 벌어졌을 때 안전한 길로 도망갈 수 있도록 도와주는 역할을 했다.

당시의 황제도 현로도가 알려 준 길대로 갔기에, 혈곤성승을 만나 목숨을 구한 것이다.

또한 현로도는 뛰어난 보호구의 역할도 했다.

용의 피로 물들였다는 전설이 있어서인지, 그 무엇도 보자기를 찢거나 벨 수 없었으니까.

'그런 기물을 찾을 기회였는데, 이렇게 놓치다니…… 이거 좀 아쉽군.'

하지만 어쩌겠는가?

이미 줬는데.

그래도 다행인 건 그 기물이 은서호의 손에 들어갔다는 것이다.

그러면 결코 나쁜 의도로 사용하지는 않을 거라는 믿음이 있었으니까.

'그래도 그 녀석에게 항시출입허가패를 쥐여 주었으니…… 이걸로 만족할까?'

* * *

며칠이 지났다.

나는 기지개를 켜며 자리에서 일어났다.

"일어나셔도 되는 겁니까요?"

그때 팔갑이 내 처소 안으로 들어오면서 물었고, 나는 고개를 끄덕였다.

"응, 이제 꾀병 끝이야."

황제에게 소소하게 한 방 먹였고, 나 역시 얻을 것을 얻었으니 더 이상 꾀병을 부릴 필요가 없지.

그리고 황제께서 어의를 보내면 진짜 부담스럽지.

황제는 태자가 나에게 약속한 보자기가 기물이라는 것을 알아차렸을 거다.

속이 제법 쓰리셨을 거다.

하지만 내뱉으신 말이 있으니 어쩔 수 없이 넘어가셨겠지.

오랜만에 본격적인 수련을 했다. 그동안 꾀병을 앓느라고 수련을 하지 못해서 몸이 무거운 기분이었거든.

그렇게 열심히 몸을 움직인 나는 씻고 아침을 먹은 후 집무실로 향했다.

그나저나 덥긴 하네.

지금이 팔월 중순이니 아직은 한창 더울 때다.

다음 달쯤 되면 조금 시원한 바람이 불겠지.

올해도 작풍기는 제법 잘 팔렸다. 이번에는 색상을 좀 달리했다.

확실히 사람들은 알록달록한 색을 좀 더 선호하는 경향이 있었다.

솔직히 작풍기는 경쟁자가 없는 압도적인 상품이다.

하지만 그렇다고 해서 연구를 게을리해서는 안 된다.

그것을 게을리하는 순간, 도태되기 시작한다.

앞날은 모르는 법, 앞으로도 계속 성공하기 위해서는

부지런히 연구에 힘써야 한다.

 다시 며칠이 지났다.
 후, 급한 건 다 처리했으니 이제 숨을 좀 돌리겠네.
 그리 생각하고 있을 때 팔갑이 나에게 서신을 한 장 가져왔다.
 "도련님, 상단주님께서 보내신 서신입니다요."
 "응? 아버지가?"
 나는 서신을 받아 펼쳐 보았다.
 난주에 잘 다녀왔다는 서신은 이미 금령을 통해서 보냈고, 답장도 받았는데?

 [서호는 보아라, 잘 지내고 있느냐? 이번에 소림사에서 거액의 돈을 가지고 왔다. 그리고 너에게 빌린 돈이라고 하더구나, 너에게 은혜를 입었다는데 도통 무슨 말인지 잘 모르겠구나. 그리고 소림사에서 정식으로 너를 초청했단다.]

 소림사에서 나를 초청했다고?
 아마 혈곤성승 대사의 검총과 관련된 문제겠지.
 안 그래도 전해 드릴 물건이 있으니 겸사겸사 다녀와야겠네.

1이장. 소림사로

소림사로

어느덧 팔월 보름.
큰 명절 중 하나인 중추절이다.
아직은 더위가 기승을 부리고 있지만, 이제 곧 더위의 기세가 꺾일 거라는 의미.
올해도 추위에 단단히 대비를 해야겠군.
북경은 호북보다 북쪽이기 때문에 겨울에 더 춥거든.
물론 여름에는 덜 덥지만.
뭐, 원래 장점이 단점이 되고 단점이 장점이 되는 법이니까.
우리는 북경지부 근처의 식당으로 향했다.
중추절은 대목 중의 대목이지만, 그것도 중추절 이전의 며칠에 해당된다.
그래서 중추절 당일에는 이런저런 보고가 들어오지 않

기에 북경지부의 많은 이들이 자리를 비워도 괜찮다.

나는 한 반점의 최상층을 전세 냈다.

내가 없는 동안 수고했던 현풍각의 이들과 북경지부의 이들, 그리고 내 호위 일행들까지 모두 마음 편하게 음식을 먹었으면 해서다.

다른 손님들과 같은 층에 있거나, 점소이들이 왔다 갔다 하면 대화를 편하게 할 수가 없으니까.

우리의 대화는 대부분 상단 일에 관련된 것이니만큼 누군가 엿듣는 것도 곤란했고.

그래서 가장 높은 층을 전세 내고 음식도 한 번에 다 차려 달라고 부탁했다.

내가 초절정이라 올라오는 사람들의 기를 감지하고 기막을 두를 수 있기는 하지만, 나도 귀찮다.

화기애애한 분위기로 식사를 하는 와중에 팔갑이 말했다.

"이렇게 모두 나와서 식사를 하니 참 운치가 좋습니다요."

다른 이들도 고개를 끄덕였다.

"그러게. 앞으로도 이런 자리 종종 가져야겠어."

"좋습니다요!"

그렇게 싱글벙글하는 팔갑을 향해 한마디 툭 던졌다.

"아, 팔갑아. 돌아가면 짐 싸 놔."

"네?"

젓가락을 음식으로 가져가려던 팔갑이 움찔하며 멈추

었다.

"또 어디 가십니까요?"

"응. 소림사. 초청을 받았거든."

반면, 호위무사들은 예상했다는 듯 차분한 반응이었다.

난주로 가는 길에 만난 소림사의 승려들에게 돈을 빌려주고 또한 혈곤성승의 검총의 진의에 대한 내 의견이 반영된 만큼, 그 일로 초대 받아 간다고 생각할 터.

하지만 서우 무사와 진유 무사는 희미하게 미소를 띠고 있었다.

그건 내가 소림사에 가는 이유가 초청을 받아서 뿐만이 아니라, 내가 지금 가지고 있는 혈곤성승 대사의 유지 때문이라는 것을 알고 있기 때문이다.

"네에? 소림사요?"

"방금 소림사라고 하신 겁니까?"

하지만 다른 현풍국의 직원들은 깜짝 놀란 듯한 반응을 보였다.

"네. 그렇습니다."

"그것도 초청을 받아 가시는 거라고요?"

"네."

나의 대답에 그들은 감탄했다.

"역시 대단하십니다!"

"이거 다른 이들에게 말해도 됩니까?"

소림사의 초청 자체는 공식적인 일이기에 선선히 고개를 끄덕였다.

"상관없습니다."

옆에서 서향 소저가 말했다.

"소림사의 초청을 받는 건 그리 흔한 일이 아니라고 들었는데, 정말 대단하시네요."

"하하하. 부끄럽습니다."

"그나저나 소림사는 금녀의 지역이니, 저는 이번에도 함께 하지 못하겠군요."

"그래서 죄송하게 생각합니다."

내 말에 그녀는 고개를 저었다.

"아니에요. 소림사가 금녀의 지역인 것이 소단주님의 잘못이 아닌데 소단주님이 죄송할 건 없죠. 그리고 제가 여기서 일을 처리하고 있어야 소단주님이 나중에 편해지시잖아요."

"그, 그건 그렇습니다."

그건 사실이니 부인할 수가 없었다.

그녀는 호호 웃으며 말했다.

"그러니 제 걱정은 하지 마시고, 잘 다녀오세요."

서향 소저의 말에 미안하면서도 왜 마음이 편해지는 것일까.

중추절의 아름다운 보름달 때문인가?

오늘따라 그녀에게서 풍기는 매화 향이 짙게 느껴졌다.

다음 날 오후.

나는 현풍국의 직원들에게 내가 없는 동안 해야 할 일

들을 차근차근 지시했다.

 내가 외근으로 자리를 비우는 것이 한두 번이 아닌 만큼 여창의 부국주가 웃으며 말했다.

"걱정하지 마시고 잘 다녀오십시오."

"그런데…… 묘하게 자랑스러워하는 것처럼 보이시네요?"

"잘 보셨습니다. 하하하."

그가 만면에 미소를 지으며 말을 이었다.

"소림사의 초청을 받으시다니! 우리 현풍국의 자랑이지 않습니까?"

하긴 여창의 부국주의 반응이 유별난 것은 아니다.

그만큼 소림사의 초청을 받는다는 건 상당한 명예니까.

"오늘 오전 영 장주가 찾아와서 이야기를 나눴습니다. 국주님께서 소림사의 초청을 받아 가신다고 하니 평소 그렇게 거드름을 피우던 그의 언행이 갑자기 공손해지더군요."

영 장주라면 무림에 관심이 꽤 많은 인물이었지? 아들이 어디 문파 속가제자로 들어갔었던 것 같은데.

그런 사람에게 소림사의 초청은 확실히 대단해 보이겠지.

"좋았습니까?"

"물론이죠! 당연한 거 아닙니까?"

"앞으로도 자랑할 일을 많이 만들어 드리죠."

"아이쿠, 듣기만 해도 감사하군요."

그나저나 여창의 부국주는 처음 만났을 때보다 넉살이 많이 늘었네.

 내가 이번 생에서 처음으로 살려낸 사람인 만큼, 각별하게 여겨지는 자였다.

 그러니까 장수해서 오래오래 제 옆에 계셔야 합니다.

.

.

.

 소림사로 떠나기 전날 저녁.

 진영 대협이 내 처소에 방문했다.

 "서신은 잘 받아 보았네. 소림사에 초청을 받았다지?"

 "네. 그렇습니다."

 소림사는 무림에서도 제법 큰 세력.

 그 위상을 고려해 미리 진영 대협에게 서신을 보내 두었다.

 어차피 내 소림사행은 금의위나 동창의 귀에 들어갈 것이고, 황제에게도 알려질 사안이다.

 그래도 황실과 무림맹의 관계를 생각하면, 미리 황제 폐하께 고해야 뒤탈이 없다.

 황제도 나를 신임하고 있고 대범하신 분이지만, 이런 부분에서 한 번 균열이 생기면 그게 커질 수가 있다.

 그런 분이 한 번 삐지면 꽤 오래가거든.

 진영 대협은 나를 빤히 바라보다가 말씀하셨다.

 "쾌차한 지 얼마나 되었다고 또 외근인가?"

말에 뼈가 있네.

"저는 가만히 있고자 하나 세상이 저를 가만히 내버려 두지를 않습니다."

"우문에 현답이군."

진영 대협은 피식 웃으며 말씀하셨다.

"그래도 빨리 쾌차해서 다행이네. 아니 그랬으면 황제 폐하께서는 진짜 어의를 보내셨을 것이네."

"……."

어의를 보내는 건 황제가 보여 주는 성의의 끝판왕이라고 볼 수 있었다.

태자가 말했을 때는 경고성 농담이라고 생각했는데 아니었군.

꾀병 소동을 적당한 시기에 잘 끝냈다는 생각이 들었다.

"그건 그렇고, 폐하와 태자 전하께서 잘 다녀오라고 전하라 하셨네."

"성은에 감읍해했다고 전해 주십시오."

"그리하겠네. 아, 그리고 자네에게 전할 말이 또 있네."

"네, 경청하겠습니다."

"이번에 자네가 보상으로 받은 보자기의 이름은 현로도라고 하네."

"네?"

"그 붉은 보자기 말일세. 그냥 보자기가 아니라 기물이라는 뜻이네."

"……전혀 몰랐습니다."

내 말에 진영 대협은 어처구니가 없다는 듯 핀잔을 주었다.

"입꼬리는 좀 내리고 말하게나."

"하하, 티가 너무 났나 보군요."

"어쨌든 축하하네. 황실의 기물을 손에 넣다니! 자네는 운이 좋은 건가? 재주가 좋은 건가?"

"그저 운이 좋았을 뿐입니다. 황제 폐하께서 저를 좋게 봐주셨으니, 제게 그 기물을 보상으로 주신 것 아니겠습니까?"

나는 그리 겸양의 말을 했다.

내 입으로 내가 잘났다는 말은 하기에는 좀 쑥스러우니까.

"능청스럽기는. 그 현로도에 대해서 설명해 주겠네."

진영 대협은 보자기 기물, 현로도의 사용 방법에 대해서 설명해 주셨다.

내가 몰랐던 것은 이 보자기가 보호구로 쓰일 수 있다는 점이었다.

좋네.

그리고 진영 대협은 내 황궁무공의 진도를 봐주신 후, 칭찬을 남기고 돌아갔다.

다음 날.

차장으로 나온 나는 하늘을 보았다.

중추절이 지나서인지 점점 하늘은 높고 푸르러지고 있었다.

"준비 다 되었습니다요."

팔갑의 말에 나는 시선을 내리고 고개를 돌려보았다. 팔갑와 호위무사들이 준비를 마치고 서 있었다.

"그럼 갑시다."

"네."

우리는 말에 올라탔다. 그리고 서향 소저와 현풍각의 이들의 배웅을 받으며 소림사로 출발했다.

소림사는 숭산에 있다.

북경에서 숭산까지 가는 길은 여러 방법이 있긴 하지만, 나에게는 현로도가 있다.

이번에도 현로도는 나에게 최적의 길을 알려 주었다.

현로도는 단순한 최단거리가 아닌, 가장 안전한 길을 알려 주는 것이다.

이번에 현로도는 북경에서 하북으로 하여 산동으로 가서, 강을 건너서 강 아래쪽의 길을 따라가는 길을 알려 주었다.

이를 보며 나는 상당히 놀랐다.

일반적인 경우에 북경에서 숭산으로 갈 때는 낙양을 거쳐 가는 길이 가장 빠르면서도 편하고 안전하다.

당연하지.

낙양은 무림맹의 본거지니까.

그런데 낙양을 거치지 않는 길을 알려 주다니.

정말로 주인의 상황에 맞춰서 길을 알려 준다는 의미다.

이거 나에게 넘기시고 황제의 속이 엄청 쓰리셨겠네.

사실 소림사에서는 원하면 호위대를 보내 주겠다고 했지만, 나는 정중하게 사양했다.

그들과 함께 가면 그만큼 일정이 지체될 테니까.

물론 가는 길이 편하긴 하겠지만, 나는 바쁜 사람이니까.

그런 내게 주강마는 최고의 소득 중 하나다.

우리는 우선 산동 쪽으로 향했다.

배를 타기 위해서는 제남이 좋지만, 우리에게는 주강마가 있으니 굳이 배를 탈 이유는 없다.

그래서 최대한 직선거리로 가는 것이다. 현로도 역시 그렇게 길을 안내했고.

우리는 순식간에 북경을 벗어나 하북성에 들어섰다.

문득 하북팽가의 팽강운 소협이 떠올랐다.

그곳 역시 내가 만들어 놓은 인연 중 한 곳이다.

물론 그의 의뢰는 잊지 않고 있다.

팽강운 소협의 백부를 찾는 것.

단, 하북팽가가 이 일을 몰라야 한다는 조건이 붙었지.

하지만 이 일에는 기한이 없기에, 이 의뢰를 받아들인 것이다.

팽강운 소협, 아니 팽강운 소가주는 잘 지내고 있는지

모르겠네.

어느덧 날이 저물었고, 우리는 야숙을 준비했다.
불을 피우고, 산에서 산짐승을 잡아 와서 손질하는 등 열심히 준비하자 얼마 지나지 않아 우리 모두 둘러앉아 식사를 할 수 있었다.
"보통 노루 고기는 질기기 마련인데, 팔갑 소이가 요리한 노루 고기는 참 부드럽습니다."
창운 무사의 말에 모두 고개를 끄덕였다. 그건 나도 인정하는 바이다.
"대체 어떻게 요리하는 거야?"
내 물음에 팔갑이 머쓱하게 웃으며 말했다.
"그건, 이거 덕분입니다요."
팔갑은 자신의 짐 속에서 망치 하나를 꺼내어 내밀었다.
"이게 비결이라고?"
나는 그것을 살펴보다가 특이한 것을 발견했다.
"이거 머리 부분이 격자무늬네?"
"맞습니다요."
"이쪽은 뾰족하지 않은 못 수십 개가 박힌 듯한 모양이고……."
이에 이필 무사가 물었다.
"그거, 무기입니까? 거기에 맞으면 진짜 아프겠군요."
그 말에 팔갑은 고개를 저었다.

"그건 사람을 해하기 위한 무기가 아니라 고기를 연하게 만들기 위한 도구입니다요."

"이게?"

"네. 이걸로 고기의 힘줄을 끊고, 고기의 육질은 연하게 다지는 겁니다요. 솔직히 칼등으로 두들기는 건 좀 많이 귀찮아서 말입니다요."

"그래서 아까 쿵쿵 소리가 났었구나. 그런데 이건 처음 보는 건데."

"제가 개인적으로 만든 것입니다요. 도련님께 맛있는 고기를 대접해 드리고 싶어서 말입니다요. 그래서 이름도 고기망치라고 붙였습니다요."

"고맙네."

그러니까 팔갑은 오직 나를 위해 이 망치를 만들었다는 것이다.

사실 많은 이들이 고기를 좋아하지만, 어린아이처럼 치아가 다 자라지 않거나 노인처럼 치아가 불편할 경우 고기를 먹기 힘들어했다.

고기가 생각보다 질겼으니까.

물론 과일이나 향신료에 재워서 고기를 부드럽게 하는 방법도 있지만, 그게 힘든 경우도 많았으니까.

하지만 이 망치가 있다면 언제든지 부드러운 고기를 먹을 수 있을 터.

이거…… 팔까?

그때 내 옷소매의 금령의 목소리가 들렸다.

"꾸이!"

아…… 이건 금령이가 돈이 된다고 인정했다.

나는 팔갑에게 말했다.

"팔갑아, 이거 팔자."

"네?"

"이걸 네가 고안한 만큼 너에게 지분의 반은 떼어 줄게."

팔갑은 뒷목을 긁적이며 말했다.

"이걸 파는 게 문제가 아니라, 이걸 제가 처음 고안한 건지 확실하지 않아서 말입니다요."

"원래 사람이 생각하는 건 거기서 거기야. 다만 누가 좀 더 편하게 만드느냐가 관건인 거지."

"그런 겁니까요?"

"응. 그런 거야."

"그런데 반이나 떼어 주신다니! 도련님의 시종으로 일하는 보람이 있습니다요."

"응?"

"제작비, 유통비 등등이 든다는 명목으로 기안자에게 삼 할을 떼어 주시면 많이 떼어 주시는 거라고 하지 않았습니까요?"

"맞아. 그러니까 나에게 잘하라고."

내 말에 팔갑이 웃으며 말했다.

"와, 그럼 저도 이제 부자가 되는 겁니까요?"

"그렇겠지."

이에 이필 무사가 말했다.

"팔갑 소이가 부자가 되면 이제 시종을 그만두는 거 아닙니까?"

이에 팔갑이 정색하며 말했다.

"제가 시종을 왜 그만둡니까요?"

"……?"

"저는 절대 도련님의 시종을 그만두지 않기로 이미 천지신명께 맹세했습니다요."

그리 말하는 팔갑의 말에 나는 왠지 코끝이 찡했다.

팔갑아…….

"도련님의 시종만큼 꿀 빠는 시종이 어디 있다고요."

"……응?"

"저는 죽어서도 도련님의 시종입니다요."

저기 팔갑아, 분위기 좋았는데 꼭 그 말까지 해야 했니?

그리고…… 죽어서는 좀 자중하자.

죽으면 극락을 가야지, 왜 내 뒤를 따라 다닐 생각인건데…….

.
.
.

다시금 소림사를 향해 출발한 우리는 곧 황하에 도착했다.

하북과 산동의 경계를 흐르는 황하는 하류 지역이다 보

니 이전에 감숙에서 강을 건넜을 때보다 강폭이 훨씬 넓어 보였다.
 하지만 우리는 걱정하지 않았다.
 주강마가 강폭에 상관없이 강을 건널 수 있다는 것을 알고 있으니까.
 "자, 갑시다! 모두 말고삐를 꽉 잡으십시오!"
 "네!"
 주강마는 서서히 속도를 높이더니, 가속을 붙여 빠르게 강을 건너기 시작했다.
 이렇게 단번에 강을 건널 수 있기에 우리는 시간을 제법 많이 단축할 수 있었다.
 우리는 강을 따라 달리지 않고 조금 남쪽으로 내려가서 서쪽으로 향했다.
 "날이 어두워지기 시작했습니다요."
 팔갑의 말에 나는 모두에게 말했다.
 "야숙할 곳을 찾아봅시다."
 "알겠습니다."
 곧 우리는 적당한 곳을 찾았고, 그곳에 자리를 잡았다.

 타닥, 타다닥.
 하남까지 내려왔지만, 숲속이라 그런지 밤이 되니 조금 서늘해졌다.
 이렇게 앉아 모닥불을 쬐고 있으니, 좋네.
 그렇게 느긋하게 있던 중에 갑자기 느껴지는 살기.

나는 즉시 자리에서 일어났다.
"왜 그러십니까?"
"이 근처에서 살기가 느껴졌습니다."
내 말에 모두 긴장한 표정으로 무기를 빼 들었다. 나는 눈을 감고 기감을 집중해 주변을 살폈다.
"이 근처에서 전투가 벌어졌습니다. 아무래도…… 흑도인과 정파인의 싸움 같군요."
"어떻게 하시겠습니까?"
서우 무사의 말에 나는 살짝 고민했다. 구태여 위험에 뛰어들어야 하나 싶었으니까.
하지만 내 직감이 말하고 있었다.
가 봐야 한다고.
"불안요소를 남겨 둘 순 없죠. 갑시다."
"알겠습니다."
"명종 무사님은 팔갑과 이곳에서 짐을 지키고 계십시오."
"네."
나는 나머지 호위들과 즉시 전투가 벌어지고 있는 쪽으로 달려갔다.

챙-! 채챙!
깡!
"조금만 더 밀어붙여라!"
"으하하하! 이 땡중들아! 그만 포기하라니까?"

곧 그곳에 도착한 나는 무슨 상황인지 대충 파악했다. 소림사의 승려로 보이는 이들과 흑도 무림인들이 싸우는 중이었다.

승려들은 무언가를 지키고 있었고, 흑도 무림인들은 그것을 뺏기 위해 맹공을 퍼붓고 있었다.

"주군, 어떻게 할까요?"

"일단 돕도록 하죠."

나는 그렇게 말하며 발을 박찼다.

그때 한 흑도의 검이 한 승려를 향해 날아드는 게 보였다.

챙!

나는 그 검을 막아 내고는, 다시금 검을 휘둘러 그 흑도의 팔을 베어 버렸다.

"크흑!"

"저희는 승려들과 달리 자비가 없어서 말입니다. 여기서 물러나시는 게 좋지 않을까요?"

내 말에 흑도 무사 하나가 외쳤다.

"네놈이야말로 끼어들지 마라!"

"그럴 수 없는 것이, 제가 좀 오지랖이 넓은 성격이라서요."

나는 웃으며 말했다.

"죽어도 제 책임 없습니다."

그때 다른 흑도 무사가 외쳤다.

"우리를 죽인다 쳐도, 우리 말고도 다른 녀석들이 그

성체를 노리고 있는데 그들을 다 상대할 생각이냐?"

"측은지심은 가상하나 무공도 약해 보이는 녀석이 나설 때와 나서지 않을 때를 구분해야지!"

내가 왜 무공이 약하다고 생각하지?

아…… 날이 어두워서 내 얼굴을 제대로 알아보지 못하는구나.

그런데 방금 흘려듣지 못할 소리를 들은 것 같은데?

"방금 뭐라고 하셨습니까? 성체라고 하셨습니까?"

그 말에 소림사의 승려 하나가 숨을 몰아쉬며 말했다.

"맞습니다. 시주. 지금 저희가 옮기는 건 혈곤성승 대사의 성체입니다."

"……."

인연 참 재밌네.

이 정도면 무섭다고 해야 하나?

어쨌든, 나로서는 이 상황을 간과할 수 없었다.

저 유해를 온전히 소림사에 전달하기 위해 그 고생을 했는데…….

저 흑도 놈들에게 뺏긴다면 화병이 날지도 모른다.

게다가 지금 나는 혈곤성승 대사의 유지를 가지고 있으니까.

어쩐지 이들을 도와야겠다는 직감이 강하게 들더라니…….

"혈곤성승 대사님의 성체라니! 그렇다면 더더욱 물러날 수 없겠군요."

그런데 문득 궁금한 것이 생겼다.

"그런데 대체 왜 혈곤성승 대사님의 성체를 노리는 겁니까?"

"그야 당연히 그 성체의 뱃속에 영약이 있으니까!"

영약?

아니, 그건 또 무슨 소리야?

나는 기가 막힌다는 표정으로 물었다.

"대체 그런 헛소문은 어디서 들은 겁니까? 대사님의 성체 안에는 아무것도 없습니다. 그냥 뼈랑 가죽뿐인데 영약이라니!"

"이미 소문이 파다하다고! 그럼 네놈은 아무것도 없다는 것을 어떻게 확신하는데?"

어떻게 확신하냐고?

그야 나에게는 금령이 있으니까.

만약 혈곤성승 대사님의 뱃속에 영약 같은 것이 있었다면 금령이 먼저 알아차리고 "꾸이!"했을 거다.

그리고 내 이전 삶에서도 혈곤성승 대사님의 유해를 조사했지만, 그 무엇도 없었다.

하지만 이것들은 저들에게 내밀 수 있는 증거가 아니다.

나는 한숨을 내쉬었다.

"저기요, 혹시 그 소문의 진원지가 어딘지 모르겠지만 그 소문을 낸 자들은 이렇게 날뛰는 여러분들 보고 재밌어서 데굴데굴 구르겠네요."

"무슨 소리냐?"

"이미 감숙성의 검총에서 성체를 꺼내올 때부터 조사를 해서 아무것도 없다는 거 확인했거든요."

물론 거짓말이다.

발견하자마자 엄중하게 관리되었으니까.

"그래서 감숙성에 있던 이들은 성체 안에 아무것도 없다는 걸 다 알고 있는데…… 아무것도 얻은 것이 없으니 배알이 꼴려서 심술에 그런 소문을 낸 것 같은데…… 거기에 걸려드신 거라고요."

"뭐라고?"

"네가 뭐라고 그리 말하는 거냐?"

나는 뒷목을 긁적였다.

이 명호를 내 입으로 말해야 한다니, 참!

"제……."

하지만 그런 내 마음을 알았는지, 옆에서 서우 무사가 외쳤다.

"우리의 주군께서는 용봉비무회의 영웅이신 선협미랑 대협이시다!"

뒤이어 여응암 무사가 외쳤다.

"이번 감숙성 연지산 검총에서도 활약을 하셨지!"

나는 슬쩍 두 무사에게 고맙다는 눈짓을 했다. 덕분에 내 입으로 내 명호를 말하는 쑥스러운 불상사가 생기지 않았으니까.

그 외침에 흑도 무사들은 혼란에 빠졌고, 소림사의 승

려들은 반가워하며 작게 환호했다.

나는 흑도 무리를 보며 말했다.

"혈곤성승 대사께서는 소림사가 있는 숭산을 바라보시며 입적하셨습니다. 옛말에 여우도 죽을 때 고향을 향해 머리를 둔다고 했듯이 대사께서는 마지막까지 고향이나 다름없는 소림사를 그리워하셨다는 증거입니다. 하여 우리는 그 성체라도 소림사로 돌려보내 드리고자 그 고생을 했는데……."

나는 분을 내었다.

"정말 질이 나쁜 자들이군요! 대사님의 자비로 인해 검총이 무너지는 바람에 그 안에 들어가 떼죽음 당하는 것을 면했으면 대사님의 성체를 향해 감사 인사를 드려도 모자라는데 어찌 그런 헛소문을! 당신네들은 정말 그런 한 줌의 도의도 없는 겁니까?"

내 일갈에 몇몇 사람들이 부끄럽다는 듯 고개를 돌리거나 숙였다.

솔직히 흑도라고 하면 나쁜 사람들이 많다.

하지만 먹고 살기 힘들어서 흑도의 길로 들어선 이들도 제법 있는 만큼, 일말의 양심이 남아 있는 자들도 있지.

나는 그들을 보며 말을 이었다.

"아무튼, 당신들은 그자들에게 놀아났다는 의미입니다. 그러니까 여기서 이러지 마시고 그 소문을 낸 자의 뒤통수나 저 대신에 시원하게 갈겨 주시죠."

나는 검을 휘둘렀다.

소림사로 〈127〉

서걱!

그러자 그들 앞의 땅이 한 자나 패였다.

"정녕 저희와 싸우고 싶다면 말리지 않겠습니다. 참고로 저와 제 호위무사들을 상대로 싸우실 거라면 팔다리 하나쯤은 날아갈 각오를 하셔야 합니다."

긴장되는 순간.

"에휴."

그때 누군가 납검하는 것을 시작으로 모두 무기를 갈무리하기 시작했다.

"저 말이 맞는 것 같군."

"하긴…… 저 안에 영약이 있었다면 연지산에 있던 놈들이 먼저 먹었겠지."

"허탕이군! 젠장!"

"거, 미안하게 됐수다!"

그렇게 흑도의 무리들은 모두 떠났고, 그제야 나는 납검하고 승려들에게 다가갔다.

그리고 포권하여 예를 갖추었다.

"은해상단의 소단주 은서호, 대사님들을 뵙습니다."

내 말에 그들은 손을 저었다.

"저희는 대사라 칭함을 받을 자격이 없습니다. 이리 도움을 주셔서 참으로 감사합니다."

"인연이라는 게 참 신기한 듯합니다. 이렇게 소림사로 가는 길에 마주치다니요. 그런데 왜 이곳에 계십니까? 무림맹까지 옮긴 성체를 소림사의 승려들께서 소림사로 옮긴다고 들었습니다만."

"맞습니다. 저희는 무림맹에서 오는 길입니다."

"이곳은 무림맹에서 숭산으로 가는 길과는 한참 벗어난 곳 아닙니까?"

"예. 저희는 무림맹을 벗어난 지 얼마 되지 않아서 습격을 받았습니다. 저들은 숭산으로 가는 길만은 철저하게 막았고, 결국 그 방향을 피해 움직일 수밖에 없었습니다."

"고생이 많으셨습니다."

"다행히 제자 중 목숨을 잃은 이는 없지만, 참으로 곤란하던 참이었습니다. 다시 한번 감사드립니다."

"그나저나 이렇게 살계를 범하지 않고도 모두를 물러나게 하다니!"

"진정한 선협미랑이십니다."

"과찬이십니다. 하하하."

그때 한 승려가 말했다.

"이번에 저희 제자들이 대협에게 많은 도움을 받았다고 들었습니다. 하여 대협을 초청했다고 하던데 혹 그 때문에 가시는 길이십니까?"

"맞습니다."

내가 고개를 끄덕이자 승려들이 환하게 웃으며 내게 권했다.

"마침 잘 되었습니다. 저희 역시 소림사로 가는 길이니 동행하는 것이 좋겠습니다."

"저희도 바라던 바입니다."

그렇게 우리는 그들과 동행하게 되었다.

"우선, 이쪽으로 오셔서 좀 쉬시죠. 저희가 자리를 잡아 놓은 곳이 있습니다."

우리는 우리가 만들어 놓은 야숙터로 향했다.

"도련님, 오셨습니까요?"

팔갑과 명종 무사가 우리를 맞이했다.

"응. 별일 없었지?"

"네. 없었습니다요."

"다행이네. 아, 여기는 소림사의 승려분들이셔."

나는 팔갑과 명종 무사에게 자초지종을 설명했다.

"잘 하셨습니다요. 승려님들께서는 저녁 드셨습니까요?"

그 물음에 승려들은 고개를 저었다.

그도 그럴 것이 쫓기느라 정신없이 전투를 치른 이들이다.

제대로 된 식사를 했을 리가 없지.

"혹시 이 쌀이 도움이 되겠습니까?"

식량이 남았는지 승려가 쌀을 내밀며 물었고, 그걸 본 팔갑이 흔쾌히 말했다.

"아! 그럼 그걸로 죽을 좀 쑤어 보겠습니다요."

"부탁할게."

곧 팔갑은 근처에서 물을 길어 왔고, 솥에 쌀을 넣고 죽을 쑤기 시작했다.

"제가 좀 돕겠습니다."

"그럼, 이것 좀 잠시 저어 주시면 좋겠습니다요."

팔갑은 어디론가 가더니 곧 뭔가를 가지고 왔다. 그건 버섯이었다.

"이 버섯이 엄청 맛있는 버섯입니다요."

"오? 그래?"

팔갑은 그 버섯을 잘 다듬어서 잘게 자른 후 솥 안에 넣었다.

야생의 버섯 중에는 독버섯이 많지만, 나는 아무 걱정도 하지 않았다.

왜냐고?

팔갑은 독이 있는 것을 기가 막히게 잘 구분하거든. 역시 곰은 곰이란 말이야.

그렇게 따뜻한 죽이 완성되었고, 팔갑은 승려들에게 죽을 한 그릇씩 퍼 주었다.

승려들은 모두 스무 명.

그들은 팔갑이 만든 죽을 한 그릇씩 먹으며 여기가 극락이라는 듯한 표정을 지었다.

"정말 맛있습니다."

"감사합니다."

그렇게 승려들은 배를 채웠다.

이걸로 빚을 하나 더 지워 놓았군.

나는 팔갑에게 수고했다고 말해 주었고, 팔갑은 씩 웃으며 코를 슥 문질렀다.

"이쯤이야, 뭐 일도 아닙니다요."

나는 가볍게 웃어 주고는 앉아서 생각에 잠겼다.

그나저나 혈곤성승 대사님의 성체 안에 영약이 있다는 소문이라니…….

진짜 악질적인 소문이다.

대체 누가 그런 소문을 낸 거지?

대사님의 성체가 조각조각 났던 이전 삶과는 다른 결과를 위해 애썼는데 말이지.

그 순간, 내 뇌리에 어느 한 생각이 퍼뜩 들었다.

설마…….

혈곤성승 대사님의 성체가 고스란히 소림사에 들어가면 안 되는 이유라도 있나?

그래서 누군가 그걸 막으려고 그러는 건가?

에이 설마…….

진짜 아무것도 없는 그 성체에 뭐가 있다고.

굳이 뭐가 있다면 소림사를 무척이나 아끼고 사랑했던 대사의 유해가 소림사의 품으로 돌아오는 것 정도인데 말이지.

하지만 뭔가 석연치 않다는 생각은 머리에서 떠나질 않았다.

다음 날 아침, 우리는 자리를 정리한 후 다시 소림사를 향해 떠났다.

전날 밤에 우리를 찾아온 불청객은 없었다.

하지만 오늘도 없다고는 할 수 없지.

우리는 혈곤성승의 유해를 실은 수레를 중심으로 하여

사방으로 둘러싼 대형을 만들었다.

그렇게 출발한 지 두 시진도 채 되지 않은 때.

슉!

우리를 향해 쏘아지는 화살.

습격이군.

산채의 녹림이라고 생각하지 않는 건 우리 일행 중에 승려가 있기 때문이다.

녹림들에게는 일종의 불문율이 있으니 바로 승려는 건드리지 않는다는 것이다.

승려를 건드리면 지옥 중에서도 최고로 고통스러운 지옥에 떨어진다나 뭐래나?

그리고 삼 년 동안이나 재수가 없다는 말도 있기에 그들은 승려를 건드리지 않았다.

녹림 역시 흑도의 이들이지만, 아무래도 혈곤성승 대사의 성체를 노리는 자들은 그런 거 따지는 자들은 아닌 듯했다.

"좋은 말 할 때 그 유해 내놓으슈."

"그 영약은 우리가 취해야겠소!"

우리 앞에 나타난 이들을 보며 나는 혀를 찼다.

아니, 왜 이렇게 다들 쓸데없는 소문을 쉽게 믿는 거야.

이러다가 내 시간 다 날리겠네.

그때 문득 좋은 생각이 떠올랐다.

내가 일전에 자무인형에 대한 흉흉한 소문을 해결했던

소림사로 〈133〉

방법, 바로 소문에는 소문으로 대항하는 거다.

나는 그들에게 말했다.

"어라? 아직 그 소문 못 들으셨나 보네요?"

내 말에 그들은 고개를 갸웃하며 되물었다.

"소문?"

"무슨 소문을 말하는 거냐?"

"이렇게 소문에 밝지 못하시다니…… 원래 당신네 같은 사람들은 소문에 엄청 밝지 않나요?"

"무슨 소문을 말하는 거냐니까?"

내가 자꾸 뜸을 들이자 그들은 안달이 나는 듯 나를 재촉했다.

"어라? 진짜 모르는 겁니까요?"

"그걸 모른다니…… 쯧쯧, 흑도로 밥 먹고 살긴 틀렸군."

"그러게 말입니다."

역시 팔갑과 내 호위들이다.

오랫동안 호흡을 맞춰온 사이답게 자연스럽게 내 말에 동조해 주었다.

소림사의 승려들도 눈치가 있는지 아무런 말도 하지 않고 가만히 있었고.

"아, 진짜! 드럽게 뜸 들이네!"

이제 슬슬 말해 줘도 되겠지.

"혈곤성승 대사님의 몸 안에 있던 영약, 지금은 없는데요."

"뭐?"

"지금은 없다니? 무슨 뜻이냐?"

나는 혈곤성승 대사의 유해가 들어 있는 상자를 열었다.

덜컥.

"여기 가슴 쪽에 흔적 보이시죠?"

그러곤 원래 있던 상처 하나를 가리켰다.

성체가 바짝 말라 버리면서 드러난 덕분에 최근에 생긴 흔적처럼 보이는 상처다.

"여기 원래 영약이 있기는 했습니다. 그런데 무림맹에서 보관하고 있을 때 영약이 사라졌습니다."

"뭐?"

"그곳을 지키던 자들에 의하면, 한밤중에 오색찬란한 빛무리가 쏟아졌답니다. 부처께서 강림하셔서 직접 영약을 가져가셨다고요."

"……."

"소문의 진위는 저도 잘 모릅니다. 하지만 영약이 사라졌다는 건 틀림없는 진실입니다. 그런데 정말 그 소문을 듣지 못하셨던 겁니까?"

"들은 적 없다!"

"이상하네…… 지금 낙양에 그 소문이 파다한데……."

내 말에 그들은 아리송한 표정이다.

하지만 내가 직접 성체를 보여 주며 설명하니 믿지 않을 수가 없을 터.

작전 성공이다.

．
．
．

 그렇게 우리는 숭산으로 향하며 무려 여섯 번이나 습격을 받았다.

 하지만 그때마다 내가 급조한 소문을 퍼뜨리면서 그들을 돌려보냈다.

 지금 막 여섯 번째 습격자들을 돌려보냈는데, 한 승려가 걱정스럽게 말했다.

 "그나저나 이거…… 괜찮은 건지 모르겠습니다."

 "원래 소문이라는 건 이렇게 생기는 겁니다. 그리고 나중에는 이 소문에도 살이 붙겠죠."

 나는 말을 이었다.

 "그리고 대부분의 소문은 그 실체가 없습니다. 누군가가 목적을 위해 만들어 낸 소문들이 상당수이기 때문이죠. 그러니까 승려님들께서는 소문에 현혹되시면 안 됩니다."

 "많은 교훈을 얻는 여정이군요."

 사실 불가에서는 누군가를 속이는 것을 경계한다.

 하지만 나는 승려가 아니니까.

 그렇게 다시 길을 걷던 중 또 다른 흑도의 습격을 받았다.

 하지만 그들은 이전까지 만났던 이들과는 달랐다.

 문답무용으로 우리에게 달려들었으니까.

 "저들입니다! 저들로 인해 저희가 숭산에서 멀어질 수

밖에 없었습니다."

승려의 말에 확실히 뭔가 이상하다는 생각이 들었다. 하지만 지금은 저들을 상대하는 것이 먼저다.

우리는 침착하게 그들과 맞서 싸우기 시작했다.

챙-!

채챙!

냉병기 부딪치는 소리가 요란했다.

그들의 실력은 결코 약하지 않았다.

하지만 상대가 나와 내 호위무사들인 게 문제지.

습격자들은 하나둘 쓰러지기 시작했고, 우두머리는 낭패한 표정을 지었다.

나는 그와 검을 맞대며 물었다.

"원하는 것이 무엇입니까?"

"그야 당연히 저 성체이지!"

"성체를 노리는 것치고, 저 성체에는 관심이 없어 보이네요."

나는 성체로 접근할 수 있는 틈을 일부러 만들어 주었다.

하지만 그들은 성체에 접근하지 않았다.

단지 우리를 이곳에서 밀어내는 것이 목적이라는 듯이.

그 말은 즉, 저 성체를 노리는 게 아니라는 뜻이다.

그렇다면······.

"저희가 소림사로 가면 안 되는 이유라도 있는 것입니까?"

내 물음에 그는 움찔했다.

후…… 진짜냐?

아무리 생각해도 좀 이상하긴 했다.

만약 혈곤성승 대사의 성체에 영약이 있다는 헛소문이 퍼지려면 무림맹에 도착하기 전부터 그런 소문이 퍼져야 했다.

그러나 나는 그런 소문에 대해 보고를 받은 바가 없다. 그 소문이 퍼지기 시작한 지 얼마 되지 않았다는 의미지.

그러니까…… 낙양에서 대사의 성체를 가지고 출발했을 때부터 퍼지기 시작한 소문이라는 의미.

진짜 뭐가 있나?

이렇게까지 해서 혈곤성승 대사의 성체가 소림사에 도착하는 것을 막는 이유가?

그걸 알아보기 위해서라도 혈곤성승 대사의 성체를 반드시 소림사로 가지고 가야겠군.

그렇게 생각하며 내공을 한층 더 끌어 올리며 검을 휘둘렀다.

한 시진도 채 되지 않아 습격자들을 모두 제압할 수 있었다.

음…… 승려들도 있으니 죽이긴 좀 그렇고.

"팔갑아, 밧줄 좀 꺼내 볼래?"

"밧줄 말씀입니까요?"

"응, 이자들을 나무에 매달아 놓으면 한동안은 쫓아오지 않겠지."

내 말에 그들의 얼굴은 사색이 되었다.

"왜 성체를 노렸는지 아니, 왜 성체가 소림사로 가는 것을 막았는지 사실대로 말하면 나무 위가 아니라 나무 아래에 묶어 드리죠."

"……."

그들은 눈동자를 뒤룩뒤룩 굴리며 서로의 눈치를 보았다.

나는 그것을 보고는 피식 웃었다.

"선착순 한 명!"

"저, 저요!"

"제가 말씀드리겠습니다!"

나는 그들 중 가장 빠르게 손을 든 자를 골랐다.

"그쪽 말해 보십시오."

"사, 사실 누군가에게 의뢰를 받았습니다. 조금 있으면 소림사의 승려들이 무림맹에서 혈곤성승 대사의 성체를 가지고 숭산으로 갈 텐데, 그들을 방해해서 소림사로 가지 못하게 하라고 했습니다."

"누군지 아예 모릅니까?"

"네. 이런 일은 상대의 정체를 모르는 게 저희도 편하니까요."

그건 그렇지.

의뢰자의 정체를 알게 되면 입막음을 위해 제거당할 수도 있으니까.

"하지만 뭔가 상당히 위험한 분위기를 풍겼습니다."

"그렇습니까?"

칼밥을 먹고 산다는 건 그만큼 자주 위험에 처한다는 의미다.

그렇기에 위험한 분위기나 살기 같은 것을 감지하는 데 비교적 능숙한 편이다.

위험한 분위기라…….

어쨌든, 저들에게 알아볼 건 다 알아본 것 같으니까…….

"매답시다."

"네!"

"저, 저는…….”

나는 그 흑도를 보며 빙긋 웃었다.

"저는 약속은 지킵니다."

나는 약속대로 의뢰받은 사실을 말해 준 흑도는 나무 밑에 묶어 주었다.

거꾸로 묶긴 했지만.

그나저나 이거 진짜 생각보다 빡세네.

같은 이야기도 한두 번이지 이거 여섯 번이나 하려니 힘들었다.

게다가 이렇게 구린 놈들하고 엮이기까지.

안 되겠다, 소림사로부터 대가를 톡톡히 받아 내야겠어.

．

．

．

다시 며칠을 걸었다.

소림사의 승려들은 말을 타지 않는다.

그런 그들의 속도에 맞춰야 했기에 우리의 속도는 매우 느렸다.

"히잉!"

주강마는 힘과 체력이 좋은 탓인지 천천히 가는 것을 싫어한다.

그래서인지 답답하다는 듯 성질을 부리곤 했다.

하지만.

- 꾸이!

금령이 한 번 꾸이 거리자 금세 성질을 죽이고 고개를 푹 숙였다.

나에게는 금령이 더없이 사랑스러운 녀석이지만, 다른 녀석들에게는 안 그런가 보네.

소림사의 승려들은 아까 이야기를 들은 후에 수심이 깊어진 모습이었다.

하지만 반드시 혈곤성승 대사의 성체를 소림사로 가져가야 한다는 책임감으로 눈빛도 빛내고 있었다.

그나저나 내가 퍼트린 소문이 근처에 퍼졌는지 우리를 찾아오는 불청객은 없었다.

다행이네.

"저곳부터 저희 소림의 영역입니다."

그 말에 나는 조금 긴장을 풀 수 있었다.

물론 안전하다고 장담할 수는 없지만, 여기에서 대규모

습격을 하진 않겠지.

그렇게 한 시진 정도 걸었을까? 우리는 한 무리의 승려들을 만났다.

음? 어딘가 낯이 익은…….

아, 정명 승려님!

그리고 주변에 있는 승려 중 몇몇도 익숙하다.

난주로 가는 길에서 만났던 소림사의 승려들이다.

"어? 사형! 정명 사형!"

우리와 동행하던 승려도 그들을 본 듯 반갑게 외쳤다.

"정청아!"

법명이 정청인 것을 보면 정명 승려와 같은 배분인가?

그들은 우리를 보고는 놀란 표정으로 달려왔다.

"아니! 이게 누구십니까? 선협미랑 대협 아니십니까?"

"오랜만에 뵙습니다. 그때 소림사로는 잘 돌아가셨습니까?"

"네. 덕분에 무사히 돌아갔고, 방장님을 비롯한 분들에게 말씀도 드렸습니다. 그때 얼마나 큰 은혜를 입었는지 다시금 깨닫게 되었습니다."

"아닙니다. 이는 이곳을 굽어살피시는 부처의 자비 덕분입니다."

그렇게 우리는 간단히 안부 인사를 주고받았고, 정명 승려가 정청이라 부른 승려에게 물었다.

"그런데 대체 무슨 일이냐? 도착할 시간이 한참 지났음에도 도착하지 않아서 너희를 찾고 있던 참이다."

아마 무림맹에서 출발하면서 전갈을 보낸 모양이다.

그러면 대략적인 도착 시간을 알 수 있을 텐데, 그 시간이 한참 지났을 테니까.

정청이라 불린 승려가 깊은 한숨을 내쉬며 말했다.

"그게…… 대사님의 성체를 노리는 자들의 습격을 받아서 한참이나 동쪽으로 쫓겼습니다."

"뭣이?"

"하지만 우연히 만난 선협미랑 대협 일행 덕분에 무사히 이곳까지 올 수 있었습니다. 그리고…… 저희를 노리는 자들이 있다는 것도 알게 되었습니다."

"너희를 노렸다고?"

"예. 혈곤성승 대사님의 성체가 소림으로 가는 것을 막는 자들이 있었습니다."

"뭐라? 대체 누가 그런 짓을!"

분노하던 정명 승려는 마음을 추스르고 나를 향해 반장했다.

"정말로 감사드립니다. 이렇게 또 도움을 받는군요."

"그 역시 부처의 은덕입니다."

내가 제법 고생하긴 했지만, 그래도 내 입으로 내 덕이라고 말하긴 부끄러우니까.

"여기부터는 저희 소림의 영역입니다. 그러니 마음 놓으셔도 될 겁니다. 가시죠."

"네."

우리 일행은 정명 승려 일행을 따라 산을 올라갔다. 정명 승려 일행 중에는 일전에 봤던 승려들도 있었는데 반가워하는 기색이 역력했다.

제국에는 오악으로 꼽히는 명산들이 있다.
동쪽의 태산, 서쪽의 화산, 남쪽의 형산, 북쪽의 항산, 그리고 중악의 숭산이다.
그리고 그 명산들은 대부분 험준하기 짝이 없다.
그나마 이곳이 소림의 영역이니 망정이지, 녹림들이 곳곳에 둥지를 틀고 있었으면 더 힘들 뻔했다.
그래도 정말 사람이 영 가지 못할 정도의 길은 아래 산을 파든, 산 위에 잔도를 만들든 하여 걸을 수 있게 해 놓았다.
"이 길을 만드느라 소림의 제자분들께서 고생이 참 많으셨겠습니다."
정명 승려가 부드럽게 웃으며 반장했다.
"그 노고를 알아주시니 감사할 따름입니다."
그렇게 산을 오르고 또 올라 마침내 소실봉에 도착했고, 경내에 들어섰다.
그런 우리에게 누군가가 다가왔다.
"……!"
나는 그에게서 느껴지는 기도에 깜짝 놀랐다. 이 정도면 화경?
잠깐, 소림사에서 화경이라면…….
그 고승은 나를 향해 다가왔고, 반장을 했다.

"아미타불! 이리 귀한 손님 두 분이 함께 오시다니 기쁜 날이군요. 환영합니다. 지성이라고 합니다."

이에 정명 승려가 말했다.

"방장 대사이십니다."

나는 얼른 포권하며 예를 갖췄다.

"방장 대사님을 뵙습니다. 은해상단의 소단주 은서호입니다. 이리 초청해 주셔서 감사합니다."

그때 정청 승려가 말했다.

"이번에 선협미랑 대협의 도움을 많이 받았습니다. 대협이 없었다면 저희의 임무를 마칠 수 없었을 것입니다."

그러고는 무거운 표정으로 말을 이었다.

"드릴 말씀이 많습니다."

"나중에 따로 부르마."

"알겠습니다."

방장 대사는 그렇게 말하고는 내 뒤쪽에 있던 혈곤성승 대사의 성체로 향했다.

방장 대사가 이렇게 친히 나온 것은 나를 맞이하기보다는 혈곤성승 대사의 성체를 맞이하기 위함일 테니까.

나와 일행은 눈치껏 얼른 옆으로 빠졌다.

승려들이 얼른 그 성체가 담긴 상자의 뚜껑을 열었다.

상자 안으로 빛이 들어오며, 모두가 그 성체를 볼 수 있었다.

그런데 처음 검총에서 발견했을 때와는 뭔가 좀 다르게 보이는 것 같은데……

고개를 갸웃하던 나는 하늘을 보았다.
아!
뭐가 다른지 알겠다. 방향이다.
동쪽을 향하고 계셨던 것과 달리 지금은 북서쪽을 향하고 계시니까.
뭔가 슬퍼 보이시는 건 방향 때문일까?
그때 방장 대사가 내 표정을 읽으신 듯 내게 말씀하셨다.
"많이 피곤한 모양이군요."
"아, 아닙니다. 죄송합니다. 제가 추태를 보였습니다."
"피곤할 만도 하지요."
"저에게 존대가 과분합니다. 편하게 대해 주십시오."
"시주가 원한다면 그렇게 하지."
"감사합니다."
"그런데, 뭔가 이유가 있어 보이는데……."
이에 나는 솔직하게 말했다.
"혈곤성승 대사님의 성체가 동쪽을 바라볼 수 있게 하고 싶다는 생각이 들었습니다."
"동쪽?"
"사실 성체를 발견했을 때 그 성체는 동쪽을 향하고 있었습니다. 이는 뭔가 의미가 있다고 생각합니다."
이내 방장 대사가 고개를 끄덕이며 그리 지시했다.
수레가 돌아가며 혈곤성승 대사님의 성체는 동쪽을 바라보게 되었다.

역시 내 생각이 맞았다.
이전에 봤을 때와 같은 모습.
아니, 그때보다 지금이 더 뭔가 눈을 뗄 수 없게 만들었다.
그 얼굴의, 너무나도 평온한 그 표정 때문일까? 아니면 소림사에 돌아왔기 때문일까?
무엇 때문인지는 설명할 수 없었다.
가슴속이 간질간질한 것이 뭔가가 싹이 트는 것 같은 기분이었다.
순간 대사님의 성체가 나를 향해 미소를 지으셨다.
어라?
두 번씩이나 같은 환각을 보다니…….
내가 환각에서 깨어나기 위해 눈을 비비는데, 방장 대사의 불호가 터져 나왔다.
"아미타불!"
그리고 동시에 그 뒤쪽에 있던 몇몇 승려들이 충격으로 피를 토했다.
동시에 휘몰아치는 기의 여파!
설마 지금…… 득도하신 거야?
그리고 곧이어 놀라운 일이 하나 더 벌어졌다.
내 호위무사들 사이에서도 휘몰아치는 기의 여파가 느껴진 것이다.

102장. 성체

성체

나는 놀라서 얼른 뒤를 돌아보았다.

"……."

여응암 무사가 혈곤성승 대사님을 바라보던 그 자세 그대로 서 있었다.

그의 몸에서는 기운이 거칠게 휘몰아치고 있었다.

여응암 무사 역시 깨달음의 순간이 온 것이다.

아니, 대체 저 혈곤성승 대사님의 성체가 뭐기에 소림사의 승려들뿐만 아니라 여응암 무사까지도 무아지경에 빠지는 거야?

그때 방장 대사님이 내게 다가오며 크게 합장했다.

"아미타불! 참으로 고맙네. 자네 덕분에 우리 소림사가 아주 큰 덕을 보았어."

"제가 한 것이 뭐가 있다고 그러십니까?"

"겸양도 과하면 예가 아니라고 했네. 방을 마련해 줄 테니 가서 쉬도록 하게. 아무래도 지금은 대화에 집중하기 어려우니."

그 말에 나도 여응암 무사를 일별하며 고개를 끄덕였다.

"저 역시 그렇군요."

방장 대사님은 다른 승려들에게 무언가를 지시하신 후 계단을 올라가셨다.

저 위쪽에 방장 대사님의 처소가 있는 듯했다.

그리고 한 승려가 나에게 다가왔다.

"지객당의 종오라고 합니다. 쉬실 수 있도록 처소로 안내해 드리겠습니다."

"저는 괜찮고, 시종에게 안내 부탁드립니다."

나는 살짝 고개를 젓고는 팔갑에게 말했다.

"팔갑아, 가서 우리 숙소 안내받고 짐 정리하고 있어."

"알겠습니다요."

내 말에 종오 승려가 물었다.

"시주께서는 같이 안 가십니까?"

"저는…… 시간이 좀 걸릴 듯합니다."

내 말뜻을 이해한 듯, 그는 부드럽게 미소 지었다.

"참 좋은 주군이시군요."

"별로…… 그렇지도 않습니다."

나는 쓴웃음을 지으며 답하고는, 호위무사들에게 말했다.

"피곤하신 분은 팔갑을 따라가서 쉬시면 됩니다."
이에 호위무사들은 모두 고개를 저었다.
"여 무사님께 호법이 필요하잖습니까."
"이 정도로 피곤하지는 않습니다."
사실 무아지경에 빠졌을 때가 가장 위험했다. 외부의 충격으로 인해 자칫하면 주화입마에 빠질 수도 있으니까.
그리된다면 죽거나 폐인이 된다.
"그런데 주군께서는 왜 처소로 가지 않으십니까?"
서우 무사의 물음에 나는 그 옆에 서며 말했다.
"그냥, 이곳에서 보는 전망이 좋아서요."
내 말에 호위무사들은 서로를 바라보았고, 피식 웃었다.
"왜 웃으십니까?"
"날씨가 좋아서 웃음이 나오는군요."
우리는 모두 함께 웃었다.
"이렇게 된 이상, 조를 나누어서 교대로 호법을 서죠. 단시간에 끝날 일은 아니니까요."
내 말에 호위무사들은 고개를 끄덕였다.
"그게 좋을 듯합니다. 제가 듣기로 칠 주야를 무아지경에 빠져 있었다는 사람도 있었으니까요."
"그런 걸 생각하면 더더욱이 교대로 해야죠."
물론 소림사 경내의 일이니 소림사의 승려들에게 호법을 부탁해도 흔쾌히 도와줄 거다.

성체 〈153〉

하지만 인력이 충분한데 굳이 빚을 질 이유는 없지.

우리는 세 조로 나누었다.

서우 무사와 이필 무사, 진유 무사와 명종 무사, 나와 창운 무사. 이렇게 세 조이다.

내일은 내가 방장 대사님과 대화를 나누어야 하기에 오늘 호법을 서기로 했다.

.

.

.

다음 날 아침이 될 때까지도 여응암 무사는 정신을 차리지 못했다.

나는 다른 호위무사들과 교대한 후 아침을 먹기 위해 숙소로 향했다.

"오셨습니까요?"

"응."

"여 무사님은 아직이십니까요?"

"응. 아직이야."

"언제쯤 정리하고 깨어나실 것 같습니까요?"

"글쎄? 그건 아무도 모르는 거니까. 배고파. 밥 줘."

"알겠습니다요."

나는 팔갑에게 아침 식사를 받아 맛있게 먹고, 차를 마시며 휴식을 취했다.

후…….

누군가를 지킨다는 건 온 신경을 곤두세워야 하니만큼

상당히 지치고 피곤한 일이다.
참 호위무사들이란 대단하다니까.

"도련님. 일어나셔야 합니다요."
팔갑이 나를 깨웠다.
"응?"
내가 언제 잠들었지?
"방장 대사님께서 부르십니다요."
"방장 대사님께서?"
나는 얼른 일어나며 물었다.
"지금?"
"반 시진 후에 동자승께서 다시 오겠다고 했습니다요."
"나 자고 있다고 했어?"
"아닙니다요. 동자승께서 먼저 그리 말했습니다요."
내가 잠시 자고 있던 것을 방장 대사님께서 알고 계시고 그리 지시하신 듯했다.
"의관을 좀 정제하고 찾아뵈어야겠지. 깨끗한 옷 좀 준비해 주고, 차도 한 잔 가져다줘."
"알겠습니다요."
팔갑이 가져다준 차를 한 잔 마시자, 머리가 좀 맑아지는 듯했다.
찻잔을 다 비운 후 옷을 갈아입고 의관을 정제한 후, 비고에서 꺼낸 상자를 챙겼다.
그러는 사이 반 시진이 지났는지, 동자승이 나를 데리

러 왔다.

동자승은 상당히 귀엽게 생겼는데, 이대로 쭉 성장한다면 제법 잘생긴 승려가 될 것이 분명했다.

소림사에 입문한다고 해서 모두가 이곳에 남아 평생 승려로 사는 것은 아니다.

이곳에 남을 수 있는 자는 불경 공부에 자질이 있거나 무공에 자질이 있는 이들.

입문한 이들의 절반도 되지 않는다고 들었다.

게다가 남은 이들도 전부 진산 제자가 되는 것도 아니다.

그중에서도 고르고 고른 이들만이 십팔나한이나 사대금강을 구성할 수 있는 인재가 될 수 있는 것이다.

그나저나 이 동자승, 자질이 좀 있는 것 같은데?

그래서 방장 대사님을 모시는 동자승이 된 건가?

초절정에 올라서인지 몰라도, 얼마 전부터 누군가를 보면 무공에 자질이 있는지 어느 정도 느껴지기 시작했다.

음, 이래서 예전부터 고수들이 강호를 방랑하다가 싹이 좀 보이는 아이를 보면 "너, 내 제자가 되지 않겠느냐?"라고 꼬시던 걸까?

그때 아직 교대를 기다리던 진유 무사가 물었다.

"제가 주군을 호위하겠습니다."

"이곳은 소림사이니 혼자 움직여도 괜찮을 듯합니다."

"하지만……."

"조금 있다가 교대 아닙니까? 이번에는 저 대신 여 무사님을 지켜 주십시오. 저는 팔갑과 함께 가죠."

나는 팔갑과 함께 그 동자승을 따라 걸었다.

방장 대사님의 처소는 제법 깊숙한 곳에 있었다.

약 일각 정도 걸었을까?

그때 내 기감에 호위하는 이들의 기척이 느껴졌다.

설마 여기가?

"대사님, 은서호 시주를 모시고 왔습니다."

"들어오십시오."

아, 여기가 방장 대사님께서 거주하고 계시는 곳이구나.

다른 세가의 가주나 문파의 문주가 거하는 공간에 비해 훨씬 검소한, 별채 정도의 건물이었다.

문을 열고 안으로 들어가자, 방장 대사님께서 나를 보며 앉아 계셨다.

나는 포권하여 예를 갖추었다.

"소상 은서호, 방장 대사님을 뵙습니다."

"어서 오게나. 피로는 좀 풀렸나?"

"배려해 주신 덕분에 편히 쉬었습니다."

내 대답에 방장 대사님은 미소 지으셨다.

"우선, 제자들이 혜진 대사님의 성체를 가져올 때 도움을 줘서 감사하네."

"인연이 있기에 가능했던 일입니다."

이건 겸양은 아니다. 만약 현로도가 나에게 그 길을 알려 주지 않았다면 나는 정청 승려 일행을 만나지 못했을 테니까.

그러면…… 이번 생에도 혈곤성승 대사님의 유해는 또다시 처참한 꼴을 당했겠지.

그렇게 생각해 보면, 혈곤성승 대사님께서 나에게 엄청 고마워하셔야 하는 거 아닌가?

나를 보고 두 번이나 웃으셨는데, 설마 그 웃음으로 퉁치시려는 건 아니겠지.

방장 대사님께서 말을 이으셨다.

"정명 승려에게 들었네. 감숙으로 가던 도중에 어려움에 닥친 이들에게 도움을 주었다지."

"눈앞에서 고난에 빠진 이들을 보고 어찌 지나치겠습니까. 그리고 그거 시주한 건데, 정말 그 금액을 돌려주셨더군요."

"시주였다고?"

"네. 하지만 그 거금을 시주하는 거라고 하면, 승려분들께서 부담스러워하실 것 같아서 그리 말했을 뿐입니다."

나는 전표를 내밀었다.

"하여 이렇게 다시 가져왔습니다."

그 전표를 보며 방장 대사님이 곤란한 표정을 지으셨다.

"이걸 거절하는 것은 그대의 성의를 무시하는 것이니 받을 수밖에 없군. 하지만 우리는 다른 시주들이 많기에 먹고 사는 데 지장이 없다네."

"모두 소림이 오랜 세월 동안 쌓은 명성과 은덕 덕분

아니겠습니까?"

"그리 말해 주니 고맙군."

방장 대사님은 잠시 고민하다가 내게 색다른 제안을 해 왔다.

"그대의 시주는 감사히 받겠네. 그 대신 하나 부탁을 해도 되겠는가?"

"말씀하십시오."

"그대가 시주한 것을 다른 먹고 살기 어려운 이들을 위해 사용해 주었으면 하네."

"네?"

"우리보다 자네가 그런 이들을 더 많이 볼 것 아닌가? 그러니 부탁하지."

"아…… 네."

나는 마지못해 그걸 다시 받을 수밖에 없었다.

이렇게 욕심이 없는 사람을 대하는 게 가장 어렵다.

내가 천상 상인이라, 무언가에 대한 욕망을 가진 사람들 위주로 상대해서 그런 것일지도.

"그리고 정명 승려에게 전해 들은 조언, 그 역시 감사하게 생각하네. 이번에 무림맹에 파견되어 있는 제자를 통해 대략적인 이야기를 전해 들었다네. 그 검총에 그런 진의가 있는지도 모르고 들어갈 뻔했다니!"

"결과적으로는 들어가지 못했습니다. 검총이 무너졌으니 말입니다. 아무래도 다른 이들이 다치는 것이 싫으신 혈곤성승 대사님께서 그리하신 게 아닌가 합니다."

"그럴지도 모르지."

방장 대사님이 말을 이었다.

"하여 내 직접 감사의 뜻을 전하고자 이리 초청을 한 거라네. 마음 같아서는 직접 북경으로 가고 싶었지만, 그랬다가는 시주가 너무 부담스러웠겠지. 이 노승이 뭐라고 나에게 관심이 많은 이들이 많아서 말이지."

"저를 생각해 주셔서 감사할 따름입니다."

정말 다행이다.

무림 쪽의 관심은 좀 사양하고 싶단 말이지.

"하여 바쁜 이를 이리 귀찮게 했네. 미안하네."

"아닙니다."

나는 손을 저었다.

"너무 괘념치 마십시오. 마침 저도 소림사에 방문해 대사님을 뵈어야 할 이유가 있었습니다."

내 말에 방장 대사님께서 고개를 갸웃하셨다.

"나를 봐야 하는 일이라니?"

"소림사에 전해 줄 것을 부탁받은 물품이 있습니다. 이것도 인연인지 어쩌다 보니 제가 그 역할을 하게 되었습니다."

"혹시 그 물건이, 자네가 가지고 온 저 상자인가?"

"그렇습니다."

나는 옆에 놓아두었던 상자를 들어 앞에 놓았다.

"이게 무엇인가?"

"혈곤성승 대사님께서 소림에 남기시는 겁니다."

내 말에 방장 대사님의 눈이 커졌고, 떨리는 손으로 그 상자를 열어 보셨다.

그 안에 들어 있는 건 한 권의 서책과 서신, 그리고 금괴다.

"이걸 어디서 얻었는지 물어도 되겠는가?"

"예. 저 역시 감숙성 연지산의 검총에 있었습니다."

나는 내가 그곳에 가게 된 연유를 간략히 설명하고, 그 이후의 과정도 설명했다.

"⋯⋯그리고 모든 일을 마치고 돌아오던 중 영초를 발견했습니다. 그 영초를 캐낼 참으로 바위를 들어 올렸다가 이 상자를 발견했습니다."

물론, 거짓말이다.

그렇다고 내가 검총을 붕괴시키기 위해서 검총에 들어갔다가 그걸 발견했다고는 말할 수 없잖아.

이 정도는 부처님께서도 봐주시겠지.

"⋯⋯."

잠시 아무 말 없이 나를 바라보시던 방장 대사님께서는 고개를 끄덕였다.

"어디서 발견했는지가 중요하겠는가. 이걸 이렇게 소림으로 가지고 왔음이 고마운 일이지."

음⋯⋯ 거짓말인 거 들켰나?

"그나저나 이것에 대해 아는 자가 있는가?"

"저와 이걸 함께 발견한 제 호위 이외에는 모릅니다. 방금 대사님께서도 알게 되셨군요."

나는 말을 이었다.

"그리고 저도 이게 무엇인지 몰라 서신은 읽어 보았습니다. 하지만 서책은 그대로 전하면 될 것 같아 읽어 보지 않았습니다."

"그랬군."

방장 대사님께서는 서신을 읽어 보셨다. 그리고 서신을 접어놓으신 후 몇 번이나 그 서책을 쓰다듬더니, 나를 보며 말씀하셨다.

"아무래도 자네는, 뭔가 소림과 인연이 있는 모양이네. 그렇지 않고서야……"

나는 미소 지었다.

저 역시 그리 생각합니다. 하지만 더 이상의 귀찮은 인연은 사양하고 싶습니다.

하지만 앞으로 소림의 도움을 좀 받으려면…… 귀찮아도 감수해야 하나?

방장 대사님께서는 상자 안에 있던 금괴를 꺼내어 나에게 내미셨다.

"이건 자네의 것이네. 서신대로 행했으니 이 금괴를 가질 자격은 충분하네."

이번에는 사양하지 않았다.

이건 당당하게 내 것이라고 말할 수 있으니까.

"감사합니다."

금괴를 나에게 주시면서도 방장 대사님의 눈에는 욕심이라든지 아쉬움 같은 감정이 한 톨도 없었다.

이게 가능한 건가?

"그리고……."

아직 할 말이 남으셨나?

"이번에 혜진 대사님의 성체가 무사히 돌아올 수 있었던 것은 자네의 덕이 컸다고 들었네. 자네가 모두를 설득해 준 덕분이라고."

나는 뺨을 긁적였다.

"이래저래 우리 소림이 참으로 많은 은혜를 입었네. 우리 소림은 이 은혜를 결코 잊지 않겠네."

"은혜라니요, 괜찮습니다."

"아닐세. 원래는 적당한 사례를 준비했는데, 이것을 보니 고작 그 정도 사례로는 아니 될 것 같군. 그러니 조금만 더 머물러 주게나."

"알겠습니다. 안 그래도 호위무사 중 하나가 아직 무아지경에 빠져 있기에 며칠 더 머무를 수 있도록 청하려던 참이었습니다."

나는 방장 대사님의 처소에서 물러났다. 그리고 다시 동자승의 안내를 받아 내 처소로 향했다.

처소로 돌아온 나는 방으로 들어왔고, 소매 안에서 금령을 꺼냈다.

아까부터 꾸이 거리던 금령은 눈을 반짝이며 나를 바라보고 있었다.

"꾸이! 꾸이!"

그 유지를 발견한 건 자신 덕분이니까 개평을 내놓으라는 거다.
"전에 준 거 같은데?"
내 말에 금령은 고개를 저으며 주지 않았음을 기억하고 있다고 했다.
기억력 엄청 좋네. 쳇!
어떻게 잘 넘어갈 줄 알았는데 말이지.
그래도 금령이가 기특한 일을 해 주었으니 칭찬해 주어야겠지.
나는 금령에게 금자 하나를 내밀었고, 금령은 탁자 위를 데굴데굴 구르며 그 금자를 핥았다.
그 모습을 보며 방금 방장 대사님께서 전음으로 하신 말씀을 떠올려 보았다.

- 자네에게서 겨울바람이 느껴지는군.

설마…… 알아차리신 건가?
겨울바람…….
사부님께 듣기로 그건 설풍궁을 일컫는 또 다른 표현이라고 하셨지.
방장 대사님이 나에게 그리 말씀하신 건 내가 설풍궁의 사람이라는 것을 알고 계신다는 의미인가?
하지만 의문은 여전히 남아 있었다.
딱 그 한마디만 하셨으니까.

처음에는 잘못 들었나 싶었지만, 초절정인 내가 잘못 들었을 리가 없다.

방장 대사님께서는 대체 무슨 의도로 나에게 그리 말씀하신 걸까?

그 전음에서 뭔가 그리워하는 듯한 느낌이 들었던 것 같기도 하고…….

혹시, 방장 대사님께서도 조심하는 건가?

설풍궁은 정체불명의 자들에 의해 멸문당했다.

아직 그 명맥이 이어지고 있으니 멸문이라고 하는 게 맞지 않을 수 있지만.

여하튼 범인이 누구인지 알 수 없기에 사부님을 비롯한 설풍궁의 생존자들은 지금까지도 조심하고 있다.

어쩌면 그건 설풍궁에 호감을 가지고 있는 이들 역시 마찬가지일 터.

그러니까 살짝 운만 띄우신 게 아닐까 싶다.

만약 설풍궁에 대해 궁금한 것이 있으면 자신에게 물어보라는 의도겠지.

혹시 함정이면 어떻게 하지?

그러나 함정이라고 하기에는…… 방장 대사님의 기운은 너무나도 맑고 깨끗했다.

마치 사부님처럼.

조만간 다시 만날 기회가 있을 테니까, 그때 한번 떠봐야겠네.

"도련님."

그때 팔갑이 들어왔다.
"지금 막 진유 무사님과 명종 무사님께서 교대를 위해 나가셨습니다요."
"그렇구나."
제법 오래 걸리네.
그만큼 정리해야 할 것이 많다는 의미겠지.
사실 여응암 무사는 이미 절정에 오를 정도의 경력과 실력이다.
하지만 아직까지 그 벽을 넘지 못하고 있었다.
부디 이번에 좋은 결과가 있었으면 좋겠는데 말이지.
그때 팔갑이 탁자 위에서 금자를 안고 뒹구는 금령을 보더니 혀를 찼다.
"허, 이 녀석! 진짜 돈이라면 환장하는구나!"
그러면서 슬쩍 금령의 품에서 금자를 빼 갔다.
"꾸…… 꾸잇?"
그러자 금자를 뺏긴 금령은 그대로 팔갑을 향해 몸통 박치기를 했다.
"컥!"
하필이면 맞은 위치가 영 좋지 않아서인지 몸을 부르르 떨었다.
"흐어억……."
"쯧쯧, 금령이가 가진 돈은 함부로 건드리는 게 아니라니까."
"꾸이!"

어느새 금자를 되찾은 금령은 내 쪽으로 다가와 다시금 뒹굴뒹굴했다.

"하여간 왜 가만히 있는 금령이를 놀려서는……."

가만히 생각하던 나는 주머니에서 금자 하나를 꺼내 팔갑에게 내밀었다.

"자, 이건 네 몫이야."

"그건 왜 주시는 겁니까요?"

"너도 금자 가지고 놀고 싶어서 그런 거 아니야?"

"저, 저는 금령이와 같은 수준이 아닙니다요!"

그리 말하면서 팔갑은 배시시 웃었다.

어, 좋아한다.

사실 금자면 엄청난 가치지만, 팔갑에게 주는 것은 아깝지 않다.

"뭐, 주시니 감사히 받겠습니다요."

너 진짜 곰이냐?

문득 금자를 가지고 재주를 부리는 곰이 떠올랐…… 지만 팔갑의 존엄성은 지켜 주기로 했다.

그 후로 이틀이 지났다.

나는 교대를 위해 여응암 무사가 있는 곳으로 향했다.

여응암 무사가 무아지경에 들어섰을 때 함께 무아지경에 들어섰던 승려들은 대부분 정신을 차렸다.

그들은 하나같이 깨달음을 얻었는데, 무승들의 경지는 더 높아졌고 불경을 연구하는 승려들의 눈빛은 더욱 깊어진 듯했다.

오늘로 사흘째인가?

눈을 감은 채 가만히 서 있는 그 자세 그대로이다.

나의 경우에는 절정도, 초절정도 전투를 하던 도중에 경지가 올랐다.

아마 나의 경우에는 내공은 이미 충분했지만, 실전 경험과 깨달음이 부족했기에 그런 상황에서 경지가 오른 듯했다.

그러니 은무검을 얻을 당시 광인과의 생사결, 그리고 북해에서 천마신교의 소교주와의 생사결을 통해 깨달음을 얻을 수 있었겠지.

지금 생각하니 나 진짜 까딱했으면 죽을 뻔했네.

아무튼, 여응암 무사의 경우에는 깨달음이 부족했기에 경지가 오르지 않은 듯했다.

그렇기에 지금 저렇게 깨달음을 정리하느라 아직 정신을 차리지 못하는 거겠지.

그때였다.

우우우웅.

갑자기 여응암 무사의 몸에서 뻗어 나온 기세가 거칠어졌다.

나도 들은 풍월이 꽤 있기에 상황을 알아차렸다.

"이건……? 설마 깨달음이 끝나가는 상황입니까?"

내 물음에 진유 무사가 고개를 끄덕였다.

"맞습니다. 지금이 가장 중요합니다. 명종 무사, 가서 다른 무사들을 불러오게!
"네!"
"저도 도와드리겠습니다."
"주군께서는 저 기운이 주변에 해가 되지 않도록 부탁드립니다."
"그러죠."
지금, 이 주변에는 아직 무아지경에서 깨어나지 못한 이들이 있다.
그들에게 여웅암 무사의 정돈되지 않은 기운이 해가 될 수도 있으니까.
나는 즉시 기운을 펼쳤다. 하지만 지금 외부에 알려진 내 경지는 절정이다.
그렇기에 그 정도로 제한해서 기운을 펼쳤다.
이 소림사에도 무림맹의 눈과 귀가 있을 가능성은 배제할 수 없었으니까.
그러는 사이 서우 무사를 비롯한 다른 호위무사들이 달려왔다.
그들도 넓게 퍼져서 기운을 펼치거나 호법을 섰다.
그렇게 얼마나 시간이 지났을까?
서서히 거친 기운이 잦아들었고, 여웅암 무사는 크게 숨을 내쉬었다.
그리고 그가 눈을 떴을 때 안광이 형형했지만, 곧 그 안광은 사라졌다.
"어……."

그는 당황한 표정이었다.

그도 그럴 것이, 우리 모두가 그를 바라보고 있었으니까.

나는 빙그레 웃으며 포권했다.

"절정에 오르셨군요. 축하드립니다."

그는 내 말에도 멍하니 두 눈동자를 깜박이기만 했고, 서우 무사가 그런 그에게 말했다.

"우선, 운기조식으로 마저 기운을 다스리도록 하십시오."

.

.

.

잠시 후.

운기조식을 마친 그는 눈을 떴고, 이내 놀라움을 감추지 못했다.

"제가, 제가, 드디어 절정이 되었습니다!"

"축하드립니다."

내 말에 이어 다른 무사들도 그에게 축하의 말을 건넸다.

아직 일류 무사인 이필 무사와 명종 무사 그리고 창운 무사는 부럽다는 표정이었지만, 그래도 축하의 말을 아끼지 않았다.

나는 그들에게 말했다.

"세 분도 언젠가 절정이 될 것입니다. 그때가 기대되는군요."

내 말에 그들은 겸연쩍게 웃었다.

사실 그들도 느끼고 있을 것이다. 여응암 무사는 때가 되었기에, 그 기회를 놓치지 않고 절정이 되었음을.

그리고 아직 자신들은 때가 되지 않았음을.

나는 말을 이었다.

"그래도 너무 조급하게 생각하지 않으셨으면 합니다. 여러분 모두 제게는 소중한 호위무사이니까요."

그나저나 이제 호위무사 중에 셋이나 절정의 무사인가? 든든하네.

나는 고개를 돌려 아직 그 자리에 있는 혈곤성승 대사님의 성체를 보았다.

대체 저 성체가 뭐기에 저것을 보자마자 무아지경에 빠져든 걸까?

보고 있으면 뭔가 알 수 없는 묘한 기분이 들긴 한다.

나는 여응암 무사에게 물었다.

"여 무사님, 무사님은 대사님의 성체를 보자마자 무아지경에 돌입했습니다. 당시 어땠는지 설명해 줄 수 있습니까?"

내 물음에 그는 고개를 끄덕였다.

"그 전에 대사님의 성체가 동쪽을 바라보도록 하지 않았습니까?"

"그랬죠."

"그 후, 대사님의 얼굴을 보는 순간 대사님이 제 뒤통수를 후려치는 듯한 기분이 들었습니다."
"네?"
"호통, 아! 네, 호통 소리와 함께 말입니다."
"무슨 호통 말입니까?"
"이 멍청한 자식아! 무엇을 망설이는 거냐? 라는……."
"네?"
"그리고…… 멍청한 생각은 버리라고……. 진짜 무서웠습니다."
 나는 고개를 들어 대사님의 성체를 살폈다.
"저렇게 인자하게 웃고 계시는데요?"
 내 말에 다른 호위무사들이 고개를 갸웃했다.
"대사님께서 인자하게 웃고 계신다고요?"
"네."
"저에게는 측은한 눈빛으로 보입니다."
"저는 그냥 무표정이신데……."
"제 눈에는 대견하다는 표정입니다만……."
 이로써 알게 되었다.
 대사님의 성체는 바라보는 이들의 시선에 따라서 모두 다르게 보인다는 것을.
 아니, 대체 혈곤성승 대사님의 성체가 무엇이기에…….
 연지산 검총에서는 이런 현상이 없었는데.
 아무래도 혈곤성승 대사님의 성체가 소림사에 들어와야만 그런 현상이 생기는 듯했다.
 하긴 세상에는 사람의 상식으로는 이해할 수 없는 것들

이 많다.

당장 내가 죽었다가 과거로 돌아온 것만 해도 말이지.

그나저나 혈곤성승 대사님의 성체를 온전하게 소림사에 돌려보내지 못하게 막은 자는 이것을 예상한 걸까?

그래서 그렇게 끈질기게 막은 건가?

그러고 보니 내가 나무에 거꾸로 묶어 준 흑도인이 실토했었지. 누군가 성체에 대해 거짓 소문을 내라는 의뢰를 했다고.

위험한 분위기를 풍기는 자라…… 누구지?

전혀 감도 잡히지 않지만, 가장 의심되는 이는 무림맹 쪽이긴 하다.

나는 그들이 결코 깨끗하고 좋은 이들이 아니라는 것을 경험상 알고 있으니까.

작금의 무림맹은 정파 무림을 화합하고 발전시키는 게 아니라, 분열시키고 약화시키려는 게 목적이 아닌가 싶을 정도다.

물론 겉으로 볼 땐 여전히 무림맹의 본연의 목적에 충실한 것처럼 보이지만…….

게다가 공명정대함을 상당히 중요하게 생각하지.

실상은 본인들이 더 비겁하고 치졸하면서.

* * *

무림맹.

여전히 오늘도 수많은 이들이 각자의 자리에서 분주하게 움직이고 있었다.

정파 무림의 중심인 만큼, 무림맹에는 전국의 사건사고가 빠짐없이 보고된다.

그런 만큼 그들이 나누는 이야기의 주제는 매우 다양했다.

하지만 오늘만큼은 너 나 할 것 없이 소림사에서 벌어진 기현상에 대해 떠들었다.

"자네 들었나? 이번에 소림에서 모셔간 혈곤성승 대사님의 성체에 대해서 말이야."

"물론 들었지! 그 성체를 보고 소림의 수많은 승려들이 깨달음을 얻었다지?"

"허…… 부럽다."

"혹시 나도 그 성체를 보면 경지가 올라갈 수 있을까?"

"쯧쯧, 아서라. 그건 소림의 보물인데 외인에게 함부로 보여 주겠냐?"

"음, 그것도 그렇지."

소림에서의 경사에 대해 모두가 비슷한 감정을 느끼고 있을 때.

무림맹주는 별로 심기가 좋지 않았다.

"그래서, 결국 그 일은 실패한 건가?"

맹주의 말에 그 앞에 한 남자가 부복한 채 고개를 조아렸다.

"송구합니다. 소신이 불민하여……."

"그 일을 의뢰받은 자들은?"

"입을 막았습니다. 입을 열어도 저승에서나 열 수 있을 겁니다."

"쯧. 알겠다. 그 유해는 어떻게든 처리하도록!"

"예! 반드시 처리하겠습니다."

맹주의 수하가 나가고, 그는 자신의 서탁 앞에 앉았다.

그의 이마에서는 계속해서 땀이 송골송골 맺히고 있었다. 정확하게 혈곤성승의 성체를 보았을 때부터.

'망할 놈의 땡중 같으니라고!'

무림맹으로 혈곤성승의 성체를 가지고 왔다는 보고에 그는 직접 그 성체를 확인하기 위해 나갔다.

그리고 그 성체를 보는 순간, 그는 깨달았다.

그건 자신의 대업에 방해가 되는 것이라는 것을.

혈곤성승 대사의 성체에는 그의 생전의 의지가 깃들어 있었으니까.

바로 악을 멸하고자 하는 의지가.

* * *

여응암 무사가 절정이 된 지 나흘 정도가 지났다.

이제는 떠날 수 있는 상황이었지만, 며칠만 더 기다려 달라는 전갈을 받았다.

음······.

나에게 줄 보상 문제로 머리가 복잡하신 것 같네.

소림사 경내도 아직은 좀 어수선하기도 하고.

혈곤성승 대사님의 성체는 동쪽을 바라보는 전각을 만들어 그곳에 보관하기로 했다고 한다.

보통은 다비식을 통해 화장하곤 하는데…….

혹시 내가 전달한 서책에 이에 관련한 유언이라도 있는 것인가?

그리고 혈곤성승 대사님에 대한 파계가 거두어졌다. 그렇기에 이제부터는 파계승이 아닌 소림의 제자다.

잘된 일이네.

나는 지객당 위쪽으로 올라갔다. 그곳에는 소림의 제자들이 수련하는 곳이 있었다.

내 호위무사들의 실력은 상당한 편이다.

아직 세 명이 일류에 머물고 있지만, 소림사 기준으로도 결코 일류는 낮은 경지가 아니지.

그래서 소림사 무승들의 요청을 받아 비무를 하게 되었다.

경험을 쌓기 위함인데, 내 호위무사들 역시 나쁘게 생각하지 않았다.

그냥 친선 비무 같은 것인데, 물론 계율원장 대사님의 허락을 받은 사안이다.

나 역시 허락했고.

내가 연무장으로 향했을 때, 한창 서우 무사와 다른 무승이 비무 중이었다.

소림사의 무공은 호쾌한 것이 특징이다.

하지만 마냥 호쾌한 건 아니다.

상대에 맞추어서 변화무쌍하게 바뀔 수도 있는 것이 소림 무공의 특징이다.

하지만 그 무공의 주 목적은 방어와 제압이다.

그도 그럴 것이 누군가를 사사로이 죽이는 건 살계를 범하는 것이니까.

그래서 내 호위무사들도 무기에 검집을 씌운 채 상대하려 했지만, 그들이 거절했다.

그래서는 실전 훈련이 되지 않는다면서.

하긴, 무림의 무사가 지닌 냉병기는 모두 날이 서 있음이 당연하고 소림의 무승들은 그런 이들과 싸워야 하니까.

그렇게 내 호위무사들이 비무를 하는 모습을 보던 중에 내 기감에 뭔가 느껴졌다.

음?

이 기운은…… 흑도의 기운인데?

하지만 흑도에 몸을 담은 정도는 아니고, 흑도의 인물과 만났던 정도.

초절정이 되면서부터 그 정도의 기운도 느낄 수 있게 되었다.

평소에는 대수롭지 않게 여겼을 터.

저자를 오가면서 흑도인을 지나치는 일은 제법 있는 일이니까.

하지만 이곳은 소림사.

흑도의 기운을 지닌 이가 출입할 수 없지.

나는 자리를 이동하는 척하며 그 기운이 묻은 자를 찾아냈다.

그는 오가면서 종종 마주쳤던 승려이다.

어제까지만 해도 흑도의 기운이 묻어 있지 않았는데 오늘은 그 기운이 묻어 있었다.

그렇다면 답은 하나뿐이다.

몰래 흑도의 인물과 만났다는 것.

무슨 의도일까?

.

.

.

그날 오후.

나는 나와 친해진 지객당의 종오라는 승려에게 그 승려에 대해서 물었다.

"아, 지상 승려를 말씀하시는군요."

"법명이 지상이시군요. 혹시 어떤 분인지 여쭤봐도 됩니까?"

"제 바로 아랫 배분입니다. 장경각을 관리하는 업무를 맡고 있는데, 묵묵히 제 할 일을 하는 조용한 제자입니다."

"그렇군요."

"그래서 비슷한 배분의 제자들뿐만 아니라 윗분들도 그를 좋게 봅니다만……. 그런데 지상 승려에 대해서는 왜 물으십니까?"

그 물음에 나는 태연하게 준비해 뒀던 핑계를 댔다.

"아, 별건 아니고 신기해서요. 다른 분들은 비무를 흥미진진하게 구경하는데, 그분만 별 관심이 없어 보여서요. 옷을 보면 무승은 맞는 것 같은데."

"아, 이상하게 생각하지는 마십시오. 지상 승려는 무에 대해 재능은 있는데 마음이 약해서인지 무공으로 남을 괴롭게 하는 것을 싫어하더군요. 천상 승려입니다."

"그렇군요."

나는 아까 보았던 지상 승려의 눈빛을 떠올리며 미간을 슬쩍 찌푸렸다.

그 눈빛은 분명…… 죄책감과 답답함이었는데.

뭔가 사정이 있는 거겠지.

누군가의 약점을 이용하는 것이야말로 흑도들의 특기니까.

그날 밤.

나는 오랜만에 꿈을 꾸었다.

* * *

새벽.

지상은 장경각으로 향하며 이곳에 올 때의 기억을 떠올렸다.

그는 고작 일곱 살의 나이에 외숙부의 손에 이끌려 소림사에 오게 되었다.

"이제부터 이곳이 네가 살 곳이다. 죽어도 소림사에서 죽고, 살아도 소림사에서 살아라."
"외숙부, 잘못했어요. 저를 이곳에 두고 가지 마세요. 밥도 조금만 먹을게요. 어머니가 있는 곳으로 보내 주세요."
"이런 못돼먹은 자식! 네 어미가 부잣집에 재가해서 행복하게 사는 꼴이 눈꼴 시린 것이냐?"
"아, 아니, 그게 아니라……."
"네 어미를 생각한다면 이곳에서 절대 나올 생각 하지 마라! 그것이 네가 할 수 있는 최고의 효도다! 알겠느냐?"
"……."
"대답해야지."
"네."

그렇게 지상은 수천 명에 달하는 제자들과 함께 소림사에서의 생활을 시작했다.
소림사는 오는 사람 막지 않고 가는 사람 잡지 않는 곳.
그렇기에 한 번 제자를 받을 때 엄청나게 많은 수의 이들이 제자로 들어온다.

그러나 삼분지 이 정도가 첫 일 년 동안의 혹독한 수련과 생활을 견디지 못하고 떨어져 나간다.

소림사에서도 그 각오를 보고자 첫 일 년 동안 아이들을 가혹하게 내몰기도 했고.

사실 지상도 매일같이 다른 아이들처럼 소림사를 나가는 것을 꿈꿨다.

하지만 이곳을 나가면 갈 수 있는 곳이 없다.

게다가 그는 어머니를 좋아했다.

그렇기에 자신이 이곳에서 버티고 버티는 것이 어머니에 대한 효도라는 외숙부의 말을 되뇌며 악바리처럼 버티고 또 버티었다.

다행히 그에게는 무에 대한 재능이 있었고, 하여 성년이 되었을 때 무승으로 소림에 남을 수 있는 선택지를 고를 수 있었다.

그리고 이 소림사에 최대한 오래 남기 위해서는 될 수 있는 대로 다른 이들의 눈에 띄지 말아야 한다는 것을 깨달았다.

하여 그는 있는 듯 없는 듯 그렇게 살아오고 있었다.

그리고 어제, 외숙부를 만나고 왔다.

그가 정식으로 소림의 무승이 되자, 어찌 알았는지 외숙부가 연락을 해 왔다.

그리고 일 년에 한 번 정도 연락을 해 오고 있었다.

어제 만난 외숙부가 말했다.

"아직도 어머니를 만나고 싶으냐?"

"모든 속세의 연을 끊은 지 오래입니다. 그저 어머니가 현세에서 행복하고 극락왕생을 바랄 뿐입니다."

"천륜을 괜히 천륜이라고 하겠느냐?"

"……."

"사실 네 어머니가 너를 보고 싶어 하신다. 이렇게 늠름하게 잘 자랐으니 훌륭하게 자란 모습을 어머니에게 보여 드림으로써 네 걱정을 하지 않도록 해 드리는 것도 효도겠지."

그 말에 지상은 입술을 깨물었다.

일곱 살 때 이후로 보지 못했던 어머니다. 왜 보고 싶지 않았겠는가?

어머니가 보고 싶어 눈물로 지새운 밤은 셀 수도 없을 정도.

"하지만 문제가 있다."

"……무엇입니까?"

"네 어머니의 재혼 상대인 장주가 지금 병에 걸려 오늘 내일하고 있지. 하여 그 병을 고치기 위해서 웬만한 치료는 다 해 봤지만, 차도가 없다더구나."

"……."

"그래서 마지막으로 남은 방법이 영약을 쓰는 것뿐이라고 한다. 얼마 전에 소림사에 혈곤성승 대사의 성체가 들어왔다지?"

"그렇습니다."

"혈곤성승 대사의 몸에 영약이 깃들어 있다고 들었다. 그것을 가져오거라."

"네?"

지상은 깜짝 놀랐다.

"그건 안 됩니다! 제가 어찌 대사님의 성체에 손을 댄단 말입니까?"

"걱정할 것 없다. 영약을 찾은 후 불을 질러서 증거를 없애면 된다. 그러면 네가 한 짓이라는 것을 누가 알겠느냐?"

"……."

망설이는 지상에게 외숙부가 말했다.

"장주가 죽으면 네 어미는 또다시 과부가 되겠지. 정실도 아니고 첩으로 들어갔는데 그 신세가 어찌 되겠느냐?"

"……."

"하지만 그 영약을 구해다 준다면, 네 어머니는 장주의 총애를 받겠지."

지상은 그 이야기를 떠올리며 두 손으로 마른세수를 했다.

외숙부가 정한 기한은 내일모레까지.

즉, 미적거릴 시간이 없다는 뜻이다.

장경각으로 향하던 그는 대웅보전을 지나려다가 멈칫했다.

"잠시…… 들어갈까."

마침 안에는 아무도 없었다.

이 안에 아무도 없는 건 무척이나 드문 일. 안으로 들어간 그는 그 자리에 털썩 주저앉았다.

"후우……."

깊은 한숨이 나왔다.

"제가 지금까지 살면서 잘못한 건 별로 없다고 생각합니다. 설사 잘못한 것이 있다고 해도 이런 번뇌에 빠질 정도는 아니라고 생각합니다."

"……."

"그러니까 이번 한 번만 도와주시면 아니 되겠습니까? 제 어머니의 부군의 병……. 내일까지만 낫는다면……. 그러면……. 외숙부의 요청은 없던 것이 될 테니까요."

"……."

당연히 부처에게서는 아무런 대답도 나오지 않았다. 언제나 그렇듯 오늘도 말없이 그를 바라보고 있을 뿐.

* * *

대웅보전.

소림사의 중심이라고 할 수 있는 이곳에는 부처상이 모셔져 있다.

그리고 나는 지금 부처상 뒤에 숨어 있다.

내가 왜 이곳에 있냐고?

에휴…….

이게 다 간밤에 꾸었던 꿈 때문이다.

저 지상이라는 승려가 의심스러워 감시하던 중에 나도 모르게 잠이 들었고 꿈을 꾸었지.

그 꿈에 혈곤성승 대사님이 나타났다.

안쓰러운 표정으로 지상 승려를 바라보고 계셨는데, 그 장소가 바로 이곳 대웅보전 안이다.

그리고 나를 보며 손가락으로 동쪽을 가리키셨다. 동쪽에서 해가 비치고 있었다.

그 순간 나는 꿈에서 깨어났고, 이내 그 손가락의 의미를 알아차렸다.

즉, 아침 해가 떠오를 때 대웅보전으로 가라는 의미.

하여 즉시 움직였고, 지상 승려가 오는 모습에 얼른 이곳에 숨은 것이다.

덕분에 뜻밖의 정보를 알게 되었다.

내일까지 어머니의 부군의 병을 낫게 해 달라. 그러면 외숙부의 요청은 없던 일이 된다.

짧은 말이지만 여러 가지를 유추할 수 있다.

첫째, 그의 어머니는 재혼했다.

그렇지 않으면 어머니의 부군이 아니라 아버지라고 했겠지.

둘째, 그에게 일을 지시한 자는 외숙부이고, 외숙부가 그에게 준 기한은 내일모레까지다.

그러니까 내일까지 낫게 해 달라고 한 거다. 내일까지

나아야 그 틈에 소식이 닿을 테니까.

셋째, 지상 승려의 외숙부는 소림사 근처에서 살고 있다.

그건 내일까지 낫게 달라는 말에서 유추할 수 있는 또 다른 정보다.

소식이 닿는 데, 하루밖에 걸리지 않는다는 의미니까.

나는 간밤의 꿈에서 본 혈곤성승 대사님의 표정이 마음에 걸렸다.

안쓰러운 표정.

내 꿈에 나타나셨다는 건 지상 승려를 도와달라는 의미겠지.

우선 지상 승려의 승적을 봐야겠군. 누군가를 돕는 것도 정보가 있어야 도울 수 있으니까.

승적은 장경각에 보관되어 있다.

물론 엄중한 보안 속에 있었지만, 슬쩍 들어갔다 나오는 건 별로 나에게 별로 어렵지 않았다.

게다가 내 기운은 다른 이들이 쉽게 알아차리기 힘든 특성이 있기도 하고.

지상 승려의 승적에 적힌 정보를 기억한 나는 장경각을 나섰고, 내 처소로 돌아왔다.

"팔갑아."

"부르셨습니까요?"

"잠시 외출 좀 해야겠어."

"네? 이렇게 갑자기 말입니까요?"

"급하게 처리해야 할 일이 있다고 해 줘."

내 말에 팔갑은 이해했다는 듯 고개를 끄덕였다.

"알겠습니다요. 대외적으로는 그렇게 알고 있겠습니다요."

척하면 척이네.

그렇게 나는 서우 무사와 함께 외출했다.

지상 승려가 내일까지는 일을 저지르지 않을 것 같긴 하지만 혹시 모르는 일.

그렇기에 진유 무사에게 지상 승려의 감시를 부탁한 후 소림사를 내려왔다.

소림사가 있는 숭산 근처에는 제법 많은 마을이 있었다. 그도 그럴 것이 산에서 가장 위험한 건 호랑이와 녹림이니까.

그것들을 처리할 수 있는 소림의 고수가 지척에 있는 곳이 가장 안전한 곳이다.

나는 지상 승려의 승적에 적힌 마을로 향했다.

숭산 남쪽의 마을인 대리현이다.

서우 무사만 데리고 내려온 건 진유 무사를 제외하고 그의 경공이 가장 빨랐기 때문이다.

나는 우선 지상 승려의 외숙부에 대해서 알아보기로 했다.

그를 찾는 건 어렵지 않았다.

"한 이십여 년 전만 해도 별것 없는 집안이었지."
"가지고 있던 재산이라고 손바닥만 한 밭 한 마지기 정도?"
"그러다가 남편이 죽고 친정으로 돌아온 누이동생 때문에 팔자가 핀 거지."
"옆 마을에서 가장 부자인 송 장주의 첩으로 들어갔거든. 그 여동생이 엄청 예쁘긴 했지."
"사실 그녀는 송 장주의 첩으로 가고 싶어 하지 않아 했잖아."
"당연하지! 어떤 어미가 자신의 아들과 헤어지고 싶어 하겠어."
"아무튼, 그 송 장주가 그녀의 친정을 위해서 땅을 사주었고 그래서 지금 그자가 떵떵거리며 장주 노릇을 하는 거지."
"소림사에 버리다시피 한 조카는 무승이 되고 말이야."

그 증언만 봐도 알 수 있었다.
그의 누이동생이 송 장주의 첩이 된 것도, 조카가 소림사의 제자가 된 것도 그의 억지였음을.
나는 외숙부가 사는 장원으로 향했다.
"……."
나는 그 장원을 보고 말문이 막혔다.
생각보다도 화려하고 큰 장원이었으니까.
아니, 이 정도로 잘 살면 굳이 외조카를 소림사로 보낼 필요가 없잖아.
 더군다나 외조카를 소림사의 제자로 만든다는 건 그 아버지의 대를 끊는 건데.
 소림사의 후광이 필요했으면 자신의 자녀 중 한 명을 소림사로 보내야 하는 거 아니야?
 속으로 조용히 분을 삼키고 있을 때 장원으로 들어가는 자가 있었다.
 그에게서 느껴지는 불쾌한 기운, 틀림없는 흑도의 기운이다.
 나는 그 뒤를 따라 몰래 장원으로 잠입했다.

 그가 향한 곳은 접빈실이었다.
 나는 기척을 지우고 지붕으로 향했다.
 그리고 지붕 아래의 틈을 통해 저들의 모습을 살폈다.
 안에는 지상 승려의 외숙부로 보이는 자와 방금 본 손님이 마주 앉아 있었다.
 손님으로 보이는 자는 비열한 미소를 흘리고 있었는데, 일류쯤 되는 무인으로 보였다.
 "그래서, 일은 어찌 될 것 같습니까?"
 들리는 말소리에 얼른 정신을 집중했다.
 "걱정하지 않으셔도 됩니다. 그 녀석에게 일을 지시해 두었고 그 녀석은 절대 제 말을 거역하지 못합니다."
 "어찌 그리 장담할 수 있습니까?"
 "그 녀석의 약점을 잘 자극해 뒀습니다. 그러니 분명히 혈곤성승 대사의 성체를 불태울 겁니다."
역시…….
혈곤성승 대사의 성체를 없애려는 계획은 계속되고 있었다.
지상 승려의 외숙부가 손바닥을 비비며 말했다.
"그래서, 정말 약속은 지키시는 겁니까?"
"물론이오. 그 일에 성공하면 약속대로 삼만 냥의 빚은 대신 갚아 주지."

에휴…….
그러니까 지금 저 지상 승려의 외숙부는 누군가에게 빚을 졌고, 그 빚을 갚고자 해서는 안 될 일에 발을 담근 것이다.
그리고 저렇게 흑도와 어울리며 그 기운이 묻고, 그 기운이 지상 승려에게도 옮겨 묻은 것이군.
그 뒤로 이어지는 이야기는 별것 없었고, 나는 슬쩍 그 집에서 나왔다.
"가시죠."
"성과가 없는 건 아니지만, 석연치 않은 것이 있으신 모양이군요."
그 말에 나는 내 얼굴을 만지며 물었다.
"제가 표정 관리에 서툰 건 아니라고 생각합니다만, 어찌 아셨습니까?"
"그냥 보니까 알겠습니다."

나는 멋쩍게 웃었다.

"사실, 그렇습니다. 이 일의 전모에 대해 알아내긴 했습니다. 혈곤성승 대사의 성체를 없애는 일에 성공하면 그 대가로 삼만 냥의 빚을 대신 갚아 준답니다. 그런데……."

나는 턱을 만지작거리며 말했다.

"누이동생이 옆 마을 최고 부자라는 송 장주의 첩입니다. 송 장주는 삼만 냥 정도는 충분히 내어 줄 수 있는 재력가입니다. 그러면 누이동생에게 부탁하여 돈을 마련하는 게 더 쉬운 방법 아닙니까?"

"그렇지요."

"송 장주의 첩으로 들어갔다는, 누이동생에 대해 알아봐야겠습니다."

곧 우리는 인근 마을의 송 장주의 장원으로 향했다. 그리고 나는 설마 했던 것을 확인할 수 있었다.

"송 장주가 아프냐고? 뭔 소리야? 엄청 팔팔한데? 아까 아침에도 봤었지."

역시나 송 장주의 와병은 거짓이었다.

나는 지상 승려의 어머니에 대해서 물었다.

"아, 그 아름다웠던 첩 말이지? 옆의 대리현에서 온 해씨의 딸 말이야."

"맞습니다."

"그런데 왜 지금 그녀를 찾는 거야?"

"네?"

"이미 십 년 전에 속병을 앓다가 죽었거든. 친정에 두고 온 아들을 그렇게도 보고 싶어 했는데 말이지……."

나는 그 말에 어이가 없어서 말문이 막혔다.

지상 승려의 어머니는 이미 십 년 전에 죽었고, 그 부군은 멀쩡하다고?

그 외숙부가 무슨 목적으로 지상 승려에게 그런 말을 했는지는 모르지만, 뭔가 이상하다.

나는 다시금 물었다.

"혹시, 그녀의 오라버니는 그녀가 죽었다는 것을 모르는 겁니까?"

"모르긴 뭘 몰라? 장례식 때 와서는 위로금도 받아 챙겼다는데."

"……."

"더 물어볼 것 있나?"

"아, 이제 없습니다. 감사합니다."

나는 마을 사람들에게 사례금을 주었고, 그들은 그 돈을 받아 희희낙락하며 떠나갔다.

"제가 볼 때, 지상 승려는 어머니가 돌아가신 것을 모르고 있는 듯합니다."

내 말에 서우 무사의 눈썹이 위로 살짝 올라갔다.

"솔직히 죽은 사람을 들먹이는 것보다 살아 있는 사람을 들먹이는 것이 더 효과가 좋지 않습니까?"

"그렇긴 합니다."

"그리고 이미 돌아가신 어머니의 부군은 자신과 아무런 관계가 없습니다. 그런데 왜 그의 건강을 염려합니까?"

서우 무사가 답했다.

"주군의 말씀대로 그럴 이유가 없습니다. 결론은 하나뿐이군요. 지상 승려의 외숙부라는 자가 천하의 개잡놈이라는 것 말입니다."

그 결론에 나는 고개를 끄덕여 동의했다.

여기서 의문이 하나 생겼다.

지상 승려는 왜 어머니가 돌아가신 것을 몰랐을까?

소림사에서 그리 먼 곳도 아니다.

정식으로 무승이 되기 전이라면 모를까, 무승이 된 이후라면 근처 마을 외출이 어렵지는 않았을 텐데.

이에 대한 의문은 나중에 풀기로 하고 우선 우리는 소림사로 돌아갔다.

소림사에 도착하니, 어느새 저녁을 먹을 시간이었다.

이 일을 어찌해야 하나…….

나는 고민했지만, 결론은 이미 나와 있었다.

지상 승려는 사실을 알아야 했다. 마음이 아프겠지만, 영영 모를 순 없는 일이다.

그러면 계속해서 외숙부에게 휘둘릴 테고, 그러면 지상 승려의 장래는 어두울 수밖에 없다.

그런 개잡놈의 집안 때문에 지상 승려같이 좋은 사람이

피해를 볼 순 없지!
 혹시 사실을 알고 분노하여 살계를 범하거나 할 수 있을 가능성도 있지만……
 내가 본 지상 승려의 수양의 깊이는 그리 얕지 않다.
 충분히 그 분노를 조절할 수 있겠지.
 나는 저녁을 먹은 후 장경각으로 향했다.
 그에게 진실을 알려 주어야 하니까.
 지상 승려가 일을 저지르기 전에 이를 알아야지, 저지른 후에 알게 된다면 그 얼마나 안타까운 일이겠어.

"아미타불, 시주께서 이곳은 어인 일이십니까?"
 내가 장경각에 다가가자 지상 승려가 나에게 반장하며 인사를 건넸다.
 사실 아까도 이곳에 왔었습니다만…….
 나는 웃으며 그에게 말했다.
"소림사에 처음 와 보다 보니 호기심이 생겨 경내 곳곳을 산책 중이었습니다. 그만 이곳까지 오게 되었군요."
"그러셨군요. 죄송하지만 이곳부터는 외부인의 출입이 금지된 곳입니다."
"앗, 송구합니다."
"아닙니다. 모르니 이리 오셨겠지요. 그래서 저희가 있는 것이 아니겠습니까?"
 역시 좋은 사람이다.
 그때 경내에 북 소리가 울렸다.

둥둥둥둥!

그 소리와 함께 한 무리의 승려들이 장경각으로 다가왔다.

교대 시간이다.

내가 지금 온 건 교대 시간을 노리고 온 것이다. 잠시 교대가 이루어지는 것을 보던 나는 어디론가 향하는 그에게 다가갔다.

"이제 저녁을 드시러 가나 봅니다."

"그렇습니다. 식사를 하고 휴식을 취할 예정입니다."

그 뒤로 가벼운 이야기를 주고받다가 무언가를 떠올린 듯 물었다.

"왠지 모르게 낯이 익은데, 저희 혹시 구면입니까?"

내 물음에 그는 고개를 저었다.

"아닙니다. 초면입니다. 애초에 저는 이 소림사에서 나간 적이 없습니다."

"그렇습니까?"

그리 말하는 그의 눈이 어딘가 슬퍼 보였다. 혹시 어머니를 핑계로 외숙부가 절대 소림사에서 나오지 말라고 했나?

"이거 실례했습니다. 너무 익숙한 얼굴이라……."

"아닙니다. 그러실 수도 있죠."

나는 뺨을 긁적이다가 아! 하는 소리를 냈다.

"어디서 뵈었는지 이제야 생각이 났습니다."

"네?"

"승려님을 뵌 게 아니라, 예전에 이 인근 마을에서 승려님을 닮은 분을 뵈었던 거였습니다."

나는 말을 이었다.

"무척이나 아름다운 부인이셨지요."

내 말에 그의 눈동자가 흔들렸다.

그래, 직감적으로 알았겠지.

내가 말하는 이가 자신의 어머니라는 것을.

"그, 그러셨군요."

"대리현에서 온 해씨 부인이셨는데, 아버지와 친분이 있으신 송 장주님의 셋째 부인이셨죠."

"그분은…… 지금 행복하게 살고 계시는지요?"

지상 승려의 눈빛은 떨렸고, 목소리는 먹먹했다.

그래, 이렇게까지 자세히 말했는데 모르면 안 되지.

그러니까 '행복하게' 살고 있는지 물어본 것이다. 관계가 없는 자라면 그리 묻지도 않는다.

"아, 그게……."

나는 안타까운 표정을 지었다.

"이미 십 년 전에 돌아가셨다고 합니다."

"네?"

"사별한 분과의 사이에 아들이 하나 있었는데, 그 아들을 소림사에 보내고 원치 않았던 재가를 하셨다고 들었습니다. 그 때문에 시름시름 앓으셨던 모양입니다."

"……."

"그런데 기가 차는 건, 그녀의 오라비라는 자는 장례식에 나타나서 위로금까지 받아 갔다고 합니다."

나는 분을 내었다.

"여동생을 부잣집 첩으로 팔아서 그 많은 토지를 받아 떵떵거리면서 살게 되었으면 사람이 염치가 있어야지! 정말!"

"……"

"아, 저도 모르게 흥분했군요. 죄송합니다."

"……아닙니다. 괜찮습니다."

그리 대답하는 지상 승려의 얼굴은 괴로움으로 일그러져 있었다.

"저, 그럼……"

"네."

"지금 그 부인의 부군은…… 괜찮으십니까?"

"아주 팔팔하십니다만."

"……"

나는 조심스레 그를 불렀다.

"저, 괜찮으십니까?"

"아, 괜찮습니다. 네, 괜찮고 말고요."

나는 품에서 손수건을 꺼내 그에게 내밀었다.

미안하긴 하지만 어차피 겪어야 할 고통이다.

그리고 원래 그가 겪었을 고통과 슬픔에 비하면 이 정도는 약과지.

"눈물, 흘리고 계십니다."

"제가…… 추태를 보였군요."

"혹시라도 도움이 필요하시면, 찾아오십시오. 그리고 분노는 복수하는 데 필요하지 않더군요."

나는 그 말을 남기고 자리를 떴다.

지금은 자리를 비켜 주어야 할 것 같았기 때문이다.

* * *

지상은 마음이 미어지는 것 같았다.

아니, 미어지다 못해 갈기갈기 찢기는 것 같았다.

어머니가 돌아가셨다니.

매일 밤 어머니가 보고 싶어 눈물로 그리워했던 그때, 이미 어머니는 세상에 계시지 않았다는 뜻이다.

처음에는 믿지 않았다.

하지만 대리현의 해씨 부인에, 세 번째 부인, 그 장주는 송 장주. 그 아들이 소림사의 제자로 들어간 경우가 얼마나 될까?

이쯤 되니 그는 진실을 직시할 수 있었다.

그는 외숙부가 자신을 만나러 왔을 때의 행색을 떠올려 보았다.

그는 무척이나 남루한 차림으로 자신을 찾아와 도움을 청했다.

하여 매달 주어지는 용채를 아끼고 아껴서 주곤 했다.

그런데 떵떵거리며 살고 있었다니!

그렇게 한 번 의심하니, 이상했던 부분들이 떠올랐다.

자신을 찾아올 때마다 입고 있던 옷은 항상 똑같았다.
그리고 새로 기워진 부분도 없었다.
색도 거의 바래지 않았다.
똑같은 옷을 몇 년이나 입어야 할 정도면 아무리 옷을 소중히 다룬다고 해도 색이 바래고 기워진 부분이 없을 수가 없다.
그리고 남루한 차림과 달리 그 손은 무척이나 희고 고왔다.
그 손은 그 사람의 삶을 보여 주는 증거다.
편하게 사는 사람의 손인지, 하루 종일 힘들게 일하는 사람의 손인지, 무공을 익히는 자의 손인지 등을 보여 주니까.
남루한 차림을 할 정도면, 그 손 역시 거칠어야 마땅한데 말이다.
그제야 지상은 상황을 알아차렸다.
외숙부는 지금까지 그를 속여 왔다는 것을 말이다.
지상은 멍청하지 않았고, 그렇다고 착해 빠진 사람도 아니다.
마냥 사람이 순하기만 해서는 경쟁에서 살아남아 이렇게 소림의 무승이 될 수 없다.
게다가 그 많은 제자들 중에 무승이 되는 데 성공했다는 것은, 나이에 비해 영민하다는 뜻이기도 하다.
단지, 어머니라는 약점이 있을 뿐.
하지만 오늘로써 그 약점도 사라졌다. 이미 어머니는

돌아가셨으니 더는 그의 약점이 될 수 없었다.

그래도, 오늘만은 울고 싶었다.

지금 흘리는 눈물은 어머니를 위한 애도의 눈물이다.

그렇게 한참을 슬퍼하던 그는 손수건으로 눈물을 닦았다.

그러곤 그 손수건을 보며 은서호의 모습을 떠올렸다.

그는 자신에게 다가와 뜬금없이 초면이냐고 물으며 자연스럽게 어머니에 대한 이야기를 했다.

자신에게 다가온 이유는 어머니의 소식을 전해 주기 위함이었을 터.

그는 은서호가 자신에게 이 손수건을 주면서 했던 말을 떠올렸다.

분노는 복수에 도움이 되지 않는다는 말, 그리고 도움이 필요하면 찾아오라는 말.

지금 그는 분노하고 있었다.

이 모든 비극의 시작은 외숙부였음이 자명했으니까. 그것도 모자라 지금 자신에게 해서는 아니 될 일을 지시하기까지 했다.

분노하지 않으면 이상한 거다.

하지만 그는 자신에게 이 소식을 전해 준 은서호의 의도도 알 것 같았다.

외숙부의 말에 휘둘러 어리석은 짓을 하지 말라는 의미다.

'그러면 이미…… 모든 것을 알고 있다는 건가? 내가

하려고 했던 짓도?'

순간 등골이 서늘해졌다.

'바로 찾아뵈어야겠군.'

* * *

어느덧 자야 할 시간.

하지만 나는 잠들지 않고 처소에서 책을 읽고 있었다.

예상대로라면 늦은 시간에라도 지상 승려가 나를 찾아올 테니까.

"도련님, 손님이 오셨습니다요."

팔갑의 말에 나는 고개를 끄덕였다. 내 예상대로군.

"들라고 해."

"알겠습니다요."

곧 문이 열리고, 아까 보았던 지상 승려가 들어왔다.

두 눈이 부어 있는 것을 보니 제법 많이 우셨나 보네.

에휴…… 문득 안쓰러운 마음이 들었다.

"앉으십시오."

그는 내가 권한 자리에 앉고는 고개를 숙였다.

"우선, 감사드립니다. 어머니의 소식을 이제야 알게 되었습니다."

"아까 제가 말씀드린 부인이, 승려님의 어머니셨군요."

"이미 알고 계시면서 능청스러우시군요."

역시…….

나는 곧바로 살짝 고개를 숙여 사죄했다.

"죄송하게 되었습니다."

"아닙니다. 지금이라도 어머니의 극락왕생을 빌 수 있게 되어 감사할 따름입니다."

너무나도 정중하게 말해서 내가 민망할 정도다.

"그런데 어찌하여 저에게 그런 친절을 베푸신 겁니까?"

"제 말을 믿으실지 모르겠지만, 사실 꿈에서 혈곤성승 대사님을 뵈었습니다."

"네?"

"대사님은 승려님을 무척 안타까운 눈으로 바라보셨죠. 그래서 무슨 일이 있는 것인지 의문이 들어 조사하던 중에 사정을 알게 되었습니다."

"……."

"그동안 왜 어머니에 대해 알아보지 않으신 겁니까?"

내 물음에 그가 담담하게 말했다.

"제가 소림사를 벗어나면, 어머니께 피해가 간다고 외숙부가 그러셨습니다."

"그런 사정이 있으셨군요."

와, 진짜 욕 나오네.

"혹시라도 저 때문에 어머니가 힘들어하시는 것이 싫었습니다."

사람의 효심을 이용하다니!

악독한 자들 중에서도 제일 악질적인 자다.

"도움이 필요하면 찾아오라고 하셔서 이렇게 찾아뵈었

습니다."

"말씀하십시오."

"사실, 제 외숙부는 저에게 천인공노할 짓을 지시했습니다."

그는 담담한 목소리로 자신에게 있었던 일을 전했다.

"혈곤성승 대사님의 성체 안에 깃든 영약을 가져오라고 했습니다. 그리고 성체를 태워 버리면 누가 그랬는지 모를 거라고 하더군요."

담담하게 말하고 있지만, 그 마음이 담담하겠는가?

지금 안간힘을 다해서 분노를 참고 있는 것이다.

"화내셔도 됩니다."

"네?"

나는 재차 말했다.

"화내셔도 당연한 일을 당하셨는데, 화내셔야죠."

"하지만 아까 분노하는 건 복수하는 데 필요하지 않다고······."

"맞습니다. 분노는 복수하는 데 필요하지 않습니다. 하지만 그게 분노하지 말라는 의미는 아닙니다. 사람의 희로애락은 자연스러운 것 아닙니까?"

나는 말을 이었다.

"다만, 그것으로 인해 일을 그르치면 안 된다는 의미죠."

"아······."

"이렇게 훌륭하게 잘 자라신 모습을, 돌아가신 어머니

께서는 틀림없이 보셨을 겁니다. 그리고 무척이나 자랑스러워하셨을 겁니다."

"그러셨겠죠?"

"네. 그러니 복수를 위해 본인의 손을 더럽히지 마십시오. 그 복수는 하늘의 뜻에 맡기시면 됩니다. 자칫 손에 피를 묻히거나 해서 파계 당하면 돌아가신 어머님이 얼마나 슬퍼하시겠습니까?"

무승인 만큼 살계를 범한다고 해도 파계될 일은 거의 없지만, 그것도 사사로운 일이 아니어야 했으니까.

"하지만, 이 마음을, 어찌, 어찌 다스려야 할지 모르겠습니다."

"제가 도와드리지요."

"네?"

"사실 제가, 혈곤성승 대사님의 성체를 지키는 일에 진심이라서 말입니다."

"하지만 그렇다고 이렇게 저를 위해 발 벗고 나서실 이유는 없습니다."

"아들의 미래를 위해 승려님의 어머니께서 저를 보내셨다고 생각하면 됩니다."

"……."

"그게 아니라면, 제가 어찌 지금 이곳에 있겠습니까? 이게 다 승려님 어머니의 간절한 마음에 하늘이 응답한 것 아니겠습니까?"

나는 말을 이었다.

"그러니까, 한 달 정도만 참회동에 들어가 계시면 어떻겠습니까?"
"참회동에 말입니까?"
내 제안에 그는 잠시 생각하다가 고개를 끄덕였다.
"좋습니다. 한 달 동안 참선을 하며 어머니의 극락왕생을 빌도록 하겠습니다."
기대하셔도 됩니다.
한 달 뒤에 나오셨을 때, 모든 일은 깔끔하게 정리가 되어 있을 겁니다.

.
.
.

다음 날, 지상 승려는 즉시 참회동으로 향했다.
곧바로 들어갈 줄은 몰랐는데, 생각보다 실행력이 빠른 사람이었네.
새벽같이 계율원의 원장 대사님을 만나고는 어떤 소지품도 지니지 않은 채 참회동에 들어간 것이다.
사실 참회동도 여러 단계가 있다.
진짜 중죄를 지은 악질적인 이를 가두는 곳이나 계율을 어긴 승려들의 처벌을 위한 곳부터, 본인 스스로가 참회할 것이 있다고 생각될 때 스스로가 들어가는 참선을 위한 곳까지.
하지만 모든 참회동에는 공통점이 있다.
한 번 들어가면 타인이 정한 기한이든 본인이 정한 기

한이든, 정한 기한이 찰 때까지는 나오지 못한다는 것.

그리고 외부의 소식이 전해지지 않는 곳이라는 것.

물론 외부인은 절대 갈 수 없는 곳이기도 하지.

지상 승려가 참회동에 들어갔다는 소식을 들은 나는 회심의 미소를 지었다.

이제 시작해 볼까?

내가 지상 승려를 돕기로 한 건 단순히 그가 안쓰러워서라든지, 내 꿈에 혈곤성승 대사님이 나타나셨기 때문만은 아니다.

이번 흉계를 꾸민 것이 무림맹일 거라는 생각 때문이다.

그 이유는 모르겠지만, 무림맹의 누군가가 혈곤성승 대사님의 성체를 훼손하려 한다는 건 확실했다.

그렇다면 그 계획을 박살 내 줘야겠지.

그렇게 소소하게 복수를 하다 보면 내가 원하는 진정한 복수를 이룰 수 있을 테니까.

음, 좀 바쁘게 움직여야겠군.

* * *

약속된 날이 되자, 해출은 소림사로 향했다.

"에잉! 시주는 시주대로 받아먹으면서 왜 소림사로 가는 길은 이따위인지!"

마차를 타고 가는 그의 투덜거림에 호위가 걱정스럽게

말했다.

"언행에 조심해 주십시오. 이곳은 소림사의 구역입니다. 혹시라도 소림에 실례되는 말이 새어 나간다면 곤란해집니다."

그 말에 해출은 코웃음을 쳤다.

"그 승려 중 하나가 내 외조카이네."

"……."

그의 누이동생은 사별하고 아들 한 명을 데리고 친정으로 돌아왔다.

그리고 얼마 안 되어 인근 마을의 송 장주의 눈에 띄었다.

당연히 이는 해출의 입장에서 두 팔 벌려 환영할 일.

하지만 송 장주의 첩실로 들어가는데 아들을 데리고 가는 건 불가능한 일이다.

결국, 친정에 아들을 맡겨 놓을 수밖에 없었다.

하지만 해출의 가족들에게 있어 그 아들은 귀찮은 짐덩어리일 뿐이었다.

그래서 소림사에 보내 버렸다.

그리고 누이동생에게는 소림사의 무승이 그 아이의 재능을 보고 데려갔다고 거짓말했다.

그 누이동생은 송 장주의 첩으로 들어간 지 얼마 안 되어 병을 얻었고, 십 년 전에 명을 달리했다.

'쯧! 조금만 더 살았으면 내가 지금 이렇게 수고를 하지 않아도 될 일인데 말이지!'

해출은 갑자스럽게 부자가 되다 보니 졸부처럼 돈을 펑펑 쓰게 되었다.
그런데, 흉년이 길어지면서 가세가 점점 기울기 시작한 것이다.
그러면 소비를 줄이는 게 일반적이지만, 그는 그러지 않았다.
'돈을 더 많이 벌면 되는 거 아닌가?'
하여 사업에 손을 댔다가 쫄딱 망해 버리고 삼만 냥의 빚을 지게 되었다.
만약 누이동생이 살아 있었다면 송 장주의 도움을 받을 수 있었겠지만, 이미 그녀는 죽어 버렸다.
그녀가 죽으면서 위로금 명목으로 거금을 뜯어낸 탓에 사이도 이미 틀어진 상태.
그에게 가서 '은자 삼만 냥만…….' 하면 단번에 내쫓길 것이 분명했다.
땅을 팔아야 하나 심각하게 고민하던 그에게 누군가 솔깃한 제안을 해 왔다.

"소림사에 조카분이 계시다고요?"

그의 외조카가 소림사의 무승이라는 것은 모르는 사람이 없었다.
평소 마을 사람들에게 거들먹거리며 자랑했었으니까.
누이동생이 집에 데려왔을 때는 골칫거리였지만, 무승

이 된 후에는 자랑스러운 조카가 됐다.

"그러네만."

"돈이 급하시다고 들었습니다. 그 돈을 저희가 갚아드리죠."

"……무슨 속셈이지?"

"그게 중요합니까? 저희가 그 돈을 드릴 수 있다는 게 중요하죠. 한 가지 부탁만 들어주시면 됩니다."

"말해 보게."

"이번에 소림사에 혈곤성승 대사님의 성체가 들어왔다는 소식을 아십니까?"

"그건 들었네."

"그 성체 안에 영약이 깃들어 있다고 합니다. 그 영약을 가져다주십시오."

결국, 그는 그 제안을 받아들였고, 자신의 조카 지상승려에게 일을 시킨 것이다.

아직 어머니가 돌아가신 줄도 모르는 멍청이에게.

그리고 아직도 자신이 가난하게 사는 줄 아는 바보에게 말이다.

곧 산문이 지척이 되었다.

그는 마차 안에서 옷을 갈아입었다. 지금 그가 입고 있는 옷과는 천지 차이인, 평소에는 거들떠보기는커녕 생각조차 하지 않는 옷이다.

하지만 그의 조카에게 동정심을 사기 위해서는 이런 옷

을 입어야 했다.

그는 마차에서 내려 산문으로 향했다.

"어떻게 오셨습니까?"

"저, 지상 승려를 만나러 왔습니다. 외숙부가 왔다고 전해 주십시오."

산문을 지키는 무승 중 하나가 안으로 들어갔다 나오더니 고개를 저었다.

"죄송하지만, 오늘은 만나실 수 없습니다."

"네?"

"지상 승려는 지금 참회동에 들어가 있습니다."

그 말에 순간 그는 당황했다.

오늘은 그와 했던 약속날.

어머니의 안위가 걸린 일인 만큼 반드시 약속을 지킬 거라고 생각했다.

그런데 참회동이라니…….

'혹시 혈곤성승 대사의 유해에 손을 대다가 걸렸나?'

가능성이 없지는 않다.

그렇다면 지금 자신이 해야 하는 일은 하나뿐.

"알겠습니다. 그럼 저는 이만……."

재빨리 그곳을 벗어나는 것이다.

자칫했다가는 자신도 한패로 엮일 수도 있으니까.

하지만 곧 눈앞이 캄캄해졌다.

삼만 냥이나 되는 빚을 갚을 기회가 사라져 버린 상황이니까.

그렇게 터덜터덜 산에서 내려가고 있는데, 부채를 든 남자가 그에게 다가왔다.
 "혹시, 해출 대인 되십니까?"
 "누구…… 십니까?"
 "지상 승려님에게 부탁을 받은 사람입니다. 외숙부에게 전해 달라는 물건이 있어서요. 그래서 말인데 해출 대인 맞으십니까?"
 그 말에 해출은 눈앞이 환해지는 듯했다.
 전해 달라는 물건이 뭔지 알 것 같았기 때문이다.
 "맞습니다. 내가 지상 승려의 외숙부 해출이오!"
 그 사내는 주머니를 건넸다.
 "여기, 부탁하신 겁니다. 혈곤성승 대사님의 성체 안에서 찾은 영약입니다."
 "그럼 이것이?"
 "네. 이것을 얻기 위해 애쓰시다가 그만 참회동으로 끌려가시는 바람에……."
 "저런!"
 "본인이 직접 전해 드리지 못할 것 같다고 이걸 대신 전해 달라고 하시더군요."
 "그런데…… 누구시기에 이런 심부름까지 해 주시는 것이오?"
 "지상 승려님에게 목숨을 구원받은 적이 있어서 그 은혜를 갚고자 하는 것뿐입니다."

* * *

나는 저 멀리 지상 승려의 외숙부가 마차를 타고 사라지는 모습을 보았다.

이름이 해출이었던가?

탁!

나는 부채를 접었다.

지금 내가 들고 있는 부채는 면막선이다. 이걸 사용하면 상대방은 내 모습을 기억하지 못한다.

이럴 때 아주 유용하지.

해출은 내가 준 주머니를 들고 희희낙락한 표정이었지만, 글쎄?

그 표정이 끝까지 유지될지는 모르겠네.

내가 준 주머니에 담긴 건 혈곤성승 대사의 성체 안에 있던 영약이 아니다.

애초에 그런 게 있지도 않은데 줄 수가 있겠어?

그럼 뭘 담았을까?

피식 웃는 나에게 팔갑이 다가오며 말했다.

"도련님, 저놈은 저게 말똥인 것을 알까요?"

"그럴 리가. 저자는 저게 영약이라고 철석같이 믿고 있을 텐데."

"그걸 아주 소중하게 품에 품고 가던데 말입니다요."

"그러니까."

"그런데 그 말똥이 진짜 영약이라고 생각하고 먹으면

어찌 되는 겁니까요?"
 "어찌 되긴 뭘 어찌 돼? 그냥 말똥 먹은 놈이 되는 거지."
 "혹시라도 애꿎은 다른 사람이 먹을까 걱정입니다요."
 "걱정하지 않아도 돼. 그럴 일은 없거든."

 .
 .
 .

 나는 해출이라는 자의 뒤를 쫓아 그 집의 지붕에 잠복하고 있었다.
 영약을 손에 넣었으니, 이제 그 의뢰를 한 흑도인을 부를 터.
 삼만 냥을 상환해야 할 날이 임박한 상황인데 미적거릴 리가 없지.
 내 생각대로 그날 밤 해출의 집에 한 남자가 찾아왔다. 이전에 찾아왔던 옥색 옷을 입은 남자다.
 그에게서 느껴지는 진한 흑도의 기운에 나는 쓴웃음을 지으며 접빈실의 지붕 쪽으로 옮겨 갔다.

 "여기, 약속대로 영약이오. 내 외조카가 혈곤성승 대사의 유체 안에서 찾아냈다고 하오."
 "호오? 진짜로 있었다니!"
 "그게 무슨 의미요?"
 "아니! 아무것도. 그럼 혈곤성승 대사의 유체는 어찌 되었소?"

"머리 쪽에서 찾았다고 하니 망가졌을 것 같소."
"그렇겠군요."
그 말은 아까 내가 해 준 말이다.
일부러 그 영약을 머리 쪽에서 찾았다고 말했거든.
그 흑도인은 영약을 품에 넣으며 말했다.
"수고하셨습니다."
"약속은……."
"걱정하지 마십시오. 이틀 안으로 다시 방문할 터이니. 그때 그쪽이 원하는 소식을 들을 수 있을 겁니다."
그리고 그는 자리에서 일어나 접빈실을 나섰다.
이제부터가 중요하다.
나는 재빨리 그의 뒤를 쫓기 시작했다.
이전에도 그를 미행했었지만, 내가 원하는 성과는 얻지 못했었다.
하지만 이번에는 다르다.
생각하지도 못했던 영약을 손에 넣었고, 상부의 지시도 완벽하게 수행했다.
그렇다면 이제는 진짜 상부에 찾아가서 보고하겠지.

내 생각대로 그는 낙양으로 향했다.
와…… 무림맹의 코앞인데 간이 큰 건가?
어지간히 뒷배가 든든한 모양이다.
나는 몰래 그가 들어간 집 안으로 잠입했다.

"그래서, 얼굴을 훼손했다? 잘 했다."
"그럼 이제 된 겁니까?"
"그렇지. 그들이 원하는 대로 했으니 된 거지. 불쌍한 소림사. 쯧쯧, 그러게 제자 간수를 잘 할 것이지."
"그런데 그 장주에게 진짜 삼만 냥을 주실 겁니까?"
"미쳤냐? 주기는 개뿔. 우리는 이대로 튀면 되는 거야. 그러니까 너도 얼른 튈 준비 해라."
"알겠습니다. 그런데 저들은 왜 혈곤성승 대사의 유해를 없애지 못해서 안달인 겁니까?"
"내가 그놈들 생각을 어찌 알겠냐? 우리야 시키는 대로 하고 돈 받아먹으면 되는 거다."

역시, 그럼 그렇지.
저들이 삼만 냥이라는 빚을 대신 갚아 줄 리가 없지.
그나저나 이들은 지금까지 내가 봐 왔던 이들과 달리 제법 강해 보인다.
그리고 대화에서 느껴지는 것이, 뭔가 좀 더 많은 것을 알고 있음이 분명했다.
나는 내 주변에 있는 호위무사들에게 전음을 보냈다.
- 칩시다!
그러자 호위무사들은 품에서 가면을 꺼내 썼다.
전에 한재익 소협을 핍박했던 마 장주를 벗겨 먹을 때도 사용했던 웃는 얼굴 가면이다.
우리가 들이닥치자, 그들은 깜짝 놀라며 허둥지둥했다.

"으헉!"

"헉!"

"으악!"

저들이 제법 강하긴 해도 나와 호위무사들을 감당할 정도는 아니지.

우리는 그들을 순식간에 제압했다.

"너, 너희는 누구냐?"

"내가 그걸 왜 말해 줘야 하지?"

"너, 너희는 큰 실수를 한 거다!"

"우리 걱정을 해 주는 건가? 보기보다 사람이 좋네."

"무, 무슨 개소리를!"

나는 피식 웃었다.

"그래서 혈곤성승 대사님의 유해를 훼손하라는 명령은 어디서 내려온 명령인데?"

"나, 나도 모른다!"

그 말에 나는 진유 무사에게 눈짓했다.

그러자 진유 무사는 즉시 그자에게 분근착골을 사용했다.

그 수법은 상대방의 관절을 파괴하는 공격법이긴 했지만, 고통이 극심한 만큼 심문에 효과적이다.

게다가 피도 나지 않았다.

이게 중요하다.

"끄아아악!"

"진짜 몰라?"

"진짜 기억이 나지 않는다고!"

그는 고통에 몸부림치며 악을 썼다.

"기억을 떠올리려고 하면 이상하게 누군지 기억이 안 난다고!"

서우 무사가 내게 조용히 전음을 보냈다.

- 진실을 말하는 듯합니다.

혹시 미혼술을 사용한 건가? 하긴…… 그렇게 허술하게 일을 시킬 리가 없지.

다른 이들 모두 같은 반응.

후, 모처럼 실마리를 제대로 잡았나 했더니…….

- 어찌할까요?

그 물음에 나는 쓰게 웃으며 답했다.

- 조용히 처리하죠.

우리 역시 일을 허술하게 처리할 수는 없는 일이니까.

만약 이들이 더 윗선과 만날 가능성이 있다면 이들을 미끼로 할 테지만, 그럴 가능성은 없어 보였다.

방금 튄다고 한 말을 보면 말이지.

즉, 일회성 의뢰라는 의미.

그래서 그들의 천령개를 내리쳐서 그대로 절명시켰다.

소림사로 다시 돌아가야 하는 만큼 되도록 피를 흘리지 말아야 하니까.

그리고 그 시신을 처리할 때 나는 옥색 옷을 입은 자의 품에 들어 있던 주머니를 회수했다.

물론 이 주머니에 남았을지도 모를 기운도 싹 지웠고,

소림사의 승복을 짓는 주머니로 만든 만큼 범인이 나라는 것을 유추할 순 없겠지만 그래도 남겨 두고 싶지 않으니까.

삼매진화로 태워 버리려고 주머니를 든 순간 뭔가 위화감을 느꼈다.

음?

무게가…… 좀 가벼워진 것 같은데?

나는 주머니를 열어 보았고, 어찌 된 일인지 알아차렸다.

와…… 이 새끼.

"왜 그러십니까?"

명종 무사의 물음에 나는 피식 웃었다.

"이걸 빼돌렸네요? 그것도 반이나."

내가 이걸 해출에게 건넬 때 이걸 먹으면 공력이 한 갑자가 늘어나고, 일반인도 공력이 생긴다고 하긴 했는데…….

"그걸 팔아서 돈을 마련할 생각일지도 모릅니다."

명종 무사의 말에 나는 고개를 저었다.

"보통은 그렇게 하겠죠. 하지만 그자는 그렇게 하지 못합니다."

"그럼?"

"본인이 먹겠죠."

* * *

그 시각.

해출은 자신의 집무실에 있었다.

다른 장주들이 집무실을 갖추고 있기에 따라 하느라 집무실을 만든 것뿐이지, 사실 이곳을 사용하는 경우는 거의 없었다.

대부분의 일을 총관에게 맡겼으니까.

그는 먹고 싶을 때 먹고, 놀고 싶을 때 놀며 무위도식을 일삼고 있었다.

그런 그가 집무실에 있는 이유는 바로 서탁 위에 놓인 상자 때문이었다.

그 상자 안에는 검은색에 가까운 무언가가 있었다.

'이것이 영약이란 말이지?'

그의 돈을 갚아 주겠다며 접근한 자의 요청대로 영약을 주긴 했다.

하지만 그쪽은 얼마만큼의 영약이 있는지는 모를 것이 분명했다.

단환 여러 개가 아닌, 그냥 덩어리였으니까.

영약은 비싸다.

그렇기에 욕심이 생긴 그는 반을 빼돌렸고, 그에게 접근한 자는 아무 의심 없이 그것을 받았다.

"음……."

이것을 팔아서 돈을 마련할까 하는 생각도 했지만, 이내 그 마음을 접었다.

이 영약을 팔았다가 꼬리를 잡히면 소림사의 추적을 받는 신세가 될 테니까.

게다가 자신에게 접근한 이들이 이 사실을 알게 된다면 도로 돈을 토해내라고 할 수도 있고.

'음…… 이것을 어찌한담?'

그러고 보니 자신에게 이걸 건네준 자가 그랬다.

이걸 먹으면 무림인은 일 갑자의 공력이 생기고, 무공을 모르는 이들도 내공이 생긴다고.

소림사 인근 마을이다 보니 소림사의 무승들이나 다른 무림인들을 종종 볼 수 있었다.

하늘을 날아다닌다든지, 말보다 빠르게 달리는 그들을 보며 부러워하곤 했었다.

물론, 그 능력들이 꽁으로 되는 게 아니라 뼈를 깎는 인고의 수련을 거쳐야 한다는 것은 안다.

하지만 그는 그런 과정 없이 무공을 쓰고 싶었다.

'그래, 이걸 먹으면 내공이 생긴다고 했지!'

그도 들은 풍월은 있기에, 내공이 있어야 무공을 쓸 수 있다는 것 정도는 알고 있었다.

결국, 그는 결심했다.

'그래! 내가 먹자!'

그리 결심한 그는 시종에게 아무도 출입하지 못하게 명령한 후, 몰래 그것을 먹기 시작했다.

원래 영약이라는 것은 먹을 때 상당한 주의를 요했지만, 이미 욕심으로 가득한 그는 그런 생각 따윈 전혀 들지 않았다.

'맛이…… 왜 이러냐?'

뭔가 맛이 요상했지만, 영약이라 그런가 보다 싶었을 뿐이다.

만약 그가 호위무사에게라도 그것이 진짜 영약인지 물어봤다면, 먹지 않았겠지만.

* * *

지객당의 종오 승려는 나에게 조금만 더 기다려 달라는 방장대사님의 말을 전했다.

이에 나는 흔쾌히 알겠다고 했다.

대체 무엇 때문에 이리 시일이 걸리는 것인지는 잘 모르겠지만, 나로서도 급할 것은 없다.

이곳에 더 남아 있으면 나야 좋지.

혈곤성승 대사님의 성체를 노리는 흑도들은 처리했지만, 이것으로 완전히 해결된 건 아니다.

그리고 지상 승려의 외숙부인 해출의 일도 마무리해야 했으니까.

일석이조라는 말이 있다.

나는 이번에 해출을 처리하면서 동시에 저들이 혈곤성승 대사님의 성체에 손을 대지 못하도록 할 생각이다.

* * *

이틀이 지나고, 사흘이 지났다.

채무 변제 기일이 코앞으로 다가오자, 해출은 똥줄이 타기 시작했다.

하지만 삼만 냥을 가지고 온다고 약속했던 그들은 코빼기도 보이지 않고 있었다.

"젠장! 젠장! 대체 왜 아직도 오지 않고 있는 거야?"

그때 그의 시종이 그를 찾아왔다.

"저, 장주님. 손님이 오셨습니다요."

"손님? 누군데?"

"그냥 삼만 냥이라고 하면 아실 거라고."

"……!"

그 말에 그가 자리에서 벌떡 일어나며 말했다.

"당장 모셔라!"

"네."

그는 다급히 접빈실로 향했고, 잠시 기다리고 있자 한 남자가 들어왔다.

하지만 이전에 왔던 사람과 다른 사람이었다.

"그대가 해 장주인가?"

"그, 그렇습니다만? 그런데 왜 그 연 대협은……."

"아, 그자는 죽었네."

"네?"

"일을 제대로 처리하지 못했거든. 혈곤성승의 유체 안에서 나온 영약 중 반이 사라진 것을 알아차리지 못했거든."

"……."

"그래서 이 몸이 이렇게 왔다네. 아무리 봐도 그 영약의 반을 꿀꺽한 자가 자네 같아서 말이지."

차분하게 바라보는 그 눈빛에 해출의 두 눈동자가 떨리기 시작했다.

'영약을 빼돌린 것을 알아차리다니!'

그의 말에 의하면 자신에게 접근했던 자가 자신으로 인해 죽은 것이지만, 해출은 그것에 대해 미안함을 느끼지 못했다.

'멍청하게 굴었으니 그걸 들킨 거겠지! 젠장! 죽으려면 혼자 죽지 왜 나까지 끌어들이냐고!'

흑복을 입고 죽립을 쓴 정체불명의 남자가 싸늘하게 말했다.

"그 얼굴을 보니 내 짐작대로군."

"그, 그것이……."

"먼저 신의를 깬 건 자네네. 그러나 우리는 자비롭지. 그러니 한 번의 기회를 더 주겠네. 그 영약을 가지고 오게나. 하지만 마지막 기회를 저버린다면 자네의 목숨은 없네."

이제 삼만 냥이 문제가 아니었다.

자신의 목숨이 위험했다.

'잠깐? 그런데 그 영약을 먹었으니 나도 조금은 무공을 사용할 수 있는 것 아닌가?'

그렇다면 역으로 자신 앞의 남자를 제압할 수도 있을 터!

그리 생각한 그는 화려하게 장식된 단도를 꺼내 그에게 달려들었다.

"으아합!"

퍽!

하지만 꿈이 너무 야무졌다.

죽립을 쓴 남자에게 단도가 닿기도 전에 그의 발에 걷어차였기 때문이다.

쿵!

"커헉!"

배가 걷어차이며 벽에 부딪혔고, 그 충격으로 피까지 토하고 말았다.

"장주님!"

문 앞에 서 있던 호위가 그 소리를 듣고 다급하게 들어왔지만, 그 호위는 검조차 뽑지 못하고 다시 문밖으로 튕겨 나갔다.

죽립을 쓴 남자가 해출을 끌어와 바닥에 내팽개쳤다. 그리고 그의 머리를 지그시 밟으며 말했다.

"겁대가리가 없군."

"사, 살려 주십시오. 소인이 잠시 정신이 나갔었나 봅니다."

"무슨 상황인지 알겠군. 갑자기 무슨 자신감으로 덤벼드나 했는데, 네놈이 그 영약을 먹었군."

"……."

"멍청한 놈. 그건 최소 한 달은 있어야 약효가 도는데 말이지. 그나저나 이래서는 곤란한데……."

그는 말을 이었다.

"네놈의 배를 갈라 그 영약을 꺼내야 하나? 그 영약은 한 달 동안 소화되지 않고 배 속에 남아 천천히 체내에 녹아드는 영약이거든."

그 말에 해출의 얼굴은 새파랗게 질렸다.

"제, 제발 살려 주십시오! 뭐, 뭐든 하겠습니다. 제발 살려 주십시오!"

해출은 공포심으로 인해 제정신이 아니었다.

"그래, 이렇게 하지. 네놈의 배를 갈라 영약을 꺼내는 건 나도 귀찮거든. 그러니 그것과 같은 급의 영약으로 대신하도록 하지."

"네? 같은 급이라면?"

"금진과라든지, 구엽자삼이라든지…… 그 정도면 될 거다. 단번에 일 갑자를 올려 주는 영약이 그리 흔한 건 아니라서 말이지."

"……."

"기한은 이틀 주겠다. 그 안에 영약을 마련해 온다면 살려 주지. 하지만…… 그 안에 영약을 가져오지 못하면 그때는 배를 갈라 그 영약을 꺼낼 것이다."

"아, 알겠습니다! 알겠습니다!"

해출은 정신없이 고개를 끄덕였다.

그의 머릿속에는 어서 이자를 보내고 도망쳐야겠다는 생각밖에 없었다.

그때 죽립을 쓴 남자가 소매에서 단환을 꺼냈다. 그리고 해출의 멱살을 잡아 올린 후 그 입에 단환을 넣은 후 목의 어느 부분을 눌렀다.

꿀꺽!

그 단환은 해출의 의지와 상관없이 넘어갔다.

"이건 우리 조직의 특별한 추종향이라서, 네놈이 어딜 가든 찾을 수 있게 해 주지."

"……."

"내 말이 거짓말 같으면 어디 한번 도망가 보든지. 그때는 배를 걷어차이는 게 아니라 배가 갈라지겠지만."

털썩.

죽립을 쓴 남자는 그대로 손을 놓았고, 해출의 몸은 힘없이 바닥으로 떨어졌다.

"그럼 이틀 후에 보지."

* * *

나는 해출의 집에서 나오는 여응암 무사에게 전음을 보냈다.

- 잘했습니다.

여응암 무사는 내 생각보다 무척 잘 해 주었다. 그의 특기 중 하나가 목소리 변조였기에 이번 일에 적임이었다.

- 쫓는 자가 없는지 뒤를 봐 드리죠. 약속한 장소에서

기다리세요.

 - 알겠습니다.

 나와 일행은 해출의 집을 살폈다. 해출은 완전히 사색이 되어 넋을 놓고 있었다.

 하지만 어쩌나. 이제 시작인데.

 나는 진유 무사에게 해출의 감시를 부탁한 후 약속 장소로 향했다.

 여응암 무사는 이미 모든 변장을 벗고 옷을 갈아입은 후였다.

 "이야, 진짜 연기력이 탁월하시네요."

 내 말에 그는 흐흐 웃으며 말했다.

 "사실 제가 소싯적에 유명한 연극단에 있었습니다."

 "연극단이요?"

 "예. 부모님이 유랑 연극단 출신이셨습니다. 목소리를 변조하는 것도 어릴 때 유랑 연극단의 아저씨한테 배웠죠. 하지만 부모님께서는 제가 연극단에 있는 것이 싫으셨는지 어느 무관에 맡기셨습니다."

 "그랬군요."

 여응암 무사의 연기력은 유전인가 보네.

 그나저나 진짜 소름 끼칠 정도의 연기력이긴 했다. 연극계가 유망한 인재를 놓쳤군.

 나야 좋지만.

 "그런데, 왜 영약을 요구하신 겁니까?"

 옆에 있던 이필 무사의 물음에 나는 씁쓸한 표정을 지

었다.

"다른 건 지상 승려에게 소용이 없으니까요."

해출은 지상 승려에게 속죄를 해야 한다.

하지만 그런 자가 진심으로 사과를 할까? 그럴 가능성은 없다.

그리고 진심이 아닌 사과는 오히려 상대방을 기만하는 것이 된다.

그러니 그에 상응하는 물질적인 것으로 사과를 해야 마땅하다.

하지만 지상 승려는 불가의 제자.

기본적으로 재산을 소유하지 않고, 적은 액수의 용채를 매달 받아서 생활을 영위한다.

심지어 그는 그것마저 아껴서 해출에게 주었다고 했지.

와…….

차라리 벼룩의 간을 빼먹지.

어쨌든, 그런 승려에게 땅도 돈도 소용이 없다. 내가 준다고 해도 지상 승려는 그것을 기부해 버릴걸?

그래서는 의미가 없다.

하여 생각한 것이 바로 영약이다.

무승이 온전히 지닐 수 있는 몇 안 되는 것 중에 하나가 내공이니까.

물론 그에게 영약을 먹게 하고 그 이후의 도움을 주는 것도 중요하지만, 그건 나중에 생각할 문제다.

지금은 해출에게서 빼먹을 수 있는 것을 전부 빼먹어야지.

"그런데 주군, 아까 그자에게 먹인 거 진짜 추종향입니까?"

"아닙니다. 그냥 진흙을 뭉친 겁니다."

말똥에, 진흙에…… 배탈이 날지도 모르겠지만 죽지는 않을 거다.

솔직히 그거 가지고 아프다고 하면 안 되지.

그자 때문에 몇 명이나 가슴이 찢어지는 고통을 안고 살았는데.

.

.

.

이틀이 지났다.

진유 무사의 보고에 의하면 해출은 영약을 구하기 위해 눈물겨운 노력을 했다고 했다.

하지만 결국 영약을 구해 냈다고.

약속대로 이틀 후 여응암 무사는 다시 해출의 집으로 향했다.

이전과 달리 많이 휑한 장원의 모습이다.

그도 그럴 것이, 영약을 마련하기 위해 팔 수 있는 건 다 팔았고 사람도 내보냈다고 했으니까.

갑작스럽게 일자리를 잃은 이들에게는 내가 따로 약간의 보상을 챙겨 주었다.

성실한 이들이라면 그 정도로도 새 일자리를 찾을 때까지 먹고 살 수 있을 테지.

나는 지붕 사이의 틈을 통해 접빈실로 향했고, 대들보 위에서 접빈실을 지켜보았다.

"약속한 건?"

"여, 여기 있습니다."

해출은 공손한 자세로 상자를 내밀었다.

여응암 무사는 그 상자를 받아 탁자 위에 올려놓았다.

그리고 상자를 열었다.

아홉 개의 이파리가 달린 자주색의 삼.

구엽자삼이다.

다른 삼과 달리 암벽 사이에서 자라는 삼으로, 백 년에 이파리 하나씩 나온다.

이파리가 열 개가 되면, 기화되어 자연으로 돌아가지.

즉, 이파리 아홉 개가 가장 약효가 좋을 때.

이거 한 뿌리를 먹으면 보통 일 갑자의 공력을 얻을 수 있다.

- 이거 진짜입니까?
- 진짜인 것 같습니다.

나는 그 삼을 자세히 살펴보고는 여응암 무사의 전음에 답했다.

구엽자삼에서 느껴지는 기운은 진짜였으니까.

이거 엄청 비싼데.

이거 구하느라 세간살이 다 팔고 사람까지 내보낼 만하

다는 거다.

"음, 진품이 맞군."

여응암 무사는 그 상자를 닫았고 자리에서 일어났다.

"저, 그럼 삼만 냥은……?"

"무슨 소리인가?"

"삼만 냥을 대신 갚아 주시겠다고 하지 않으셨습니까?"

"그랬지. 하지만 자네가 그 영약의 반을 빼돌린 상황에서 그 약속은 이미 깨진 것 아닌가?"

"네?"

"그리고 나는 자네가 빼돌린 영약을 다시 가지고 오든지 그에 상응하는 영약을 가지고 온다면 목숨을 살려 준다고 했지, 삼만 냥을 주겠다고는 하지 않았네."

"……."

생각해 보니 그랬다.

그는 세상이 무너진 듯한 표정을 지었다.

"그럼 나는 이만 가 보겠네. 다시는 다른 사람 속여 먹지 말게나. 그렇게 살면 오래 못 사네. 하하하."

"자, 잠시, 잠시만……."

그는 여응암 무사를 잡으려고 했지만, 여응암 무사의 신법은 빨랐다.

하여 그는 여응암 무사의 옷자락을 잡지도 못하고 앞으로 쫄딱 넘어지고 말았다.

"아, 안 돼……."

성체 〈231〉

망연자실한 표정으로, 그렇게 넋을 놓고 있을 때 그의 장원으로 한 무리의 이들이 들어왔다.

녹의를 입은 이들.

그들은 본 해출의 얼굴의 핏기가 싹 빠져나갔다.

"그대가 이 장원의 장주, 해출이오?"

"……."

"아니, 대답하지 않아도 괜찮소. 이미 얼굴을 알고 왔으니까."

그들을 가리키는 명칭은 바로 녹의귀.

금산전장에서 돈을 빌리고 갚지 않는 이들의 재산을 압류하는 자들이다.

.

.

.

그날, 금산전장의 녹의귀들은 해출의 모든 재산을 압류해 버렸다.

어찌 보면 누이동생의 희생으로 인해 마련한 재산으로 흥청망청 먹고 쓴 것에 대한 당연한 결과였다.

영약을 구하느라 비상금까지 탈탈 털었기 때문에 진짜 빈털터리가 된 셈이었다.

그전에는 밭 한 뙈기도 없었다고 했으니 처음으로 돌아간 셈이다.

하지만 해출은 이곳에 남아 있으면, 분명 지상 승려에게 도와달라고 손을 벌릴 인간이다.

그러니까 멀리 치워 버려야지.
"팔갑아, 해 장주의 처갓집이 어딘지 좀 알아볼래?"

103장. 보상의 때

보상의 때

"아버지, 정말 우리 빈털터리가 된 건가요?"

해출은 아들의 물음에 아무 대답도 못 하고 입술을 깨물었다.

"비상금 숨겨 놓은 거 있죠? 있으면 좀 내놔 봐요. 오늘 애들이랑 기루에 가서 놀자고 약속했단 말입니다. 아버지 아들이 쪽팔리는 꼴 당하는 거 보면 아버지 기분이 좋겠어요?"

아들의 어처구니없는 억지에 해출은 호통을 쳤다.

"시끄러워! 비상금은 무슨 비상금! 그런 거 없다!"

"진짜 없어요?"

"너야말로 비상금 있으면 내놔 봐라!"

"내가 그딴 게 어디 있어요?"

그 아버지에 그 아들이라고, 흥청망청 돈을 쓰는 건 아들 역시 마찬가지.

 독자였던 탓에 애지중지 키우기도 했지만, 예로부터 자녀는 부모의 거울이라고 했다.

 "지상이 있잖아요. 걔한테 돈 좀 달라고 하면 어때요?"

 그 말에 해출이 다급히 그의 입을 막았다.

 "쉿! 너 어디 가서 지상이랑 아는 사이라고 하지 마라."

 "왜요?"

 "여하튼, 시키는 대로 해!"

 "아, 진짜! 짜증 나!"

 "나야말로 짜증 난다!"

 "아니, 왜 우리 아들한테 큰소리쳐요?"

 이내 부인까지 끼어들어 그를 몰아세웠다.

 "당신이 지금 그렇게 큰소리치는 게 맞아요? 당신만 믿으라며! 그런데 이게 뭐예요?"

 "아, 진짜! 왜 나한테만 그러는 건데!"

 그리 외친 그는 장원을 나섰다.

 가족이라는 것들이 여전히 상황도 파악하지 못하고 자신에게 손을 벌리고 몰아세우기만 하니 분노가 머리끝까지 차올랐다.

 하지만 곧 자신의 처지를 깨달았다.

 마음 같아서는 흥청망청 돈을 쓰며 지금의 이 더러운 기분을 떨쳐 버리고 싶었지만, 그에게는 돈이 없었다.

 "젠장! 젠장! 아아아악!"

 그렇게 한참이나 악을 쓰며 분노를 토해내고 나니, 그

제야 조금 마음이 진정되는 듯했다.

하지만 이제 어찌 살아야 할지 막막한 것은 해결되지 않았다.

"어? 이게 누구십니까? 해 장주님 아닙니까?"

그때 처음 보는 자가 그에게 다가왔다.

"누구……인가?"

"이거 섭섭합니다. 그래도 나름 몇 번 술잔을 기울인 사이인데……."

"미안하군."

사실 워낙 많은 이들과 술을 마셨기 때문에 일일이 기억할 수가 없었다. 주루에서 흥청망청 술을 마시다 보면 모르는 이들과도 술을 마시게 되니까.

최근에는 금주령 때문에 술을 마시지 못하긴 했지만.

"뭐, 괜찮습니다."

개의치 않는다는 듯 웃으며 부채를 부치는 남자.

어디선가 본 적이 있는 것 같기는 한데, 어디서 만났는지 도통 기억이 나질 않았다.

"그런데 자네, 이 마을에 살았었나?"

"아닙니다. 저는 북경에 머물고 있습니다. 소림사에 들를 일이 있어서 왔습니다."

"그, 그런가?"

"그런데 뭔가 좋지 않은 일이라도 있으십니까?"

해출은 빠르게 머리를 굴렸다.

옷을 보니 제법 사는 집안의 자제인 듯했고, 반응을 보니 자신과 술을 여러 번 마신 듯했다.

'좋은 기회군!'

그는 부드럽게 미소를 지으며 말했다.

"마침 이렇게 만나서 다행이군. 사실 그동안 함께 마셨던 술값 말이네. 그게 사실은 술값을 각자 내는 것이었다네. 내 자네의 술값까지 내주었거든. 그래서 말인데 지금이라도 그 술값을 갚아야 하는 게 아닌가 싶네만?"

물론 이로 인해 서로 체면이 상하고 서로 원수가 될 가능성이 크다.

하지만 지금 당장 돈이 급했으니까.

"어? 무슨 말씀을 하시는 겁니까? 지금까지 마신 술은 전부 제가 사 드린 거였습니다."

"……응?"

전혀 예상치 못한 대답.

"저를 만났을 때마다 돈주머니를 두고 오셨다고 해서 제가 사 드린다고 하지 않았습니까? 그 술값을 전부 합하면 은자 이십 냥 정도 될 겁니다."

"그, 그랬나?"

"그리고 언젠가 반드시 그 술값들을 갚겠다고 써 주신 수결도 아직 가지고 있습니다만……."

"……!"

"원하신다면 북경으로 사람을 보내어 가지고 올 수도 있습니다."

기회를 놓치지 않고 물었건만, 말랑한 먹잇감이 아닌

단단한 쇳덩어리였다.
우수수 이빨이 부서지는 소리가 들리는 듯했다.
"뭐, 그, 그럴 필요까지 있나? 내가 착각한 모양이네. 험험."
"뭐, 이렇게 만난 것도 인연인데 차라도 한잔하시죠."

* * *

나는 해출을 데리고 인근 다루로 향했다.
그나저나 이 새끼, 지금 누굴 벗겨 먹으려고…….
이자는 어떻게 하면 내게서 돈을 뜯어낼 수 있을지 궁리하는 게 훤히 보였다.
누이동생이 첩으로 들어간 송 장주에게도, 누이동생이 죽었을 때 이렇게 돈을 뜯어냈겠지.
백 날 해 봐라.
이빨도 안 들어간다.
내가 이렇게 면막선으로 내 얼굴을 가린 채 해출을 다루로 데리고 온 이유?
이 마을에서 치워 버리기 위해서였다.
그렇게 가려운 부분을 슬슬 긁어 주자 그는 자신의 상황에 대해 술술 불기 시작했다.
"저런! 그럼 그 땅과 집이 전부 압류당했다는 겁니까?"
"그렇게 됐다네. 삼만 냥을 갚아야만 그 압류를 풀 수 있다네."

"난감하군요."
"게다가 당장 먹고 살 돈도 없어 큰일이네."
나는 잠시 고민하는 척하다가 제안했다.
"처가가 있지 않습니까?"
"응? 내 처가?"
"예. 솔직히 장주님 정도라면 처가에도 상당한 도움을 주었을 것 아닙니까? 그러면 당분간 처가에 몸을 의탁해도 괜찮을 듯합니다."
내 말에 그는 눈을 반짝였다.
"그래! 그렇지! 지금까지 처가에서 가지고 간 돈이 얼마인데!"
내 예상대로 그의 얼굴에는 금방 생기가 돌았다.
팔갑이 조사해 온 바로는 해출의 처가는 개봉 쪽이다. 한참 먼 곳은 아니지만, 소림과 어느 정도 거리는 있으니까 쉽게 오지는 못한다.
더군다나 빈털터리라면 더더욱.
"아, 저는 이만 가 봐야겠군요."
"고맙네. 살펴 가시게나."
그렇게 나는 자리를 떴다.
잘 가십시오. 이제 우리 만나지 맙시다. 지상 승려를 찾아오시지도 마시고요.

며칠 후, 마을에 내려갔던 팔갑은 나에게 재밌는 소식을 전해 주었다.

"도련님! 도련님!"
"왜?"
"해 장주가 처가로 갔다고 합니다요."
"그래? 잘됐네."
이렇게 해출 장주의 문제도 처리했다.

사실 마음 같아서는 슥삭해 버리고 싶었지만, 그러지 않았다.

그게 더 그에게 굴욕적일 테니까.

떵떵거리며 살던 사위가 쫄딱 망해서 처가로 들어왔다.

그 어떤 처가 식구들이 반길까?

게다가 해출의 부인조차 해철을 무시하는데, 그 처가 식구들이 그를 존중해 줄 리가 없다.

골칫거리 취급을 받으며 구박이나 당하겠지.

예전에 지상 승려가 그러했듯이.

더군다나 그동안 처가 식구들에게 아니꼽게 했다는데, 뭐 자업자득이다.

"그리고 이번에 낸 소문이 아주 자연스럽게 퍼지고 있습니다요."

"아아⋯⋯ 그래?"

나는 얼마 전에 새로운 소문을 하나 퍼뜨렸다.

해출이 혈곤성승 대사님의 성체가 소림사로 향하던 도중에 그쪽에 침을 뱉었다가 쫄딱 망했다는 소문이다.

원래 소문의 반은 실체가 없다.

하지만 소문이 쌓이고 쌓이면 진짜 호랑이도 만들어 내

는 법이지.

 벌써 소문의 효과가 있는 것인지, 참배를 원하는 이들의 서신이 몰려드는 중이라고 한다.

 그래, 차라리 이렇게 모두에게 공개해 버리는 것이 보안을 위해서라도 더 낫다.

.

.

.

 며칠 후, 방장 대사님을 모시는 동자승이 나를 찾아왔다.
 드디어 나를 부르시는군.
 나는 동자승을 따라 방장실로 향했다.
 "아미타불, 너무 늦게 불러서 미안하군."
 "아닙니다."
 "그래서, 즐거웠나?"
 아…… 역시 방장 대사님이시다. 다 알고 계시는구나.
 나는 모르는 척 차를 한 모금 마셨다.
 "호록."
 "고맙게 생각하네."
 "쿨럭, 네?"
 솔직히…… 너무 심했다고, 질책하실 줄 알았는데…….
 방장 대사님의 입가에는 은은한 미소가 걸려 있었다.
 "지상은 좋은 제자이네. 하지만 그 업이 너무 무거워서 보는 내가 마음이 아플 정도였지."
 "그런데 왜 개입하지 않으셨던 겁니까?"

솔직히 방장 대사님이 개입하면 일은 쉽게 해결될 수 있다.

하지만 그러지 않으셨지.

"모든 것은 때가 있기 때문이라네. 그리고 이렇게 자네가 온 것이 바로 때가 되었기 때문이지."

방장 대사님께서는 차를 마시고, 차분한 어조로 말을 이으셨다.

"그리고 만약 내가 개입했다고 해도 일은 근본적으로 해결되지는 않았을 거네."

"……."

하긴 그건 방장 대사님의 말씀이 맞다.

"그리고 덕분에 혜진 대사님의 성체도 무사할 수 있었네. 지상이 말하더군. 자네 덕분이라고."

"혹시. 지상 승려께서 모든 것을 털어놓으신 겁니까?"

내 물음에 그는 고개를 끄덕였다.

솔직히, 그 일은 사실대로 말하기에 너무 부담스럽고 어려운 일이다.

하지만 지상 승려는 사정을 털어 놓았다.

내 생각보다 더 수양이 깊으신 분이구나.

"그래서 더 자네에게 고마운 것이네. 자네가 지상을 도와준 덕분에 지상이 그런 짓을 저지르지 않을 수 있었으니까."

"……그냥 저도 그 상황이 마음에 들지 않았을 뿐입니다."

"그런가?"

"그런데 왜 혈곤성승 대사님을 명호가 아니라 법명으로 부르시는지 여쭈어도 되겠습니까?"

이상하게 방장 대사님만 혈곤성승 대사님이 아닌 혜진 대사님이라 칭하고 있었으니까.

"그건, 당연한 것 아닌가? 그분은 소림의 제자이네. 소림의 제자를 법명으로 부르는 것이 이상한가?"

즉, 방장 대사님께서는 그분의 소림의 제자라는 정체성을 존중하고 계시는 거다.

"우문이었습니다."

"아닐세. 궁금해할 수도 있지."

그럼 이제부터 나도 혜진 대사님이라고…….

음, 나에겐 그냥 무림의 선배이시니까 그냥 혈곤성승 대사님이라고 불러야겠군.

"그건 그렇고 내가 이렇게 자네를 부른 건, 이전에 말했던 보상 때문이라네."

좋아! 보상의 시간이다!

방장 대사님께서는 옆에 놓았던 상자를 꺼내 나에게 내미셨다.

"받게나."

나는 그것을 받아 열어 보았다. 그 안에는 단환 여섯 개가 들어 있었다.

"혹시나 싶어 말하지만, 대환단이나 소환단은 아닐세."

"물론입니다. 그런 것까지는 꿈도 꾸지 않습니다."

그건 소림사의 보물이니까.

"하지만 그것도 나름 영약으로 불릴 만한 단환이네. 내공 수련에 상당한 도움이 될 것이야. 단, 조건이 하나 있네."

"그게 무엇입니까?"

"냉기를 띤 내공과는 잘 맞지 않네."

"그렇군요."

방장 대사님께서 나에게 이것을 주시는 이유를 알 것 같았다.

내 미래를 생각해서 이것을 내주시는 거다.

"그런데 이 단환의 이름이 무엇입니까?"

"금강정환단(金剛精丸丹)이네."

"쿨럭!"

그 이름에 나도 모르게 사레가 들렸다.

금강정환단이면, 이거 소환단 바로 아래 급이잖아.

아니, 아무리 제가 대단한 일을 했다고 하지만 이걸 여섯 알이나 내주시다니요.

"저런, 괜찮은가?"

"괘, 괜찮습니다. 그런데 너무 무리하신 것 아닙니까?"

"무슨 소리. 자네 덕분에 수많은 제자들이 목숨을 구했고, 이 소림의 자존심도 지킬 수 있었는데 그게 무슨 대수인가?"

그렇게 말씀하시면 제가 이걸 받아 마땅하다고 생각되긴 해도…….

보상의 때 〈247〉

결심했다.

호위무사들에게 줄 때 절대 이 단환의 정체를 말해 주지 않을 거다.

먹다가 체하면 아깝잖아.

나는 마음을 진정시키고는 방장 대사님께 말했다.

"저, 염치없지만 하나만 부탁드려도 되겠습니까?"

"무엇인가?"

나는 내가 가지고 왔던 상자를 꺼내어 뚜껑을 열어 내밀었다.

"구엽자삼입니다."

그것을 본 방장 대사님의 눈빛에는 놀라움이 깃들어 있었다.

그런데 왜 구엽자삼을 계속 안 보시고, 내 얼굴을 보시는 거지?

"이걸 나에게 보여 줄 거라고는 생각하지 못했는데?"

아, 방장 대사님은 내가 이걸 손에 넣었다는 것도 알고 계셨구나. 다만 이걸 내가 꿀꺽하실 거라고 생각하신 거지.

후, 방장 대사님.

저는 제 것이 아닌 건 안 먹습니다.

나는 미소를 띠며 말을 이었다.

"이건 지상 승려님의 것입니다. 그분의 어머니의 희생으로 쌓은 재산이 이렇게 실체화가 된 것뿐입니다."

"그런가?"

"예. 그래서 지상 승려님께 이것을 드리고자 합니다. 그리고 방장 대사님께서 지상 승려님이 이것을 먹은 후의 내공수발을 도와주셨으면 합니다."
"그게 자네의 부탁인가?"
"그렇습니다."
"내가 싫다고 하면?"
그 말에 나는 망설임 없이, 방장 대사님께 받은 금강정환단을 다시 내밀며 말했다.
"이것을 받는 대신, 부탁드리겠습니다."
내 대답에 방장 대사님이 헛기침을 하셨다.
"자네는 사람을 민망하게 하는 재주가 있군. 그냥 농을 해 본 것이네."
"그러셨습니까? 워낙 진지하게 말씀하셔서 몰랐습니다."
그러나 방금 나를 시험하셨다는 것은 확실하다.
내 마음이 진심인지 떠 보신 거겠지.
"알겠네. 자네의 청대로 해 주지."
"감사합니다."
"다만, 지상 승려의 내공 수발을 도와줄 분은 따로 계시네."
"네?"
나도 모르게 반문했지만, 이내 그 사람의 정체를 깨달았다.
소림사에는 방장 대사 말고도 화경의 고수가 한 분 더 계신다.

지금은 자발적으로 참회동에 들어가 계시지만.
"궁금한 것이 하나 더 있습니다."
"무엇인가?"
"혈곤성승 대사님, 아니 혜진 대사님의 성체는 어찌하실 생각이십니까?"
"계속 그대로 둘 생각이네. 덕분에 알게 되겠지. 누가 소림의 적인지 말이야."
그리 말씀하시는 방장 대사님의 눈빛이 서늘했다.
"대답이 되었습니다. 제 우문에 답해 주셔서 감사합니다. 그럼 저는 이만 물러가겠습니다. 제가 폐를 끼친 듯합니다."
"덕분에 즐거웠네. 조심히 돌아가게."

나는 방장 대사님의 방에서 물러났다.
그럼 이제 슬슬 북경으로 갈 준비를 해야겠군.
그나저나 해출과 그 가족들은 지금쯤 처가에 도착했을 텐데, 잘 살고 있으려나?

* * *

해출이 처가에 도착한 지 이틀째 되는 날.
'에휴, 내 신세야.'
그는 한숨을 내쉬며 자신의 신세를 한탄했다.

그는 자신이 처가에 가면 융숭한 대접을 받을 거라 생각했다.
하지만 자신의 생각이 틀렸다는 것을 알게 되기까지는 그리 오래 걸리지 않았다.
그가 도착했을 때만 해도 장인과 장모, 처남들은 자신을 반겨 주었다.
"저, 아버지. 어머니."
해출의 부인이 조심스럽게 입을 열었다.
"저희, 이 집에서 같이 살아야 할 것 같아요."
"응?"
"그, 그게 무슨 말이냐?"
"사실은요, 이이가요……."
그녀는 눈물을 주르륵 흘리며 사정을 설명했다.
"사업에 투자했다가 쫄딱 망해 버렸어요. 그래서 집이랑 땅까지 다 날려 먹었어요. 흐흑…… 그래서 변변한 패물 하나조차도 챙기질 못했어요."
"전 재산을 다 날렸다고?"
"네."
"아이고, 아이고, 이를 어째!"
"아버지, 어머니! 나 이제 어떻게 살아요."
그녀의 통곡에 해출의 장인과 장모는 그녀를 위로했고, 그렇게 처가에 머무는 것을 허락받을 수 있었다.
하지만 해출에 대한 처가의 대접은 다음 날이 되자마자 바뀌어 버렸다.

그는 아침을 차려 놨다는 말에 식당으로 향했다.

그가 평소에 하던 아침식사보다는 조금 빈약하지만, 그래도 풍족한 차림이었다.

하지만 그는 자신의 주제를 파악하지 못했다.

"장모님, 사위가 있는데 밥상이 이게 뭡니까? 고기 요리가 적어도 세 개는 되어야 하는 거 아닙니까?"

"지랄하네."

"네……?"

처음 들어 본 장모의 험한 소리.

"재산 다 말아먹고 처가에 들어온 사위, 뭐가 이쁘다고 고기 요리를 세 개나 내와? 좋은 말할 때 그냥 처먹어!"

옆에서 장인도 탐탁잖은 표정으로 거들었다.

"우리 가문은, 밥투정하면 저기 뒤채에서 밥을 먹이지. 자네도 뒤채로 갈 텐가?"

뒤채가 어딘가 싶을 때 옆에서 부인이 말했다.

"하인들이랑 하녀들 밥 먹는 곳이요. 그리고 여기가 당신 집인 줄 알아요? 조용히 먹기나 해요!"

"……."

이에 그는 자라목이 되어 그냥 닥치고 밥을 먹을 수밖에 없었다.

하지만 그것도 좌불안석이었다.

"우리 딸, 많이 먹어라. 그동안 지지리도 못난 남편 때문에 고생 많았지?"

"엄마…… 내가 너무 미안해서……."

"아니다. 아니야."
"흠! 흠흠!"
헛기침을 하는 그에게 첫째 처남이 말했다.
"매형, 다 먹었으면 그만 일어나도 되는데?"
아직 젓가락질 다섯 번도 하지 않았다. 하지만 상황은 묘하게 흘러갔다.
"다 먹었나? 벌써? 더 먹지?"
"그럼 가서 마당이나 좀 쓸게."
"네? 그건 하인들이 해야 할 일……."
그의 말에 둘째 처남이 말했다.
"그런 거라도 해야 이 집에 붙어 있을 염치가 생기지 않겠습니까?"
그 박대에 그는 자신도 모르게 발끈했다.
"하! 이렇게 나오시겠다? 지금까지 내가 준 돈으로 잘 먹고 잘산 주제에!"
"착각하지 마요."
그의 말에 옆에서 그의 부인이 뾰족한 목소리로 말했다.
"우리 집 원래 잘 살았어요."
해출은 말문이 막혔다.
그녀의 말대로 처가는 원래 넉넉한 살림이었다.
하지만 해출은 자신이 부잣집 아들인 양 그녀를 꼬드겼고, 결국 둘 사이에 아이가 생긴 것.
두 사람은 혼인을 하게 되었는데, 당연히 그 과정에서

보상의 때 〈253〉

해출의 실상이 들통났다.

처가에서는 어처구니없어했지만, 결국 소중한 딸을 위해 경제적으로 지원을 해 주었다. 결혼 비용은 물론이고 이후 생활비까지.

누이동생이 아들을 데리고 들어오자, 그 사정을 들은 처가에서는 딱하다면서 누이동생 가족의 생활비까지 지원해 줬다.

하지만 해출의 누이동생이 송 장주의 첩으로 들어가고, 벼락부자가 되자 그동안 처가에서 해 주었던 일은 싹 잊어버린 채 처가를 대했다.

"당신, 우리가 가난하게 살 때 우리 집에서 해 준 것은 기억도 안 하죠? 당신이 부자가 되고 나서 얼마나 거만을 떨었는지 보는 내가 미안했다고요. 그리고 당신이 돈을 주면 얼마나 줬다고 그래요? 우리 부모님이 당신에게 준 돈보다 많이 줬어요?"

그 말에 해출은 대답이 궁색해질 수밖에 없었다.

"내, 내가 언제 거만을 떨었다고……."

"거봐, 기억도 못 하지!"

그녀는 해출에게 차갑게 말했다.

"밥 축내지 말고 가서 마당이나 쓸어요."

"아들아…… 너는 아버지가 이렇게 박대를 당하는데……."

그 말에 아들은 얼른 어머니의 눈치를 보더니 말했다.

"조부님, 조모님, 저는 오늘부터 열심히 공부해서 가문을 일으켜 볼 생각입니다."

"우리 손자가 장하기도 하구나……."
이 집에서, 해출의 편은 없었다.

아침에 있었던 일을 떠올린 해출은 다시 한숨을 쉬며 마당으로 나왔다.
해출은 정말 오랜만에 빗자루질을 했다.
약 십여 년 만에 빗자루를 잡아보니 감회가…….
'감회가 새롭기는 개뿔!'
아침도 제대로 못 먹은 탓에 배도 고프고 서러웠다.
하지만 서러워할 시간도 없었다.
"해 서방, 마당 다 쓸었으면 마구간 청소 좀 하게."
"……."
"싫으면 나가든지."
"아, 아닙니다. 하겠습니다."
해출은 터덜터덜 걸어 마구간으로 향했다.
처가는 넉넉한 집안답게, 말을 두 필이나 가지고 있었다.
그가 마구간에 도착하자, 마구간지기를 하는 하인이 쇠스랑을 내밀며 말했다.
"이걸로 말똥을 수레에 실으면 됩니다. 그리고 퇴비창고에 쌓아 놓으면 됩니다."
"……."
"싫으면 안 하셔도 됩니다. 주인마님께 말씀드……."
"내, 내가 언제 하기 싫다고 했나."

그는 얼른 쇠스랑을 받아 들었고, 마구간 안으로 들어갔다.

"으······."

저도 모르게 진저리가 났다.

하지만 하지 않을 수는 없는 노릇.

그는 말똥을 쇠스랑과 다른 농기구를 사용해서 수레에 담으며 속으로 이를 갈았다.

'내가 먹은 영약이 한 달 후에 효과를 볼 수 있다고 했었지! 그래! 내공이 생기면 그때 두고 보자고! 처가 식구들이 모두 내 앞에서 빌게 해 주마!'

말똥을 다 치운 그는 하인을 따라 퇴비 쌓아 두는 곳으로 향했다.

그곳에 도착한 그는 고개를 갸웃했다.

익숙한 것이 산더미처럼 쌓여 있었기 때문이다.

그는 그것을 집어 들어 코를 대고 킁킁거렸다.

'이, 이건 영약인데? 이 냄새와 이 질감! 내가 먹은 영약이 틀림없다!'

그때 하인이 그를 보며 이상하다는 표정으로 물었다.

"미쳤습니까? 왜 갑자기 말똥 냄새를 맡습니까요? 더럽게."

"응? 말똥이라니? 이건 영약이······."

"영약은 무슨 영약입니까? 그냥 말똥 마른 거잖습니까?"

"응?"

여전히 이해를 하지 못하는 그를 보며 하인이 설명해 주었다.

"저 젖은 말똥이 마르면 저렇게 됩니다."

"하지만 냄새가 지독하지 않은데?"

"말똥은 마르면 냄새 안 납니다."

"……."

그제야 그는 뭔가 잘못된 것 같다는 생각이 들기 시작했다.

'지상 그 녀석의 심부름이라고 분명 나에게 그걸 줬는데?'

그는 고민 끝에 말똥을 집어 입에 넣었다.

우적우적…….

그 모습을 보며 하인이 '드디어 돌았네.'라는 표정으로 봤지만, 해출은 심각했다.

"어……."

맛도 똑같았다.

'아, 아냐! 이럴 리가 없어!'

그는 그 자리를 박차고 나왔다. 그리고 처가가 있는 마을의 한 무관으로 들어갔다.

그가 알기로 그 무관의 관주는 영약을 먹어 절정의 고수가 되었다는 인물.

자신의 의문을 풀어 줄 수 있을 거다.

"어디서 오셨습니까?"

"무, 물어볼 것이 있네! 내가 영약을 먹었는데 그 영약은 무공을 익히지 않은 자들도 내공이 생기게 하는 영약이라고 하네. 내가 영약을 먹은 게 맞는지 확인할 수 있겠는가?"

"음, 잠시만 기다리십시오."

무관의 제자는 관주를 불러왔고, 관주는 해출에게 자초지종을 들었다.

"음…… 그거 영약 아닙니다."

"아, 아니라고? 그, 그럴 리가 없네!"

"우선, 영약이라는 건 함부로 먹어서는 안 됩니다. 특히 일반인에게 내공이 생기게 할 정도의 영약은 무척 위험합니다. 무림인들도 영약을 먹기 위해 운기수발을 도와줄 고수를 청하는데 일반인이야 말할 것도 없습니다. 옆에서 절세의 고수가 운기를 도와주지 않으면 그 자리에서 모든 혈맥이 터져 목숨을 잃게 됩니다."

"하지만 자네는 산에서 영약을 먹고 고수가 되지 않았나?"

"저는 정말 천운이 따랐던 경우입니다. 그 영약의 기운을 받아들이기 위해 엄청난 고통을 견뎌야 했습니다. 정신을 잃었거나 했으면 그대로 죽었겠지요."

그는 계속 말을 이었다.

"그냥 영약을 먹지 않는 것이 더 낫다고 생각될 정도의 고통입니다. 어느 정도 고통이 있었습니까?"

"나, 나는 배가 좀 아팠네."

"그러면 배탈이 나셨던 거 같군요. 먹으면 안 될 것을 먹어서 말입니다. 영약을 먹었는데 고작 그 정도의 고통일 리가 없습니다."

"그, 그럼, 내가 먹은 영약은?"

"가짜입니다. 속으셨군요."

그 말에 그는 그 자리에 털썩 주저앉았다.

그제야 그는 모든 것을 알아차렸다.

자신이 먹은 건, 그냥 말똥이었다.

"으아아아악!"

그는 분노에 찬 고함을 질러 댔다.

'지상, 이 자식! 죽여 버리겠어!'

분노에 휩싸여 달려가던 그는 문득 걸음을 멈추었다.

무언가 위화감을 느꼈기 때문이다.

'어……'

그걸 왜 지상이 아닌 다른 사람이 자신에게 주었을까?

그것을 담았던 주머니도, 승복을 만드는 천으로 만든 주머니였다.

그렇다면…….

'소림사는 이미 알고 있던 것이다! 내가 그 일을 지상에게 지시했음을!'

즉, 경고의 의미인 것이다.

소림사가 함부로 살계를 범하지 않는 곳이니 그렇게 경고에 그친 것이지, 만약 다른 무가였다면 자신의 목숨은 이미 없었을 터.

'그러고 보니…….'

자신이 먹은 추종향이 생각났다. 자신이 어디에 있든지 찾을 수 있다는 추종향.

그 역시 자신을 감시하겠다는 의미였던 거다.

착각이었지만, 그 착각의 결과는 은서호의 예상보다 효과가 더 좋았다.

해출은 결심했다.

소림사 근처로는 절대로 가지 않겠다고.

그러니 결국 그가 돌아갈 수 있는 곳은 단 한 곳뿐이었다.

그렇게 터덜터덜 처가로 돌아가기 위해 숲속을 지나고 있을 때 한 거한이 그에게 다가왔다.

"해출 장주 맞습니까?"

"그러네만."

그 대답이 끝나기 무섭게 그 거한이 그의 배에 단검을 꽂아 버렸다.

푹!

"……!"

그의 귓가에 거한이 속삭였다.

"네가 마음에 들지 않는다고 때려죽인 하인을 기억하느냐?"

그가 때려죽인 하인이 한두 명이 아니기에 퍼뜩 기억나지 않았다.

하지만 곧 자신 앞의 거한과 닮은 얼굴이 기억났다.

"겨, 경을?"

"그래, 나는 경을의 형이다. 드디어 이렇게 원수를 갚게 되었군."

푹푹푹푹!

그는 해출을 여러 번 단검으로 찔렀다. 자신의 한을 담아서.

"꺼, 꺼억……."

"잘 가라."

털썩.

해출의 몸이 그대로 쓰러졌다.

그 거한은 해출의 몸에 기름을 뿌리고는 화섭자를 던졌다.

* * *

나는 지금 소림사 아래쪽의 마을에 있다.

방장 대사님께 보상도 받았고, 이제 이곳을 떠나려고 했는데 생각지도 못하게 해야 할 일이 생겼기 때문이다.

나는 금산전장으로 향했다.

해출이 지니고 있던 장원과 땅을 구매하기 위해서다.

금산전장에서도 그곳을 꼭 필요로 하는 게 아니었기에, 삼만 냥을 내고 그 장원과 땅을 사들일 수 있었다.

그곳을 산 이유는 이곳이 낙양과 지척인 곳이기 때문이다.

현재 나는 소림사와 우호적인 관계가 되었다.

그런 상황에서 낙양에 올 일이 생겼을 때 이곳에 거점을 마련하고 움직이는 것이 좋을 것 같았기 때문이다.
모든 일이 끝나고 생각해 보니 장원의 규모나 위치도 딱 좋았고.
그렇게 거래를 마무리하고는 팔갑에게 말했다.
"사람을 구해서 정리해야겠어."
"알겠습니다요."
팔갑은 곧 사람을 구해 왔다.
그 장원에서 일했던 이들이다.
주인이 문제지, 고용인이 문제는 아니니까.
나는 팔갑이 구해 온 고용인들에게 말했다.
"제가 이 장원을 사들이긴 했지만, 이곳에 머무는 시간은 극히 짧을 겁니다. 하지만 여러분들의 월봉이 밀리거나 할 일은 절대 없을 겁니다. 그러니 여러분들도 저에 대한 신의를 지켜 주십시오."
나는 싸늘한 얼굴로 말했다.
"저는 신의를 저버리는 자는 용서하지 않습니다."
"……."
고용인들이 긴장하는 표정이 보였다.
그럼, 이제 긴장을 풀어 줘야지.
"그것만 지켜 주시면, 저는 여러분을 신의로 대하고 존중해 줄 것입니다."
내가 말을 마치자, 팔갑이 손뼉을 쳤다.
"짝짝! 그럼 이제 각자 일합시다요!"

그들은 얼른 각자의 자리로 향했고, 분주하게 장원을 정리하기 시작했다.

역시 이 장원에서 일하던 자들이라 그런지, 막힘이 없이 척척이네.

팔갑이 나에게 다가오며 말했다.

"사람들을 모으면서 들었는데, 해 장주가 고용인들에게 무척이나 가혹하게 굴었나 봅니다요."

"그래?"

"네. 본보기를 보인답시고 직접 때려죽인 하인과 하녀도 몇이나 된다고 합니다요."

"허…… 진짜 나빴네."

그런 자의 최후가 좋을 리가 없는데 말이지.

그때였다.

한 늙은 하인이 쭈뼛쭈뼛 우리에게 다가왔다.

"저…… 드릴 말씀이 있습니다."

"아, 네. 무슨 일입니까? 혹시 몸이 좋지 않으십니까? 의원을 불러드릴까요?"

"아, 아닙니다! 그런 게 아니라…… 선협미랑이라 불리시는 대협이 맞으신지요?"

"쿨럭!"

갑자기 그 명호는 왜?

하지만 그 하인의 표정은 무척이나 진지했기에 나 역시 진지하게 대답했다.

"저는 저를 그리 생각하지 않는데, 과분하게도 그리 불리고 있습니다."

그는 자신의 옷소매 안에서 뭔가를 꺼내 나에게 내밀었다.

"혹시 소림사에 계시는 지상 승려님께 이걸 전해 주실 수 있겠습니까?"

그건 빛바래고 더러워진 봉투였다.

"이게 무엇이길래……."

"이건…… 지상 승려님의 돌아가신 어머니께서 남기신 서신입니다."

"네?"

내 반문에 그 늙은 하인이 말했다.

"십여 년 전이군요. 전 주인님 누이동생의 장례식 때 송 장주가 전 주인님에게 준 것인데, 전 주인님이 오던 길에 버렸습니다. 당시 저는 전 주인님을 모시고 돌아오던 중이었기에 몰래 이걸 주워서 보관하고 있었습니다."

와…….

나는 해출의 파렴치함에 다시금 치를 떨었다.

사람이 어쩜 그렇게 악할 수가 있지?

한편으로는, 내 앞의 하인이 무척이나 대단하게 느껴졌다. 이걸 십 년이나 보관하고 있었다는 의미니까.

"감사합니다. 지상 승려님께서 무척 기뻐하실 겁니다."

．

．

．

나는 다시 소림사로 돌아가 장경각주 대사님을 뵙기를 요청했다.

가장 좋은 건 방장 대사님을 뵙는 것이지만, 방장 대사님이 뵙고 싶다고 아무 때나 뵐 수 있는 분은 아니니까.

그래서 그 대안으로 지상 승려의 소속인 장경각의 각주 대사님을 만나 뵈려는 것이다.

팔갑이 말해 주길, 제법 인망이 있으신 분이고.

잠시 후, 종오 승려가 장경각주 대사님이 내 요청을 허락하셨다는 말을 전했다.

나는 그를 따라 장경각으로 향했다.

한 노승이 건물의 앞에 서 계셨는데, 그를 본 종오 승려가 다급히 예를 취했다.

"장경각주님을 뵙습니다."

아, 장경각주 대사님이시구나!

접빈실 같은 곳에 계시는 게 아니라 건물 밖에 나와 기다리고 계실 줄이야.

이건 좀 황송한데.

"은해상단의 소단주 은서호입니다."

"아미타불! 장경각을 맡고 있는 무연이라고 합니다."

방장 대사님과 같은 항렬이군.

그럼 한참 어른인 분이다.

"말을 낮추어 주십시오. 무림에서도 한참 후배입니다."

"그럼, 그렇게 하지."

그는 선선히 고개를 끄덕이고는 말을 이었다.

"안 그래도 자네를 한번 만나고 싶었다네. 차라도 한잔 하겠나?"

"감사히 마시겠습니다."

나는 그를 따라, 장경각 안쪽으로 들어갔다.

그가 나를 안내한 곳은, 장경각 옆에 있는 연못에 마련된 정자였다.

장경각에서 보관하는 물건 중 많은 비중을 차지하는 건 서책이다.

그런 만큼 근처에 물이 있는 건 별로 좋지 않지만 그래도 화재를 대비하여 근처에는 반드시 물이 있어야 한다.

인공적으로 만든 연못인 듯한데 생각보다 넓었다.

하긴 장경각의 규모를 생각하면 이 정도는 되어야지.

장경각주 대사님은 맞은편에 앉은 내게 차를 직접 우려 주셨다.

"드시게."

"잘 마시겠습니다."

나는 찻잔을 들어 한 모금 마셨다.

이 대사님, 차 우릴 줄 아시네.

"감사하네."

"네?"

"지상의 일 말이네."

아…….

"지상은 내 제자의 제자네. 그리고 유독 정이 많이 가던 아이기도 하고."

내가 알기로 소림사에서 무승이 되기 위해서는 입문한 지 칠 년 안에 나한전에 이름을 올린 무승의 정식 제자가 되어야 했다.

거기서 또 삼 년의 수련을 거쳐 인정을 받아야만 정식 무승이 될 수 있다.

그러면 장경각주 대사님이 지상 승려의 사조인 건가?

"내 제자가 지상 때문에 많이 마음 아파했었지. 그 녀석도 이번 일을 알면 많이 좋아할 거야."

"그분은 어디 나가계십니까?"

"요청을 받아 잠시 출타 중이라네."

"그렇군요."

"그래서, 왜 나를 만나고자 했는가?"

"이것 때문입니다."

나는 품에서 서신을 꺼냈다.

봉해진 채였지만, 내가 살짝 뜯어 보고 다시 복원시켜 놓은 것이다.

이 서신이 정말 지상 승려에게 남긴 것이 맞는지 확인해야 했으니까.

혹시라도 지상 승려에게 해가 될 수 있는 것인지도 확인해야 했고.

확인 결과, 이건 반드시 지상 승려에게 전해져야 하는 서신이다.

"이 서신을 지상 승려님께 전해 주셨으면 합니다."

"서신이 꽤 낡고 오래된 것 같군."

"사실, 이게 사연이 좀 있습니다."
나는 대사님에게 서신에 대한 사연을 말씀드렸다.
그 사연을 들은 대사님은 고개를 주억이셨다.
"이 서신이 지상 승려의 어머니가 남긴 유일한 유품인 셈이군."
"그렇습니다."
나는 고개를 끄덕였다.
"불가에 입문하여 속세와의 연을 끊었다고는 하지만 천륜이 왜 천륜이겠습니까? 그리고 이 서신은 지상 승려님에게 남은 마지막 미련을 해소할 수 있는 계기가 될 것이라고 생각합니다."
"자네가 그리 말한다면, 그렇겠지. 게다가 이 서신이 십 년 동안이나 이리 보관되었다는 건 이 서신이 지상에게 전해져야 한다는 하늘의 뜻이겠지. 알겠네. 내 반드시 이걸 지상에게 전해 주지."
"감사합니다."

그렇게 장경각에서 물러난 나는 곧바로 팔갑에게 짐을 챙기라고 했다.
이제 소림사를 떠날 시간이 되었다.
아직 참회동에 있는 지상 승려를 제외한 다른 이들과 인사를 나누고는 일행과 함께 대리현에 마련한 장원으로 향했다.
그곳에 도착하니, 정리가 다 끝나서 이전의 모습을 되

찾은 채였다.
 그럼 이제 마무리까지 완벽해야겠지.
 나는 진유 무사와 여응암 무사를 불렀다.
 "부르셨습니까?"
 "개봉에 잠시 다녀오셔야겠습니다. 해 장주가 어찌 살고 있는지 알아봐 주십시오."
 "알겠습니다."
 여응암 무사도 같이 보내는 것은 이번에 절정에 올랐으니 어서 적응하라는 의도였다.
 최고 속도로 경공을 사용하면 아무래도 더 빠르게 적응할 수 있으니까.
 내 명에 두 무사는 즉시 움직였다.
 개방에 의뢰하거나 하지 않고 호위무사들을 시킨 이유는 무림맹 때문이다.
 개방에 해출의 정보를 의뢰하는 순간, 그들에게 의심을 받을 수 있다.
 내 뒤처리 철칙 중 하나는 의심받지 않는 깔끔한 마무리거든.

 두 무사는 이틀 만에 돌아왔다.
 "수고하셨습니다. 해 장주는 잘살고 있던가요?"
 하지만 진유 무사의 입에서 나온 대답은 뜻밖이었다.
 "죽었습니다."
 "네? 죽었다고요?"

"예. 인근 숲에서 불에 타다 만 시체가 발견되었다고 합니다. 칼에 여러 번 찔렸던 흔적이 있다고 하는데, 범인은 찾지 못했다고 합니다."

그 잔혹한 수법으로 보아, 원한 관계에 의한 살인이 틀림없다.

원한이라…….

그러고 보니 그가 직접 때려죽인 하인과 하녀가 몇 명 있다고 했었지.

그러니 원한을 품은 이가 많은 건 당연한 일.

쯧쯧, 밤길 조심했어야지.

생각보다 하늘이 많이 노했나 보네.

그의 죽음에 대해 안타까운 생각은 전혀 들지 않았다. 자업자득이니까.

그럼 이제 지상 승려를 찾아올 자는 없겠군.

해출의 처와 아들이 있지만, 그들이 지상 승려를 찾아왔을 땐 그들이 감히 바라보지도 못할 인물이 되어 있겠지.

* * *

소림사 내부의 참회동.

지상은 그곳에서 참선 중이었다.

어머니가 돌아가신 것을 알게 된 그는 무척이나 슬프고 괴로웠다.

하지만 지금은 아니다.
어머니의 극락왕생을 빌 수 있다는 사실에 감사했다. 은서호가 아니었다면 자신은 이조차도 할 수 없었을 것이 분명했으니까.
그것으로도 모자라, 그는 자신을 도와주겠다고 약속했다.
왜 그 말이 그토록 믿음직스럽게 들렸는지는 알 수 없었다.
하지만 확실한 것은 하나 있었다.
그는 자신에게 내려온 튼튼한 동아줄이라는 것을.
"지상아, 있느냐?"
지상을 부르는 소리가 들렸다.
화경에 든 후, 스스로의 마음과 행동을 경계하기 위해 참회동에 머물고 있는 고승인 일심 대사다.
지상이 참회동으로 들어왔을 때, 그런 그에게 관심이 생겼는지 방문해서 많은 이야기를 나누었다.
일심 대사는 그가 마음에 들었는지, 그 후로도 종종 그를 찾아와 많은 가르침을 주었다.
그는 얼른 자리에서 일어나 동굴 밖으로 나갔다.
"부르셨습니까?"
그는 살짝 의아했다. 아직 동이 트기도 전의 새벽이었기 때문이다.
"들어가자."
일심 대사가 지상이 머무는 동굴 안으로 들어가자 그는

얼른 일심 대사를 따랐다.

　일심 대사는 그에게 말했다.

"가부좌를 틀고 앉아라."

"네."

　평소와 다른 엄격한 모습에, 지상은 순순히 그 지시를 따랐다.

"입 벌려라."

"네?"

"어서!"

　지상은 입을 벌렸고, 그 순간 일심 대사는 그의 입에 무언가를 넣었다.

"읍!"

"꼭꼭 씹어 먹어라. 비싼 거다."

　그 말에 지상은 뭐가 뭔지도 모르고, 열심히 그것을 씹었다.

　하지만 그것은 몇 번 씹기도 전에 스르르 녹으며 꿀꺽 넘어가 버렸다.

　그 순간, 뱃속에서부터 뜨거운 기운이 느껴지기 시작했다.

"지금부터 내가 내공수발을 도울 것이다! 정신 똑바로 차려라! 입 열지 말고! 고통스럽더라도 참거라!"

　그렇게 얼떨떨한 가운데 지상은 일심 대사의 도움을 받아 운기조식을 시작했다.

　본인이 이끌기에는 너무나도 거대한 기운이다.

하지만 일심 대사의 도움이 있기에 그 기운을 이끌고 운기조식을 할 수 있었다.

 그렇게 힘겹게 일주천에 성공했다.

 체감상 평소보다 몇 배는 걸린 듯했다.

 지친 그에게 일심 대사의 목소리가 들렸다.

 "이제 스스로 운기를 해 보거라."

 그렇게 운기를 시작한 지상은 놀랄 수밖에 없었다.

 내공이 엄청나게 늘어 있었으니까.

 그는 애써 침착하게 운기를 마치고 눈을 떴다.

 "그래, 성과가 있었느냐?"

 "이, 이게 어찌 된 것입니까? 제 내공이 확연하게 늘었습니다."

 "얼마나 늘은 것 같으냐?"

 "한 갑자…… 아니, 그보다 좀 더 늘은 것 같습니다. 이게 대체 어찌 된 일입니까?"

 "네가 방금 먹은 건 구엽자삼이라는 영약이다. 아, 착각하지 마라. 그건 내가 아니라 네 어머니가 준 것이니까."

 "네?"

 지상은 도통 이게 무슨 일인지 알 수가 없었다.

 일심 대사가 퉁명스럽게 그의 의문을 풀어 주었다.

 "나도 자세한 건 모른다. 다만, 은서호라는 그 당돌한 놈이 그걸 네게 전해 주라더구나. 게다가 방장에게 내공 수발까지 부탁했다고. 네가 참회동에 있으니, 방장은 그 역할까지 내게 떠맡겼다."

"……."

"그러면서 이렇게 전해 달라더구나. 어머니의 희생이 실체화된 것이 그 영약이라고 했던가?"

하지만 지상의 의문은 다 풀리지 않았다.

대체 밖에서 무슨 일이 일어났는지 궁금해졌지만, 방법이 없었다.

한 달을 기한으로 정한 이상, 그 전에 밖으로 나갈 수는 없으니 말이다.

아무튼, 지상은 그렇게 절정의 경지에 올랐다.

즉, 나한전에 이름을 올릴 수 있는 자격이 되었다는 의미다.

하지만 아직 한 달이라는 기한은 차지 않았고, 그는 묵묵히 수련과 참선을 이어 갔다.

그러던 중 누군가가 그를 찾아왔다.

"사조님!"

찾아온 자는 그의 사조가 되는 장경각주 무연이었다.

"소식 들었다. 절정이 되었다고? 네가 얻은 성과가 자랑스럽구나! 네 사부도 이를 들으면 무척 기뻐할 것이다."

"많은 분의 도움이 있었기 때문에 얻은 성과입니다."

"너라면 그리 대답할 줄 알았다."

부드럽게 미소를 지은 무연 대사는 그에게 낡은 서신

하나를 건넸다.

"받거라. 네 어머니의 서신이다."

"네?"

"은서호 소단주가 너에게 전해 주라고 부탁하더구나."

그리고 그는 그 서신을 은서호가 습득한 과정에 대해서 설명해 주었다.

"무려 십 년이 넘는 세월을 견디어 네게 당도했으니, 너를 향한 어머니의 마음이 그만큼 간절했다는 것이겠지."

무연 대사는 웃으며 말했다.

"방장께서 특별히 이 서신만큼은 지닐 수 있도록 허가하셨느니라. 어허! 뭐 하느냐? 어서 받지 않고?"

"아, 네."

지상은 떨리는 손으로 서신을 받았다.

"그럼 나는 이만 가 보마. 네가 이곳을 나올 그 날이 기대되는구나. 허허허."

그렇게 무연 대사가 참회동을 떠났고, 혼자 남은 지상은 봉투를 보았다.

낡고 더러워진 봉투.

그리고 선명하게 적혀 있는 [내 아들 백아성에게]라는 글자.

백아성.

그건 그의 속세에서의 이름이다.

입술을 깨물고 한참이나 그 글자를 바라보던 그는 봉한

것을 뜯고 서신을 꺼냈다.

[우리 아들, 잘 지내고 있니?]

그 첫 문장에 그만 왈칵 눈물이 쏟아졌다.

[소림사에 들어갔다는 소식은 전해 들었단다. 무척 힘들 텐데 어미가 공연히 걱정하게 할 것 같아서 참고 참았지만, 결국 참지 못하고 이렇게 서신을 쓰는구나.]
[우리 아들, 키가 얼마나 자랐을까? 손은 얼마나 컸을까? 이제 이 어미의 키를 훌쩍 넘었을 것 같구나. 사실 네 아버지도 키가 무척 컸거든.]
'네, 어머니. 저 키가 무척 많이 컸습니다.'
[아들아, 송 장주님을 원망하지는 말아 주었으면 한다. 그분은 내게 과분할 정도로 잘 대해 주셨단다. 게다가 친정 오라버니도 풍족하게 살 수 있게 해 주셨으니 이 얼마나 감사한 일이니.]
'송 장주님을 원망하지는 않습니다.'
[아들아, 이왕 소림사의 무승이 되기로 했다면 더욱 힘써서 목표를 이루도록 해라]
'저, 무승이 되었습니다.'
[그리고 강해지거라. 몸도 강하지만 마음은 더 강한 그런 사내가 되거라.]
'네. 어머니. 저 강해지겠습니다.'

[이 서신을 보내면 다음 서신은 언제 보낼 수 있을지 모르겠구나. 하지만 이 어미는 언제나 너의 무사 평안을 기원한단다.]

자신이 이렇게 무사히 무승이 될 수 있었던 건 어머니의 기원 덕분인 듯했다.

[부디 건강하거라.]

툭, 투욱.

서신에 눈물이 떨어지고 있었다.

비록 그 내용은 짧았지만, 지상의 어머니가 서신에 담은 그 마음이 십 년이라는 시간을 넘어 지상에게 닿은 순간이었다.

지상은 결심했다.

언젠가, 반드시, 은서호에게 이 은혜를 갚겠다고.

* * *

다그닥, 다그닥.

나는 지금 북경으로 향하고 있었다.

소림사에서의 모든 일을 마무리하고, 또 새로 마련한 장원의 일 역시 정리한 후 다시 북경으로 가는 중이다.

나는 슬쩍 읽어 봤던 지상 승려의 어머니의 서신의 내용을 떠올렸다.

그 서신에는 자신의 오라버니에 대한 이야기는 단 한 문장도 없었다.

그녀도 알고 있던 거지. 자신의 오라버니가 한 짓들에 대해서.

그러니 용서하라는 말을 적지 않은 것이고.

음, 이제 곧 북경에 다다르겠군.

우선 푹 잔 후에 일을 처리하면 되겠지.

그리 생각하고 있을 때였다.

음? 이 기운은 익숙한……

나를 향해 다가오는 이들을 보는 순간 결심했다.

도망가야겠다고.

104장. 이게 진짜 이유였군

이게 진짜 이유였군

내 표정을 본 팔갑이 물었다.
"왜 그러십니까요?"
"튀자!"
하지만 서우 무사가 고개를 작게 흔들며 속삭였다.
"제가 볼 때 이미 늦은 것 같습니다."
"……."
나는 속으로 한숨을 내쉬었다.
그의 말대로 이미 상대는 나를 알아보고 환한 얼굴로 달려오고 있었기 때문이다.
"그냥 지나가는 길일 수도 있지 않습니까?"
여응암 무사의 말에 나는 쓴웃음을 지었다.
아무리 봐도 그럴 것 같지 않다.
상대는 금의위 대협들.

총 여섯 명이었는데, 그중에 네 명이 나와 안면이 있는 이들이었다.

전에 강 상류의 얼음을 처리할 때 함께 했던 소운 대협과 이번 혈곤성승 대협의 검총이 있던 연지산에서 만났던 권직과 권을 대협.

그리고 일전에 내가 구해 주었던 대협까지.

어느새 그들은 내 앞에 가까이 다가왔다. 나는 떨떠름함을 숨긴 채 그들에게 인사했다.

"대협들을 뵙습니다. 그런데 여기는 어쩐 일이십니까?"

"어쩐 일이라니? 당연히 자네를 기다리고 있었지."

그 말에 나는 고개를 돌려 여응암 무사를 일별했다.

거봐요. 그냥 지나가는 길이 아니잖습니까?

내 시선에 여응암 무사는 머리를 긁적이며 고개를 돌렸다.

"자네가 소림사에서 출발했다는 소식을 전해 듣자마자 우리가 이렇게 온 것이라네."

"소림사에도 엄청난 활약을 했다지! 하하하하!"

"선협미랑이라는 명호가 아깝지 않은 인물이야."

확실하다.

소림사에도 황제의 눈과 귀가 있다.

그나저나 현로도의 도움을 받아 이 길로 온 건데…… 어째서지?

이거 버릴까?

하지만 그 생각은 바로 접었다.

뭔가 이유가 있을 거 같은데…….
 일단, 이 대협들이 나를 만나러 온 이유부터 알아봐야겠다.
 제발…….
 저 북경지부에 가서 해야 할 일이 태산이란 말입니다. 그리고 집에 가서 쉬어야 합니다.
 "그나저나 엄청 빨리 왔군."
 "자네가 출발했다는 소식을 듣자마자 우리도 출발했는데 벌써 하북이라니!"
 그야 주강마를 타고 왔으니까요.
 "우리가 이렇게 자네를 찾아온 건, 우리와 함께 가야 할 곳이 있기 때문이네."
 "여기, 황명일세."
 권직 대협이 나에게 금박 장식으로 화려하게 장식된 붉은색 두루마리를 내밀었다.
 젠장!
 어쩐지 예감이 좋지 않더라니!
 내 앞의 이들은 황제에 대한 충심으로 똘똘 뭉쳐진 이들이다.
 이들 앞에서 싫은 티를 냈다가는 단번에 경을 칠 가능성이 높다.
 내게 호감을 보이고 계시지만, 그 호감은 언제든 분노로 바뀔 수 있다는 것을 잘 알고 있다.
 나는 두 손으로 공손히 그 두루마리를 받아 들었고, 황궁이 있는 곳을 향해 절을 한 후 조심스레 펼쳐보았다.
"……!"
나도 모르게 표정 관리에 실패할 뻔했다.

[내가 보낸 금의위들과 함께 운남으로 가서, 임무를 완수하도록 해라]

운남? 운나아암?
운남이 어딘가?
제국의 남서쪽 끝, 즉 북경과는 정반대라고 할 수 있는 곳이다.
후우, 진정하자.
나는 성지를 마저 읽어보았다.

[지금 네가 어떤 표정을 짓고 있을지 다 아니까 얼굴 펴라. 너는 내 시험을 통과했고, 이 일의 적임자는 너밖에 없느니라.]

대체 무슨 일이기에…….
아니, 그보다 황제가 성지에 시험을 운운한 것을 보니 왠지 그때 그 시험이 꼭 태자의 친우로 붙여 주기 위한 것만은 아니었던 것 같았다.
이제 진짜 이유였나?
더 쏠쏠하게 써먹기 위해서?

이거 왠지 황제에게 한 방 먹인 것에 대해 앙갚음을 하시는 것 같기도 한데…….

에이 설마, 황제 폐하쯤 되시는 분이 그리 쪼잔하게 구시겠어?

나는 두루마리를 돌돌 말아 다시금 황궁이 있는 곳을 향해 절을 한 후 자리에서 일어났다.

"이 성지는 어찌합니까?"

"태우게."

"네? 그래도 됩니까?"

"우리 금의위의 임무에 관련된 기록은 절대 남겨서는 안 되네."

그 단호함에 나는 망설임 없이 화섭자를 꺼내 성지를 불태워 버렸다.

왠지 속이 시원하군.

"아, 그리고 그 성지를 태운 이상 그 명을 거부할 수 없다네."

"네? 거부할 수 있는 것이었습니까?"

내 물음에 그들이 대답했다.

"법규상, 타당한 이유가 있다면 거부할 수 있지."

"하지만 이론과 현실은 다르다는 것을 잘 알면서, 그걸 왜 묻는 것인가?"

"그, 그냥, 궁금했습니다. 하하하."

"……."

왠지 나를 놀리는 데 진심이신 것 같은데.

나는 속으로 한숨을 삼키며 그들에게 물었다.
"그래서, 저희가 해야 할 일이 무엇입니까?"
"사신들을 구출해야 하네."
"사신이라니요?"
이 시기에 사신을 보낸 곳이 있었나?
권직 대협이 나에게 자초지종을 설명했다.
약 한 달 전, 황제는 운남으로 사신들을 보냈다고 한다.
제국의 변방에 위치하는 지역들은 중앙의 행정력이 잘 미치지 못한다.
게다가 그들은 그 땅의 자연환경에 맞추어 살아온 이들이기에 제국의 잣대에 일률적으로 맞출 수도 없다.
그래서 그 일대의 유력 가문이나 부족장에게 벼슬을 내려 그곳의 관리자로 삼는 형태를 취하곤 한다.
운남에도 일곱 개의 큰 부족들이 각각의 세력을 이루고 있어서 황제는 그 부족장들에게 벼슬을 내렸다.
"이번 사신단은 그 부족 중 하나이자 가장 큰 춘경성 부족에 대한 감찰 및 행정보고를 위한 것이었다네. 그런데 저들이 사신들을 억류하여 인질로 삼고 있다네."
"요구사항이 무엇입니까?"
내 질문에 권직 대협이 난감한 표정으로 대답했다.
"그들만의 독자적인 세력을 인정해 달라는 것이라네."
"네?"
그 말은 그러니까…….

제국의 지배를 벗어나 독립적인 나라를 세운다는 거잖아?

 황제의 입장에서 이것을 허락해 줄 수 있을 리가 없다.

 한 번 전례가 생기면, 다른 지역의 부족들이 같은 것을 요구하며 들고 일어날 테니까.

 춘경성 부족이 이를 모를 리가 없을 텐데?

 그리고 황제라는 자리는 대를 위해 소를 희생하는 것을 택해야 하는 비정한 자리다.

 즉, 이렇게 무리하게 사신들을 구출할 이유가 없다.

 신하를 아껴서 그럴 수도 있다고 하지만, 금의위 대협을 두 명도 아니고 여섯이나 투입해서까지?

 그리고 춘경성 부족이 그들은 인질로 잡은 건 그만한 가치가 있다는 거겠지.

 나는 한숨을 내쉬었다.

 "이제는 말씀해 주시면 좋을 듯합니다."

 "무엇을 말인가?"

 "저희가 구출해야 하는 사신단에 어떤 분이 포함되어 계신 겁니까?"

 내 물음에 금의위 대협들의 눈동자가 커졌다.

 아니, 이 대협들이 진짜!

 내가 그것을 알아차리지 못할 거라고 생각하신 거야?

 권을 대협이 흐뭇한 표정으로 말했다.

 "역시, 이전에도 눈여겨보긴 했지만…… 통찰력이 뛰어나군."

이게 진짜 이유였군 〈287〉

"그래서 어느 분입니까?"

내가 재차 물었고, 권직 대협이 대답했다.

"주현 황자마마시네."

"……."

주현 황자는 황제의 두 번째 부인인 화륜비의 둘째 아들이다.

그리고 내 이전 삶에서 친분이 있던 진승왕의 형이기도 하고.

그리고 보니 이른 나이에 죽었다고 했었지. 그래서 왕으로 책봉받지 못했다고 했다.

진승왕에게 들었던 기억을 떠올리다가 움찔하고 말았다.

어라? 이 근래잖아?

이전 삶에서는 이 작전이 실패했었다는 것이겠지.

그때는 이번 일에 대해 전혀 모르고 있었다.

황제와 접점이 있었던 것도 아니고, 나도 흉년 때문에 정신이 없었을 때니까.

그리고 황자가 변경 부족에 의해 죽은 일이다. 황궁에서도 숨긴 일이라는 거지.

이거…… 정신 바짝 차려야겠군.

주현 황자가 운남성의 춘경성 부족에 의해 목숨을 잃었다면, 이후의 사건들도 이해가 된다.

당시 주현 황자의 형인 성보왕이 앞장서서 춘경성을 싹 밀어 버렸으니까.

너무나도 가혹한 정벌에 뭔가 원한이라도 있나 싶었는데, 진짜 원한이 있던 거다.

하긴 동생을 인질로 삼았다가 죽여 버리다니, 나 같아도 가만두지 않았을 거다.

권직 대협이 내게 당부했다.

"기밀 유지 부탁하네."

"알겠습니다."

"그리고, 잘 부탁하네."

그렇게 나는 소림사에서 북경지부로 가던 중에, 그대로 발길을 돌려 운남성으로 향해야 했다.

이런 제길!

내가 황제한테 뜯어 낼 수 있는 거 다 뜯어내고야 만다! 진짜!

.
.
.

운남성으로 가는 길은 워낙 먼 거리라서 육로만으로 가는 것보다는 수로를 적극적으로 이용해야 그나마 몸이 덜 고생한다.

제남에서 배를 타고 개봉으로 가서, 개봉에서 육로를 통해 아래로 내려가 무한으로 가서 그곳에서 배를 타고 장강을 거슬러 운남까지 가는 길.

주강마들이 배에서 얌전할지 걱정이긴 한데…….

뭐, 금령이가 있으니 경거망동하지는 않겠지.

우선 나는 금령을 통해 북경지부에 서신을 보냈고, 금령은 서향 소저의 서신을 가지고 왔다.
서향 소저도 금령이 내 전령이라는 것을 알고 있으니까.

[이미 알고 있었답니다. 잘 다녀오세요. 그리고 닷새에 한 번씩은 저에게 금령을 보내 주세요. 업무 보고 드리겠습니다.]

업무 보고? 그걸 닷새에 한 번이나 왜…… 아!
서향 소저가 말하는 업무 보고는 단순한 업무 보고가 아니다.
그녀가 본 미래를 내게 알려 주려는 거다.
그간 서향 소저는 내게 한 번도 이런 요청을 하지 않았는데, 이번 임무가 꽤 위험하다는 의미인가?
일단 나중에 서신을 주고받다 보면 알겠지.

우리는 제남에서 배를 탔고 개봉에서 내렸다.
그나저나 개봉이라니…….
이럴 줄 알았으면 좀 천천히 갈 걸 그랬다는 생각이 들었다.
거의 되돌아오는 거나 마찬가지니까.
일단 운남 지역을 생각해 보자.
보이차가 유명한 곳이고, 우리 은해상단도 그곳에 사람

을 두어 납품하고 있지.

그리고 일전에 진호 형이 실종된 곳이기도 하고.

덕분에 은무검과 금령이를 얻을 수 있었지만, 여하튼 그곳에 다시 가게 될 줄이야…….

에휴.

나는 한숨이 나왔다.

그곳이 얼마나 험하고 힘든 곳인지 잘 아니까.

이제 막 구월이 되었다고는 하지만, 그곳은 시월까지 우기다.

무척이나 뜨겁고 습하겠지.

물론 나는 초절정에 이르렀고, 내공도 냉기를 띠고 있으니 더운 것에는 문제가 없다.

문제는 내 호위무사들과 팔갑이지.

나는 고개를 들어 하늘을 보며 말했다.

"조만간 비가 오겠네요."

내 말에 서우 무사가 동의했다.

"그럴 것 같습니다."

우리의 대화에 소운 대협이 의문을 표했다.

"아직 해가 쨍쨍한데 무슨 비가 오나?"

하지만 우리가 설명하기도 전에 권직 대협이 나섰다.

"서우 무사가 표두 출신이라고 했나?"

"네, 그렇습니다."

"날씨나 방향을 읽는 건 표국 출신을 따를 자가 없다 들었네. 그럼 이 근방에서 비를 피해야 한다는 의미인가?"

"비가 쉽게 그칠 것 같지는 않습니다. 비도 피하고 야숙할 곳도 찾아야 합니다."

하지만 서우 무사의 말에 다른 대협들은 반대 의사를 밝혔다.

"하지만 아직 한나절은 더 갈 수 있는데요? 저희가 그리 느릿느릿 갈 수 있는 형편은 아니지 않습니까?"

"맞습니다. 그냥 이대로 가죠."

권직 대협의 표정에서 고민하는 기색이 역력했다.

나는 속으로 한숨을 내쉬었다.

"제가 알기로 금의위 대협들께서는 비가 오든 눈이 오든 상관없이 움직이신다고 알고 있습니다."

"그건 맞네."

"그럼 혹시 운남성에 가 보신 분이 계십니까?"

내 말에 한 대협이 손을 들었다.

일전에 내가 구해 준 대협 중 한 분이다. 이름이 한석이었나?

"나는 가 본 적이 있네."

"실례지만, 몇 월에 가 보셨습니까?"

"가만있자…… 겨울이었던 것 같은데, 일월이었을 거네."

"어디를 가 보셨습니까?"

"중부 쪽이었지."

"……"

나는 황제가 나를 이들과 함께 보내려는 또 다른 이유

를 알 것 같았다.

"에휴……."

나도 모르게 한숨이 나왔고, 내 한숨에 권직 대협의 눈썹이 꿈틀댔다.

"뭔가?"

"운남은 땅이 넓고, 지역별로 날씨가 매우 다릅니다. 예를 들어서 중부는 일 년 내내 온화한 편이죠. 하지만, 춘경성이 있는 귀주의 서쪽은 완전히 다릅니다."

나는 말을 이었다.

"물론 빠르게 가는 것도 좋습니다. 하지만 저희가 가는 곳의 기후를 생각하면 최대한 체력을 보존해야 합니다. 그곳에서는 가만히 있어도 체력이 뚝뚝 떨어지는 곳이니까요."

잠시 고민하던 권직 대협이 내 의견을 받아 주었다.

"자네가 그렇게 말할 정도라면 그게 맞겠지. 그럼 쉬어 가도록 하고, 어서 야숙할 곳을 찾도록 하지."

그러자 다른 대협들도 떨떠름해 하면서도 고개를 끄덕였다.

"저 아래쪽에 물가가 있던데 거기는 어떤가?"

소운 대협의 말에 서우 무사가 고개를 저었다.

"그건 별로 추천하지 않습니다. 비가 올 때의 계곡은 평소의 계곡을 생각하면 안 됩니다. 거의 다섯 배에서 열 배로 물이 불어납니다. 게다가 급류에 휘말린다면 큰일입니다."

"우리는 무공을 익혔고, 혹독한 금의위 선발시험까지 통과한 이들이네. 그깟 급류쯤이야."

그 말에 나는 손으로 커다란 바위를 가리켰다.

"저거, 들어서 옮길 수 있으십니까?"

"지금 장난하나? 저걸 어떻게 들어서 옮기나?"

"급류는 옮깁니다."

"……거, 거짓말……."

"사실입니다."

그걸 모른다니! 금의위 선발시험에서 대체 뭘 시험하는 거야?

내 단호한 말에 권직 대협이 말했다.

"자, 진정하고. 자네들이 한번 자리를 잡아보게."

그 말에 우리는 즉시 움직여 야숙할 곳을 찾았다.

이런 부분에 익숙한 서우 무사가 금세 비를 피할 만한 동굴을 찾았다.

그도 그럴 것이, 개봉에서 무한으로 가는 길은 표국의 이들이 자주 오가는 길이니까.

그리고 서둘러 나뭇가지를 모아 모닥불을 피우고, 그 주변에 둘러앉았다.

불을 피운 지 얼마 되지 않아 엄청난 빗줄기가 쏟아졌다.

쏴아아아아아-!

삽시간에 전혀 달라진 날씨.

요란한 천둥 번개까지 이어지자, 금의위 대협들이 우리

를 보는 눈이 달라졌다.

저, 부담스럽게 왜 그러세요?

그때였다.

딸랑, 딸랑.

그 빗줄기를 뚫고 들리는 소리가 있었다.

그 소리에 모두 긴장한 채 검에 손을 가져갔지만, 나는 태연하게 차를 마셨다.

음, 차 맛있네.

빗소리를 들으며 마시는 차가 참 운치가 있단 말이지.

"이보게, 자네는 이 요령 소리가 들리지 않나?"

"들립니다. 그리고 그리 걱정하실 필요 없습니다. 모산파의 도사님이 객사한 불운한 객들을 인도하는 중이시니까요."

그리고 내가 이리 태연한 이유가 하나 더 있다.

흑도의 기운이 느껴지지 않으니까.

그런데 이런저런 임무를 하다 보면 모산파의 도사들과 마주칠 만한데?

마치 처음인 것처럼 반응하네.

나는 혹시나 싶어 물었다.

"혹시 모산파 도사님이 불운한 객들을 인도하시는 것을 보신 적이 없으십니까?"

내 말에 권직 대협이 대답했다.

"그렇네. 우리가 외부로 파견되는 상황이 그리 많은 것도 아니고, 임무를 받아 나가더라도 최대한 사람을 피해

다니니까."

 아, 그래서였구나.

 사실, 모산파의 도사님들을 만나는 일이 그리 흔한 건 아니지.

 그러니 이에 대해 들어 봤다고는 해도, 막상 마주치면 긴장할 수밖에 없다.

 극비리에 움직인다면 도사님들과 마주칠 일은 더더욱 없겠지.

 "그러시군요."

 "자네는 꽤 익숙한 듯하군."

 "네. 표행을 다니다 보면 몇 년에 한 번씩은 만나게 됩니다."

 "그렇군."

 "그리고 저희는 일부러 사람을 피할 이유도 없으니까요."

 그런데, 난감해질 일이 생겼다.

 모산파의 도사님의 기운이 갑자기 방향을 틀어 우리가 있는 쪽으로 가까워지는 것이다.

 나는 찻잔을 내려놓으며 그들에게 양해를 구했다.

 "그리고 객사한 이들을 이끄는 모산파 도사님을 만나면, 대접하는 것이 일종의 불문율입니다. 그래서 말인데 잠시 모산파 도사님을 대접해도 되겠습니까?"

 내 말에 그들이 난감한 표정을 지었다.

 "음……."

"저도 저희 사정을 알고 있습니다. 하지만 저희가 누군지 말하지 않으면 도사님도 모르실 겁니다."

나는 말을 이었다.

"그리고, 모산파의 도사님을 대접하면 하늘이 복을 내리는 건지 모르겠지만 예상치 못한 행운이 찾아오기도 합니다."

내 설득에 권직 대협이 대표로 승낙했다.

"알겠네. 그렇게 하도록 하지."

딸랑, 딸랑.

요령 소리가 요란하게 들리더니, 곧 그 소리가 그쳤다.

그리고 우리가 머무는 동굴 안으로 수염이 덥수룩한 중년의 남자가 들어왔다.

모산파의 도사다.

"실례합니다. 저는 모산파에 몸담은 해을이라고 합니다. 잠시 이곳에서 비를 피해 가도 되겠습니까?"

"해을 도사님이시군요."

나는 자리에서 일어나 예를 갖추었다.

"앉으시지요. 식사는 하셨습니까?"

"사정이 여의치 않아 하지 못했습니다."

그 말에 나는 팔갑을 보았고, 팔갑이 얼른 자리에서 일어나 움직였다.

"저희도 아직 저녁을 먹지 않았습니다. 함께 드시지요."

"감사합니다."

곧 팔갑이 뜨끈한 탕국을 만들었고, 우리는 한데 둘러앉아 탕국을 먹었다.

말린 전병까지 들어가 있어서 고소하고 맛있었다.

뚝딱 만들어진 음식에 금의위 대협들도 모두 감탄했다.

이에 나도 모르게 어깨가 으쓱해졌다.

역시 팔갑의 솜씨가 참 좋단 말이지.

그렇게 식사를 마치고 차를 마시며 해을 도사에게 물었다.

"도사님께서는 어디서 오시는 길입니까?"

"저는 저 아래쪽에서 오는 길입니다."

"그럼 귀주 쪽에서 오시는 길입니까?"

"그렇습니다. 정확하게 말하면 운남 쪽이겠군요."

잘됐군.

해을 도사의 몸에 묻은 염료의 색은 운남 근처에서만 자라는 풀을 사용해야만 나올 수 있는 색이다.

그렇기에 혹시나 하고 물었는데 역시다.

"그쪽은 지금 사정이 어떻습니까?"

내 물음에 해을 도사는 무겁게 고개를 저었다.

"그리 좋다고 말씀드리기 어렵습니다. 다른 지역은 괜찮은데, 서쪽에 위치한 춘경성 쪽에서 외부인의 출입을 철저하게 경계하고 있습니다."

"이상하군요. 아무리 운남이 외진 곳이라고 하지만, 그래도 제국의 땅인데 외부인의 출입을 막는다는 말입니까?"

"저도 잘은 모릅니다만, 얼마 전부터 춘경성 성주가 보이지 않는다고 하더군요."

"네?"

"그리고 아들이 대신 부족을 다스리기 시작했다고 합니다. 제가 볼 때 이는 춘경성 성주의 뜻이라기보다는 그 아들의 뜻이라고 생각됩니다."

"그럴 수도 있겠군요."

그렇게 우리는 해을 도사로부터 운남의 정보를 얻을 수 있었다.

자세한 정보는 운남성에 도착해서 얻어야겠지만, 미리 정보를 얻어 둘 수 있으면 좋다.

"그런데……."

그는 내 뒤쪽의 금의위 대협들을 보며 말했다.

"지금 제가 이끄는 망자와 저분들의 기운이 비슷하군요."

그 말에 순간 금의위 대협들은 '이게 무슨 개소리야?'라는 듯한 눈빛을 보였다.

자신들은 나름대로 표정 관리를 했지만, 내 눈은 못 속이지.

하지만 이건 그렇게 대수롭지 않게 넘길 이야기가 아니다.

나는 그 말을 듣자마자 심각한 표정으로 되물었다.

"비슷한 기운이라고 하셨습니까?"

"그렇습니다."

해을 도사의 경지는 절정 정도.

게다가 모산파는 강시를 다루는 기술 덕분인지 기감을 느끼는 능력이 뛰어났다.

아마 해을 도사님의 말은 망자의 기운이 황궁무공 특유의 기운이라는 뜻일 터.

"얼마 전, 강에 떠 있던 시신을 건졌습니다. 하지만 그 한과 미련이 얼마나 큰지, 그 고향을 정확하게 알려 주지 않고 있습니다. 황궁으로 가길 간절히 바라고 있어서 가고 있기는 한데, 이게 맞나 싶기도 하고……."

"황궁 말입니까?"

"그렇습니다. 그래서 말인데 실례가 아니라면 혹시 아는 자인지 확인을 부탁드리고 싶습니다."

아…….

모산파 도사님이 방향을 틀어 우리가 있던 동굴로 오신 이유를 알 것 같았다.

애초에 우리가 목적이었다.

그나저나 도사님이 이리 말할 정도면, 확인해 봐야 할 것 같은데?

그런 의미로 권직 대협을 보자, 그는 심각한 표정으로 고개를 끄덕였다.

"물론입니다."

그 역시 확인해 볼 필요성을 느낀 듯했다.

쏴아아아.

여전히 비는 세차게 내리고 있었다.

나는 권직 대협과 한석 대협과 함께 해을 도사의 뒤를 따라 동굴 밖으로 나왔다.

동굴 옆, 바위 아래에 두 구의 강시가 서 있었다.

위에는 바위가 있어 비를 맞지는 않았다.

비에 젖어 있는 파리한 얼굴의 강시들.

저거 팔갑이 봤으면 놀라서 호들갑이란 호들갑은 다 떨었겠지.

그런데 그 강시들을 본 권직 대협의 얼굴이 굳어졌다. 한석 대협도 마찬가지.

"어, 어, 어떻게…… 어떻게……."

그들은 더 말을 잇지 못하고 자리에 털썩 주저앉았다.

"아시는 분들입니까?"

내 물음에 권직 대협이 힘겹게 대답했다.

"내…… 동료들이네."

역시…… 저 강시들의 정체는 금의위 대협들이다.

해을 도사의 감이 정확했군.

권직 대협이 주먹을 꽉 쥐더니, 해을 도사에게 물었다.

"강에서 찾으셨다고 했습니까?"

"그렇습니다."

"자세한…… 자세한 상황을 말씀해 주십시오."

"자상을 입고 강에 버려진 것을 발견했습니다."

자상? 하지만 자상이라고 할 만한 것은 보이지 않는데…….

그런 내 의문을 알아차렸는지 해을 도사님이 추가로 설명했다.

"당시에는 모든 옷이 벗겨져 있었기에 제가 옷을 구해 입혔습니다. 아무리 망자라고 하더라도 발가벗은 채로 고향으로 돌아가고 싶어 하지는 않을 것 아닙니까?"

"감사합니다. 정말, 감사합니다."

"그럼, 이 망자들을 어디로 인도해야 하는지 알려 주시지 않겠습니까?"

그 말에 권직 대협은 머뭇거렸다.

마음 같아서는 곧바로 황궁으로 인도해 달라고 하고 싶겠지. 하지만, 그건 무리다.

시신이 쿵쿵대며 걷는 모습에 놀라 기절할 자들이 한둘이 아닐걸?

그때 나는 좋은 생각을 떠올렸다.

"하북에 세풍객잔이라고 있습니다. 그곳의 객잔주에게 사정을 말하면 망자들을 거둘 것입니다."

내 말에 권직 대협이 깜짝 놀라 나를 돌아보았다.

그곳에 대해 어찌 아느냐는 표정이다.

"아, 진영 대협에게 들었습니다."

"그랬군."

"그런데 망자가 되신 두 대협께서는 임무 중이셨던 겁니까?"

"우리가 가려는 곳에 먼저 투입된 이들이네."

"……"

나는 잠시 고민하다가 권직 대협에게 물었다.

"황실을 위해 애쓰다 전사하신 망자에게 예의가 아닌 듯합니다만, 잠시 그 몸을 살펴봐도 되겠습니까?"

"꼭 그래야 하나?"

"동료를 두 분이나 잃어 애통한 마음이시겠죠. 하지만 지금의 최선은 더 많은 이들을 잃지 않도록 하는 거라고 생각합니다."

"냉정하군."

그 말에 나는 쓴웃음을 지었다.

"복수를 위해서는 냉정해질 필요가 있더군요."

"복수라…… 그래, 그렇지."

권직 대협이 고개를 끄덕였다. 그의 눈에 분노라는 이름이 불꽃이 피어올랐다.

"허락하겠네."

"감사합니다."

내가 그 옷깃을 잡자 한석 대협이 말했다.

"내가…… 돕도록 하지."

권직 대협은 고개를 끄덕였다.

"나는 다른 이들에게 말하고 오도록 하겠네."

"알겠습니다."

권직 대협이 동굴로 돌아가고, 나는 한석 대협과 함께 망자들의 시신을 살피기 시작했다.

우뚝 서 있는 강시의 모습이지만, 그렇다고 강시술을 풀어 달라고는 할 수 없었다.

강시술이 풀리면 그대로 허물어질 테니까.
그렇게 몸을 살피던 나는 뭔가 이상한 것을 발견했다.
이 흔적은 살갗을 베어 낸 흔적인데?
나는 혹시나 싶어 다른 시신도 살펴보았다.
그 시신 역시 마찬가지로 베어 낸 흔적이 있었다.
위치는 달랐지만, 그 크기는 비슷했다.
설마?
나는 한석 대협에게 물었다.
"대협. 혹시 대협도 몸에 문신이 있습니까?"
"문신? 무슨 문신을 말하는 것인가?"
나는 슬쩍 해을 도사님을 일별하며 전음을 보냈다.
- 금의위라는 신분을 표시하는 문신 말입니다.
"……!"
커지는 눈동자.
그것만 봐도 대답은 이미 들은 거나 다름없다.

.

.

.

언제 그렇게 억수로 비가 왔느냐는 듯이, 비가 그쳤다.
하늘에는 별이 총총 떠 있었다.
"이제 비도 그쳤으니, 그만 가 보겠습니다."
모산파 도사들은 어둠 속에서 주로 움직이니만큼, 아직 날이 밝지 않았으니 이제 이동하려는 것이다.
나는 품에서 주머니를 꺼내어 내밀었다.

"얼마 되지 않지만, 망자가 고향에 가는 길에 도움이 되었으면 합니다."

"감사합니다."

권직 대협도 그에게 돈주머니를 건넸다.

다른 금의위 대협들과 같이 돈을 조금씩 모은 것이다.

"부디, 저희의 동료를 잘 부탁드립니다."

"제 소명을 다하겠습니다."

해을 도사가 그리 말했고, 요령을 흔들기 시작했다.

딸랑. 딸랑.

넋두리 같기도 한 축문을 외며 해을 도사가 이동했고, 두 금의위 대협의 강시가 그를 따라 이동했다.

모산파의 주술은, 그 강시가 가족들의 품으로 돌아가게 한다.

솔직히 어떤 원리인지는 모른다. 내가 그걸 알면 모산파 도사를 하겠지.

저 금의위 망자들도 가족이 있을 테고. 그 가족이 있는 곳으로 향해야 마땅했다.

하지만 그들은 가족이 아닌, 황궁으로 향했다고 했다.

그만큼 황궁으로 가기를 간절히 바랐다는 거다.

그, 이유가 황제에 대한 충성 때문인지 금의위 동료들에 대한 마음 때문인지는 알 수 없다.

그러나 분명한 건 그만큼 금의위라는 자신의 직위에 진심이었다는 것이다.

그렇게 한바탕 소나기 같았던 시간이 지나고, 우리가 머무는 동굴에는 비통함과 분노가 가득 찼다.

나는 모닥불 앞에 앉으며 말했다.

"대협, 제 생각에는 저 두 망자께서 황궁으로 향하고 싶어 한 것에 이유가 있을 듯합니다. 다른 동료들에게 경계하라는 말을 전하고 싶었던 것이 아닐까 합니다."

"경계하라니? 그게 무슨 의미인가?"

권직 대협의 말에 나는 말을 이었다.

"두 망자의 몸에 있던 문신이 있는 부분이 베어져 있었습니다."

한석 대협이 내 말을 받았다.

"그건 금의위라는 신분을 나타내는 표식입니다. 그러나 그걸 일반인들은 알지 못합니다."

나는 고개를 끄덕였다.

"또한, 치명상이 된 상처를 보면 정면에서 찔린 상처입니다. 금의위 대협들이 반응하지도 못하고 즉사한 겁니다. 이게 무엇을 의미하는 것일까요?"

"상대방을 믿고 있었군. 그리고 그 상대방은 일부러 그들이 금의위라는 표식을 지운 채 강에 버렸고."

"그럼 그 문신은 왜 지웠을까요?"

"……그건 모르겠군."

권직 대협이 고개를 저었는데, 옆의 다른 대협이 입을 열었다.

이번에 처음 만난 대협 중 한 명이다.

이름이 청악이라고 했지.

"제 생각에는 그 시신이 금의위라는 것을 다른 이들이 알게 되면 곤란해지기 때문일 것 같습니다."

청악 대협이 추론을 이어 갔다.

"제가 볼 때 이는 저들을 죽인 범인이 본인의 정체를 숨기기 위해서라고 봅니다. 죽은 자의 시신이 금의위라는 것이 밝혀지지 않는다면, 그 죽은 자가 어느 임무에 투입되었던 자인지도 알 수 없지 않습니까?"

"그렇긴 하지."

권직 대협이 고개를 주억였다.

"하지만 의문은 여전히 남아 있네. 그런 이유라면 그냥 시신을 태우는 게 편할 텐데, 어째서 문신을 지우고 강에 던졌는지."

그 의문을 풀어 준 자는 서우 무사였다.

"아마 날씨 때문일 겁니다. 이 시기에 그 지역은 극도로 습하고 비가 많이 내립니다. 그곳의 기후에 익숙하지 않으면 시신을 태우기 어렵습니다."

"그렇군."

권직 대협이 정리했다.

"즉, 우리는 아군을 경계해야 한다는 의미군."

그 말에 한석 대협이 입술을 깨물었다.

아무래도 이전의 일을 떠올리시는 것 같았다.

당시 아군이라 생각했던 동창 청관이라는 자 때문에 죽을 뻔했으니까.

이게 진짜 이유였군 〈307〉

나는 속으로 쓴웃음을 삼켰다.

나 역시 이전 삶에서 아군이라 생각했던 자에게 호되게 당한 적이 있으니까.

하지만 여전히 꺼림칙한 느낌이 있었다.

문신을 지운 그 상처가 의미하는 것이 그것만이 아닐 것 같은데…….

그때 내 소매에서 볼록한 느낌이 느껴졌다.

나는 잠시 볼일을 보고 오겠다고 말하고는 동굴을 나와서 금령이를 꺼냈다.

그 꼬리에는 서신이 매여 있었다.

서향 소저에게서 답장을 받아 온 것이다.

나는 서신을 펼쳐 보았다.

응?

나는 서향 소저의 서신에 적힌 내용에 당황했다.

[그의 신발을 살피세요]

신발을 살피라니?

이게 무슨 의미일까? 하지만 아무리 살펴봐도 그것 외에 다른 내용은 없었다.

서향 소저가 보는 미래는 단편적이기에 그 내용도 단편적일 수밖에 없다.

하지만 그 내용은 항상 중요한 실마리가 되곤 했다.

나는 그 내용을 기억하고는 서신을 삼매진화로 태웠다.

누군가 본다면 곤란하니까.
나는 동굴로 돌아와 자리에 앉았다.
"은 소단주."
"네."
권직 대협이 나를 부르더니 정중히 포권했다.
"자네 덕분에 우리는 동료의 죽음을 확인하고 애도할 수 있었네. 감사하네."
"아, 아닙니다! 제가 뭘 했다고……."
"자네가 모산파 도사를 대접하자고 하지 않았다면, 우리는 동료들을 내버려 두는 의리 없는 자가 되었겠지."
"……."
"감숙성에서도 그렇고 선협미랑이라는 명호가 역시 아깝지 않아."
순간 훅 들어온 그 말에 나는 사레가 들렸다.
"쿨럭!"
"저런, 괜찮은가?"
"아, 네, 괜찮습니다."
여기서 저 명호를 들을 줄이야.

다음 날, 아침.
우리는 자리를 정리하고 다시 길을 떠났다.
그렇게 열심히 말을 달리기를 며칠.
마침내 무한에 도착했다.
아…….

집이 지척인데, 갈 수가 없네.

이곳 무한에서 은해상단 본단이 있는 숭양현까지는 그리 멀지 않다.

주강마를 타고 달리면, 정말 금방이다.

가족들 얼굴도 보고 싶고, 상단 식구들도 보고 싶고……

그리고 보니 서우 무사와 여응암 무사도 가족이 보고 싶겠구나.

하지만 그럴 시간이 없다.

우리야 언제든 시간을 내면 가족을 볼 수 있지만, 지금 인질로 잡힌 이들은 언제 죽을지 모르니까.

그러니 서둘러 구해 내야 했다.

본단에 가는 건 다음을 기약해야지.

문득 황제가 자신의 아들을 구출하는 일에 나를 보낸 건, 그만큼 나를 믿기 때문일 거라는 생각이 들었다.

솔직히 나는 아버지가 아니고, 또 이전 삶에서도 아버지가 아니었기에 아버지의 마음은 모른다.

그러나 황제도 아버지라는 건 안다.

아들을 잃는다면, 얼마나 슬퍼할지도.

이전 삶에서 성보왕이 춘경성 성주를 생포해 왔을 때 무척이나 잔혹하고도 고통스러운 죽음을 명한 후 매일매일 그가 죽어 가는 모습을 직접 봤다고 한다.

그만큼 그 마음이 고통스러우셨다는 거겠지.

지금 황제는 어떤 마음이실까?

가시방석에 앉은 기분으로 하루하루를 마음 졸이며 보

내고 계시겠지.

비단 황제만 그러할까?

지금 춘경성에 억류당해 있는 이들 모두 누군가의 가족이다.

그래, 반드시 모두 구해 내야지.

물론 함께 가는 이들 중에서도 다치거나 죽는 이가 없어야겠고.

객잔에서 잠시 앉아 있을 때, 배를 구하러 갔던 대협들이 돌아왔다.

"배를 구하는 게 쉽지 않습니다."

"지금 운남으로 가는 배가 없다고 합니다."

"역시, 육지로 가야 하나?"

응? 뭐라고? 육지로?

그건 안 된다.

운남까지 육지로 가는 건 진짜 힘들다고.

"제가 한 번 구해 보죠."

나는 즉시 자리에서 일어났다. 왜 운남으로 가는 배를 구할 수 없다고 했는지는 뻔하다.

금의위 특유의 고압적인 태도로 배를 구했을 테니, 나서는 이들이 있을 리가 없지.

운남까지 가는 뱃길은 급류 때문에 제법 험하다.

그런 상황에서 그들의 지시를 제대로 듣지 않고 사고가 나면 선주들이 덤터기를 쓸 텐데.

이게 진짜 이유였군 〈311〉

갈 예정이 있어도 안 간다고 할 거다.

나는 뱃사공들을 살피다가 한 무리의 사공들 쪽으로 다가갔다.

"수고 많으십니다. 운남까지 가는 배를 전세 내려고 합니다만."

"운남 말씀이십니까?"

"어? 그런데 왠지 많이 뵈었던 듯한……."

"아! 소단주님?"

"은서호 소단주님이시다!"

"선협미랑? 그 선협미랑이시라고?"

"……."

아니, 뱃사공들까지 내 얼굴을 알아본다고?

이곳이 호북이긴 하지만 그래도 은해상단과 거리가 좀 있는데?

나는 당황스러워서 팔갑에게 속삭이며 물었다.

"팔갑아, 나 그렇게 유명했어?"

"모르셨습니까요? 도련님께서는 호북의 영웅이십니다요. 당연히 뱃사공들도 도련님을 잘 알고 있습니다요."

"……."

어쨌든 배는 구했다.

내가 운남으로 간다는 소문이 나긴 하겠지만, 상관은 없다.

계획이 있으니까.

내가 배를 구해 오자, 금의위 대협들은 놀란 눈으로 되물었다.

"진짜인가?"

"이렇게 빨리?"

"어떻게?"

나는 웃으며 대답했다.

"상인으로서의 영업 비밀입니다."

'제가 선협미랑으로 제법 유명해서요. 그냥 알아서 배를 빌려주겠다고 하시던데요?' 할 순 없잖아.

다음 날.

우리는 운남으로 향하는 배에 올랐다.

나는 주강마를 끌어 배에 오르며 주강마에게 말했다.

"배에서 답답하겠지만, 얌전히 있어. 배에서 날뛰면 혼나!"

"히힝!"

불만스러운 주강마의 울음소리.

할 수 없군.

"금령이한테 혼날래?"

"푸, 프릉……."

내 속삭임에 주강마는 얼른 고개를 푹 숙였다. 금령이가 무섭기는 엄청 무섭나 보네.

나에게는 그냥 귀엽고 기특한 녀석인데 말이지.

키우는 데 돈은 좀 들지만.

이게 진짜 이유였군 〈313〉

그렇게 우리 일행은 모두 배에 올라탔다.

금의위 여섯 명에 나와 팔갑, 호위무사 여섯까지 합쳐서 우리 일행만 열네 명.

게다가 각자 말까지 한 필씩 있으니 배 한 척이 꽉 찼다.

하여 배 하나를 전세 낸 것이다.

"출항하겠습니다!"

"출항!"

"출항!"

선원들이 분주히 움직이며 출항을 준비했고, 곧 배가 움직이기 시작했다.

"운남까지는 아무리 빨리 가도 닷새가 넘게 걸립니다."

서우 무사의 말에 권직 대협이 고개를 끄덕였다.

"그래도 육로보다는 훨씬 빠르군."

"그렇습니다. 그리고 운남에서 무슨 일이 있을지 모르니 충분히 휴식을 취하셔야 합니다."

"알겠네."

"그리고 곰곰이 생각해 봤습니다. 생을 달리하신 두 분께서는 아군에 의해 당하셨죠."

정확히 말하면 믿을 수밖에 없는, 면식이 있는 아군이다.

"그러니 배에서 내리면서부터 신분을 철저하게 숨기셔야 할 듯합니다."

"일리가 있군."

"그럼, 낭인 정도로 하면 되나?"

청악 대협의 말에 나는 고개를 저었다.

"그것도 방법이긴 합니다만, 제가 봤을 때 그건 무리입니다."

"우리도 낭인 연기를 제법 잘 할 수 있다네."

"그럼 해 보시죠."

내 요구에 청악 대협이 낭인 연기를 했다.

검을 어깨에 멘 채 건들거리며 시답잖은 말을 했지만.

"후……."

내 한숨에 그는 얼굴을 붉혔다.

"그, 그렇게 별로인가?"

"네."

"그럼 내가 해 보지!"

그렇게 권직 대협을 제외한 다섯 명의 금의위 대협들이 각자 낭인 연기를 해 보였다.

그러나 내가 볼 때 영 아니었다.

"에휴."

내 한숨에 소운 대협이 물었다.

"대체 뭐가 문제인가?"

"군부 특유의 절제된 분위기나 어조가 남아 있는데, 그게 먹히겠습니까? 아무도 안 믿을 겁니다. 탈주한 병사로 신고당할 수도 있습니다."

내 대답이 너무 신랄했나?

그들은 얼굴을 붉히며 헛기침을 했다.

"험, 험험……."
그리고 한 대협이 불만 어린 목소리로 말했다.
"그럼, 시범을 보여 주든지."
그 말에 나는 고개를 돌려 여응암 무사를 불렀다.
"여응암 무사님."
"네."
"낭인 연기 좀 보여 주시죠."
"알겠습니다."
그 순간, 여응암 무사의 분위기가 확 바뀌었다. 방금까지는 각이 잡힌 호위무사였지만 지금은…….
"그래서, 돈은 얼마나 줄 겁니까? 이거 목숨 걸고 하는 일인데, 돈이라도 좀 많이 줘야 될 거 아닙니까?"
팔짱을 낀 채 건들건들 말하지만, 그 눈빛부터가 달라졌다.
탐욕 가득한, 돈을 위해서라면 무엇이든 할 수 있을 것 같은 눈빛이라고 해야 하나?
그러면서도 산전수전 다 겪은 냉혹한 모습도 보이는 듯했다.
순식간에 달라진 모습에 금의위 대협들은 말을 잇지 못하였다.
"……이 정도면 되겠습니까? 주군."
"네. 수고하셨습니다."
사실, 여응암 무사는 내가 하고 싶은 말을 이 기회를 빌려서 대신 해 준 거다.

방금 한 대사가, 내 속마음이었거든.

그런데 그걸 어떻게 알고.

뭐, 속은 시원하네.

나는 금의위 대협들에게 말했다.

"낭인 중에는 정당한 일을 하는 백낭인도 있지만, 기본적으로 백낭인이나 흑낭인이나 모두 돈을 위해 자신의 무공을 파는 이들입니다."

나는 말을 이었다.

"그러니 그 눈빛에 돈에 대한 탐욕과 갈망이 담겨 있어야 하지만, 제가 본 여러분들은 아닙니다."

그럴 수밖에 없는 게, 금의위는 제국에서도 손꼽히는 조직 중 하나다.

명예와 자존심으로 똘똘 뭉친 그들이 돈에 대한 탐욕과 갈망을 알까?

"눈빛이 너무 올곧으십니다. 그만큼 황제 폐하에 대한 충심으로 가득 찬 거겠죠. 눈은 마음의 창문이라고 하지 않았습니까?"

내 말에 그들은 흡족한 표정으로 고개를 끄덕였다.

내가 저들에 대한 칭찬으로 마무리 한 건 훗날을 위해서다.

내가 본 금의위들은 기본적으로 자존심이 세다.

그런 자존심을 구겨 봤자, 나만 손해다.

그리고 원래 미친 개는 피하라고 했다. 그러니 저들을 달래 주는 거다.

그래야 내게 호의를 가지고, 나중에 도움을 받을 거 아닌가?

 지금 우리는 황제의 아들을 구하러 가는 중이다. 그리고 이런 일에 황제가 아무나 보냈을 리가 없다.

 금의위 중에서도 황제가 신임하는 이들이라는 의미.

 그런 만큼 이들과 인맥을 잘 다져 놓는다면, 향후 나나 우리 은해상단에 도움이 될 거 아닌가?

 "후우, 그럼 어찌해야 하는가?"

 "어떤 방법으로 신분을 속여야 한다는 건가?"

 나는 자신감 넘치는 얼굴로 말했다.

 "황제 폐하께서는 이를 위해서 저를 함께 보내신 듯합니다."

 "응?"

 "잊으셨습니까? 제 신분이 무엇입니까?"

 "아! 그러고 보니 자네는 은해상단의 소단주지!"

 "맞습니다."

 나는 고개를 끄덕였다.

 "제 휘하의 호위무사들이라고 하면 됩니다. 그러면 군부의 물이 빠지지 않은 모습이라고 해도, 눈빛이 올곧으셔도 괜찮습니다."

 "음, 확실히."

 "하지만 너무 많은 호위무사들을 데리고 다닌다는 의심을 받을 수도 있지 않나?"

 "열두 명이 많나요?"

"많은 것 아닌가?"

"아닙니다. 작은 상단이라면 몇 명의 호위만 데리고 다닐 수도 있지만, 큰 상단이라면 수십 명의 호위를 데리고 다니는 경우도 많습니다."

"그, 그렇게나 많이?"

곧 그들의 눈에 의심이 깃들기 시작했다.

"아무리 큰 상단이라고 해도 너무 많은 거 아닌가?"

"이거 의도가 의심스럽군."

에휴, 이 대협들이 진짜!

"어느 정도 자위를 위한 병력은 나라에서도 인정한 것으로 압니다."

"그건 그렇지. 하지만 그렇게까지 많은 호위가 필요한가?"

"맞네. 각 군현마다 병사들이 배치되어 있는데 말이지."

역시, 맑은 윗공기만 마시고 사셔서 그런지 아랫공기가 어떤지 잘 모르시는구나.

내 호위들은 한심하다는 기색을 애써 숨기고 있었다.

나는 미소 지으며 말했다.

"대협. 혹시 사후약방문이라고 아십니까?"

"그걸 묻는 의도가 뭔가?"

"재산을 잃거나 죽기 전에 방비를 해야지, 재산을 잃거나 죽은 후에 현청에 고하면 뭐합니까? 잃은 재산은 물론, 죽은 사람도 돌아오지 않는데."

"……."

"그리고 아시나 모르겠는데…… 대부분의 관리들은 저희 상인들이 공맹의 도리를 저버리고 돈만 밝히는 천한 족속이라며 상대하지 않으십니다. 알아서 하라고 하실 뿐이죠."

내 말에 그들은 움찔했다.

그들도 아는 거다. 내 말이 사실이라는 것을.

황제가 나를 총애하고, 진영 대협을 비롯한 금의위 분들이 내게 호의를 가지고 있기에 이렇게 어울릴 수 있는 거다.

그게 아니라면 내가 이렇게 대면하여 대화조차 나눌 수 있었을까?

왠지 서글퍼지네. 젠장.

"저희 상인들이 왜 그렇게 호위대를 많이 거느리냐고요? 제국은 상인들을 지켜 주지 않기 때문입니다. 그러니 어쩌겠습니까? 그렇게라도 자구책을 마련해야 하지 않겠습니까?"

나는 웃으며 말을 이었다.

"그러니 괜히 오해하지 않으셨으면 합니다. 그리고 고작 수십 명의 병력으로 뭔 일을 하겠습니까?"

"음, 하긴 그렇지."

"그건 그렇지."

내 말에 그들은 고개를 끄덕였다.

후, 빡세네.

내가 황제에게 다 뜯어 낼 거야! 진짜!

"아무튼, 다시 돌아와서 호위 열두 명을 거느린다고 해도 그 누구도 과하다고 생각하지 않을 겁니다. 게다가 지금 운남의 정세가 그리 좋지 않다고 하지 않았습니까? 그런 만큼 더더욱 제 호위대로 신분을 속이시는 것이 좋다고 봅니다."

내 제안에 권직 대협이 고개를 끄덕였다.

"나도 그게 좋다고 보네."

이에 소운 대협이 말했다.

"그럼 호칭은 어찌합니까? 저희의 주군은 단 한 분입니다만."

그렇겠지. 금의위는 황제의 친위대인 만큼 주군은 황제 단 한 명뿐이다.

"그냥 소단주님이라고 부르면 됩니다만."

"아……."

"그, 그렇군……."

쯧쯧, 쓸데없는 것을 너무 심각하게 고민했나 보네.

운남으로 향하는 동안 우리는 나름대로 준비를 했다. 우선 호위무사는 어떻게 행동해야 하는지에 대해 서우 무사가 그들을 가르쳤다.

그리고 운남에 도착한 후의 계획도 대략적으로 완성했다.

상황은 수시로 변할 수 있는 만큼, 세세한 계획은 무용하니까.

그렇게 배 위에서의 시간은 평소와 달리 바쁘게 지나갔

고 어느새 운남에 도착했다.

"도착했습니다!"

"수고 많으셨습니다."

"허허, 아닙니다."

벌써 운남의 습한 기운이 훅하고 다가왔다.

그럼 이제 본격적인 작전 시작이다.

"주군, 어디로 갈까요?"

"우선, 저희 은해상단의 지부로 가 보도록 하죠."

운남성의 성도인 곤명에 우리 은해상단의 지부가 있으니까.

.

.

.

우리는 을림 객잔에 도착했다.

보통 이곳은 배에서 내려서 두 번째나 세 번째쯤에 묵는 객잔이다.

하지만 우리에겐 이곳이 첫 번째 객잔이다.

그 말은 즉, 엄청나게 빠른 속도로 달려 이곳까지 왔다는 거다.

최대한 적은 객잔에 머물며, 우리에 대한 정보를 최소한으로 하기 위함이다.

그리고 이 을림 객잔은 내 추천이다.

"어서 오십시오! 아! 은서호 소단주님?"

"오랜만입니다."

을림 객잔의 객잔주는 내 얼굴을 알아봤다.

오 년 전에 방문한 것이긴 하지만, 실종된 진호 형을 찾기 위해 왔던 것이니까.

당시의 사건이 보통 인상 깊었던 게 아닐 테지.

"이 먼 곳까지 어쩐 일이십니까?"

그리고 내 일행을 슥 살피더니 고개를 갸웃했다.

"상행을 오신 것 같지는 않고……."

"아, 잠시 이곳에 있는 지부에 들릴 일이 있어서 왔습니다."

"그러시군요."

"자세한 건 상단의 사정이 있어 말씀드리지 못합니다. 송구합니다."

"아닙니다! 제 호기심이 지나쳤습니다."

"그럼, 오리 죽 좀 부탁드립니다."

"아이고, 시장하시겠군요! 알겠습니다. 바로 준비해 드리겠습니다. 하루만 묵으실 예정입니까?"

"네. 내일 바로 출발할 예정입니다."

우리는 점소이들에게 말을 맡기고, 객잔 안으로 들어갔다.

객잔은 제법 컸다.

아마 이 근방에서 제일 클 걸?

그리고 이곳의 별미는 오리 죽이다.

식탁에 앉아 있을 때 한석 대협이 작은 목소리로 물었다.

"이곳, 믿을 만한 곳인가?"

아까 객잔주가 너무 입이 가벼운 듯한 모습을 보여서 걱정하시는 거군.

나는 부드럽게 웃으며 말했다.

"걱정하지 않으셔도 됩니다."

정말 걱정하지 않아도 된다. 객잔주가 저렇게 가벼워 보이지만, 절대 가벼운 사람이 아니니까.

그저 나라는 사람이 상행으로 온 건 아닌 것 같으니 호기심 때문에 물은 것뿐, 소문을 내고 싶어서 묻는 게 아니다.

그걸 어찌 아냐고?

객잔주 본인이 소문에 질려서 이곳에 객잔을 차린 사람이거든.

곧 오리 죽이 나왔고, 우리는 맛있게 먹기 시작했다.

"오! 이거 맛있군!"

"오오!"

곧 금의위 대협들은 오리 죽의 맛에 푹 빠졌고, 허겁지겁 오리 죽을 먹기 시작했다.

하긴, 그동안 먹은 것이라곤 건량뿐이었으니까.

다음 날.

우리는 아침 일찍 을림 객잔을 나섰다.

그렇게 가다 보니 진호 형이 실종되었던 숲이 보였다.

당시 은무검의 거부 반응으로 인해 생긴 무출무산이 형

성되었던 곳.

이렇게 이곳을 다시금 지나가니, 감회가 새로웠다.

하지만 감상에 빠져 있을 틈이 없다.

우리는 부지런히 말을 몰았고, 곧 성도에 도착했다.

이곳 운남의 날씨는 예측하기 어렵기로 유명하다.

그래도 성도인 곤명은 사시사철 따뜻한 봄 날씨를 유지하는 편.

그래서 이곳에 사람들이 많이 모여 살게 되고, 이곳이 성도가 된 거겠지.

유일한 흠이라면 지대가 높다는 것.

"그런데, 도련님."

"왜?"

"지금 지부가 어디 있는지 알고 찾아가시는 것 맞습니까?"

"당연하지."

"제가 알기로는 와 보신 적이 없는데, 어떻게 길을 아시는 겁니까?"

아…… 그러고 보니 이번 삶에서는 이곳 운남의 지부에 와 본 적이 없다.

그러니 모르는 게 당연하지만…….

"전에 성 행수에게 설명을 들었어. 자세히 잘 알려 주더라고."

"설명만으로 길을 찾는 건 힘들지 않습니까?"

"나는 머리가 좋으니까?"

"……."
팔갑은 대답을 하지 않았고, 그냥 나를 바라볼 뿐이다.
그 시선 뭐냐?
지금 나도 민망하다고.

아무튼, 우리는 은해상단의 운남 지부에 도착했다.
"어? 소단주님 아니십니까?"
운남 지부의 문지기가 깜짝 놀라 그리 외쳤다. 그 역시 은풍대 소속.
그리고 은풍대는 원칙적으로 순환 근무를 한다.
그래서 그가 나를 알아보는 것이지.
사실 운남 지부는 그리 큰 곳이 아니었다.
행수와 직원 몇 명이 머무르며 차를 납품하는 소규모 상점 정도의 역할을 했었지.
하지만 우리 은해상단이 급성장하며 보이차의 납품량도 덩달아 증가하는 바람에 몇 년 전에 정식으로 지부를 세웠다.
이전의 삶에서보다 훨씬 빠르다.
물론 그래 봤자 사천지부의 반 정도의 크기에 불과하지만, 그래도 지부는 지부다.
문지기는 얼른 종을 울려, 안에 소식을 전하고 나에게 다가와 포권했다.
"은풍대 소속 기숙이 소단주님을 뵙습니다."
"환대해 주어서 반갑습니다. 기 무사님."

그는 고개를 들어 내 뒤의 호위무사들을 보았다. 그리고 빙긋 웃는 것을 보니, 은풍대 소속이었던 호위무사들과 친분이 있는 듯했다.

그때 안에서 낯익은 남자가 달려 나왔다.

"이곳까지 어인 일이십니까?"

"너무 갑작스럽게 방문해서 미안합니다."

성준백 행수, 아니 지부장.

이전에 진호 형이 실종되었을 때는 행수의 직위였지만, 이곳이 지부로 승격하면서 지부장이 되었다.

"아닙니다. 어서 들어오십시오."

그렇게 우리는 환대를 받으며 은해상단 운남지부로 들어갔다.

"미처 머물 곳이 준비되지 않아서, 준비하는 데 시간이 좀 걸릴 듯합니다. 죄송합니다."

그의 말에 나는 손을 저었다.

"그렇게 말씀하시면 제가 더 미안합니다. 애초에 연락도 없이 온 제 잘못입니다."

나는 말을 이었다.

"바쁘지 않으시면, 잠시 이야기를 나누어도 되겠습니까?"

"물론입니다."

우리는 접빈실로 향했고, 차를 대접받았다.

운남성은 좋은 품질의 보이차를 생산하는 산지다.

보이차는 발효차인데, 이렇게 적당하게 발효할 수 있는

건 이쪽 지역이 일 년 내내 혹독한 더위와 혹독한 추위가 없고 습기가 많은 지역이기 때문이다.

음, 맛있네.

"상단주님께서는 건강하십니까?"

그 물음에 나는 찻잔을 내려놓으며 대답했다.

"네, 아버지께서는 아주 건강하십니다. 그리고 본단 역시 평온합니다."

"다행입니다."

"그리고 성 지부장님의 노고에 언제나 고마워하고 있습니다."

나는 말을 이었다.

"이 변방에 머무시며 상단을 위해 질 좋은 차를 납품하느라 고생하시는 그 노고를 잊지 않고 있습니다."

"그렇게 말씀해 주시니, 몸둘 바를 모르겠습니다."

그럼 이제 슬슬 본론이다.

"제가 이번에 이렇게 갑자기 온 것은 춘경성으로 급히 가야 할 일이 생겨서입니다."

내 말에 성준백 지부장이 난색을 표했다.

"이런…… 쉽지 않을 것 같습니다. 요즘 춘경성에서 외부인을 철저하게 통제하고 있습니다."

"갑자기 말입니까?"

"예. 약 한 달 전 정도부터 갑자기 춘경성의 분위기가 급변하며 그런 조치가 내려졌습니다. 하여 연유를 알아보니, 자객들이 제국의 사신들을 살해하려 했다더군요.

하여 춘경성에서 사신들을 보호하기 위해 내린 조치라고 합니다."

응?

그게 무슨 소리야?

금의위 대협 일행을 일별하니, 그들 역시 어리둥절한 표정이었다.

운남 지부의 지부장이 거짓말을 할 이유는 없으니, 답은 하나뿐이다.

그들이 그렇게 대외적으로 공표한 것이다.

당연히 내 이전 삶을 생각해 봐도 새빨간 거짓말이다.

하지만 성준백 지부장의 말은 끝나지 않았다.

"하지만 저는 그 소식에 의구심을 품고 있습니다. 제가 봤을 때는 사신을 보호하기 위해서는 아닌 듯합니다."

"어찌하여 그리 생각하십니까?"

"춘경성주는 제국의 사신을 죽이기 위해 살수를 고용하면 했지, 살수에게서 사신을 보호할 이유가 없으니까요."

그는 말을 이었다.

"사신들이 이곳에 올 때마다 패악을 부리고, 선물이라는 명목으로 엄청난 양의 재물을 거뒀으니 말입니다."

"네?"

생각지도 못한 이유다.

"사신들이 패악을 부리다니요? 그리고 선물을 거둬요?"

"그 패악은 제가 봐도 진짜 저래도 되나 싶을 정도였습니다."

성준백 지부장의 설명에 나는 헛웃음이 나올 수밖에 없었다.

그간 제국의 사신이 오면 그 사신의 비위를 맞추기 위해 춘경성은 눈물겨운 노력을 했다고 한다.

매끼 진수성찬을 차리는 것은 물론이며, 마음에 드는 아녀자가 있으면 겁탈하는 것도 눈감아 줬다는 것.

심지어 길을 막았다는 이유로 백성의 손목까지 잘랐음에도 항의하지 않았다고.

와…… 이건 사람의 탈을 쓴 짐승이네.

"그리고 얼마 전에는, 사신으로 온 자가 춘경성주의 딸을 강제로 겁탈하는 일도 있었습니다."

"네?"

"차라리 그녀를 부인으로 삼아 달라고 요청했지만, 사신은 이를 거절했습니다. 결국 그녀가 자진했지만, 저들은 그 일에 대해 일언반구 사과도 하지 않았다고 합니다."

"와……."

"욕 나오시죠?"

"네. 욕 나오네요. 그것도 심한 욕이요."

"그것뿐만이 아닙니다. 올 때마다 수레 가득히 재물을 싣고 가니, 그 수탈로 인해 얼마나 힘들겠습니까?"

"……."

나는 잠시 생각하다가 물었다.

"왜 황실에 항의하지 않았을까요? 이에 대해 항의하면 황제 폐하께서 그들을 가만두지 않으셨을 텐데 말입니다."

"협박이라도 받은 것 아니겠습니까? 그 일에 대해 항의한다면, 나는 당신들을 반역도로 몰겠다. 그럼 이 춘경성이 사라지는 것은 일도 아니다. 이런 식으로요."

그럴 가능성은 충분히 있다.

하지만 그러려면 전제 조건이 하나 있다.

나는 권직 대협에게 물었다.

"혹시, 춘경성으로 가는 사신은 가던 사람이 계속 갑니까?"

내 물음에 그는 고개를 끄덕였다.

"워낙 외진 곳이라 다른 자를 보내면, 얼굴을 알아보지 못해 일을 제대로 처리할 수 없다고 주청하여 그리된 것으로 알고 있습니다. 소단주님."

내 호위대 역할을 하기로 했기에, 권직 대협은 나에게 존댓말을 사용했다.

그때 성준백 지부장이 조용히 물었다.

"저, 그런데 저분들은?"

"제 호위대 소속입니다."

"네?"

"그렇게 알고 계시면 됩니다."

내 말에 성준백 지부장은 바로 고개를 끄덕였다.

그 역시 내가 인정할 만한 사람답게 눈치가 빠르다.

이게 진짜 이유였군 〈331〉

"그리 알고 있겠습니다."
"그렇다면 그런 만행이 벌어지는 곳이 춘경성뿐입니까?"
"아닙니다. 다른 부족도 마찬가지입니다. 다만 이곳 곤명은 사람이 많고, 외부 사람들이 많아서 그런지 좀 덜하죠."

확실히…… 다른 지역과의 교류가 적은, 폐쇄적인 지역이니 그런 게 먹히는 거겠지.

그나저나 황제가 벼슬을 내린 자들을, 황궁의 사신들이 핍박하고 있었다니!

성준백 지부장의 말이 이어졌다.

"아무튼, 그런 일이 있기에 춘경성에서 사신들을 보호하기 위해 외부인을 배제하는 조치를 취했다는 말에 신뢰성이 없다는 겁니다."

.
.
.

우리가 대화를 나누는 사이, 처소가 준비되었다.

나는 처소를 안내받아 짐을 풀고는 다시 정원으로 나왔다.

사시사철 봄인 곳이라 그런지, 정원에는 꽃이 만발하고 있었다.

그때 그곳으로 권직 대협이 걸어오셨다.

뭔가 생각이 많은 얼굴.

그럴 수밖에. 방금 성준백 지부장에게 들은 이야기는

나로서도 충격적이었으니까.

"생각이 많아 보이십니다."

"아. 자네도 이곳에 있었군."

"네. 바람을 좀 쐬고 싶어서요."

"나 역시 그렇다네."

그가 말을 이었다.

"아까 성 지부장에게 들은 이야기, 솔직히 믿기 어렵다네. 하지만…… 조금만 조사해 봐도 진실이 밝혀질 거짓을 말하지는 않았겠지."

"성 지부장은 믿을 만한 사람입니다."

"그래, 그런 듯해서 더…… 심란한 것이라네."

그는 말을 이었다.

"이곳에 포정사를 파견하지 않은 지 거의 오십여 년 정도가 되었네."

"오래되었군요."

"그래. 하지만 그렇다고 해서 제국이 운남을 버린다는 의미는 아니네. 우리 금의위나 동창에서도 인원을 파견해서 이곳을 감시하고 있으니까."

그는 말을 이었다.

"그런데, 이와 같은 보고가 황제 폐하에게 들어오지 않았네. 저들이 제대로 감시하고 있었다면 춘경성의 전령이 아닌 폐하의 사람이 먼저 우리에게 이번 일에 대한 전령을 보냈을 거네."

"그들 역시 고정입니까?"

이게 진짜 이유였군 〈333〉

"그렇다네. 그래야 의심받지 않을 수 있으니까."

"……."

"이제야 의문이 풀리는군."

나 역시 이제야 황제가 나를 이곳에 보낸 이유를 알 것 같았다.

황제는 눈치채고 있던 거다.

운남성을 감시해야 하는 자신의 수족과 이목이 자신이 아닌 다른 것을 주인으로 섬기고 있다는 것을.

그 와중에 자신의 아들이 휘말렸음을.

그렇기에 나를 함께 보내어, 저들의 신분을 속일 수 있는 좋은 방법을 마련해 준 것이다.

그럼, 황제는 왜 그걸 미리 나와 저들에게 말하지 않았을까?

나를 믿었으니까 그랬겠지.

정보가 새어 나갈 것을 우려해서 금의위를 극비리에 보냈고, 이를 언질해 줄 여유가 없었을지도 모르지.

아무튼, 이렇게 된 이상 이곳에 파견된 금의위와 동창을 믿을 수 없게 되었다.

나와 동행한 금의위 대협들은 이 운남성에 파견되어 있던 그들을 내심 믿고 있었던 것 같은데……

어쨌거나 춘경성의 사연은 안타깝지만, 우리는 황자를 구해야 했다.

"그런데 황자마마께서는 이번에 처음으로 운남에 가신 겁니까?"

"그렇다네. 폐하의 명을 받고 가셨네."

그래서 이때가 기회다 싶어서 사신들을 억류한 것이군.

춘경성 성주 입장에서 이래 죽으나 저래 죽으나 마찬가지라고 생각했을지도 모르지.

하지만 아직 이해가 되지 않는 것은 이곳으로 한 달 전쯤에 파견되었다는 금의위 대협들의 죽음.

모산파 도사님이 이끌던, 망자가 된 이들의 몸에 남은 상흔으로 보아 그 범인은 믿고 있던 인물.

이렇게 그들을 죽인 범인의 후보가 좁혀졌다.

이곳에 있던 동창이나 금의위가 아니면 억류되었다는 사신들이다.

어쩌면 그들이 합작해서 일을 벌였을지도 모른다.

지금까지 자신들이 저지른 비위를 들키고 싶지 않아 그랬을 터.

어쨌거나 나는 황제에게 명을 받았고, 그 명대로 황자를 구해야 했다.

아무것도 모른 채 황제의 명을 받고 간 황자는 잘못이 없…… 잠깐.

황자라면 정당하게 황위를 계승할 수 있는 인물이다.

이거 단순하게 볼 일이 아닌데?

(은해상단 막내아들 21권에서 계속)

환상이 숨쉬는 공간 파피루스 blog.naver.com/gnpdl7

서생, 제갈현몽은 꿈을 꾸었다
무와 협이 아닌, 마법과 모험이 공존하는 신세계를!

『무림 속 마법사로 사는 법』

제갈세가 방계 중의 방계로서
표국의 문사로 일하던 제갈현몽

꿈에서 깸과 동시에 마법을 깨우치고
비범한 활약을 통해 명성을 떨치며
감당하기 힘든 별호를 얻게 되는데

"무후재림께서 오셨다! 무후재림 만세!"
"앗…… 아아……."

세상은 영웅을 원하고, 출사표는 던져졌다
고금제일의 마법사, 제갈현몽의 행보를 주목하라!

무림속 마법사로 사는 법

김형규 신무협 장편소설